VEN GEA NCE

Panini BOOKS

LE PACTE - TOME I

VENGEANCE

JENNY HAN &
SIOBHAN VIVIAN

Scarlett

Responsable de collection : Mathieu Saintout

Titre original : *Burn for Burn*

Illustration de couverture : Anna Wolf

Traduit de l'anglais (États-Unis) par Carine Roulet
Traduction révisée par Zibeline & Co
Maquette : Stéphanie Lairet

ISBN : 9-782809-433777

SCARLETT EST UNE COLLECTION DE PANINI BOOKS

www.paninibooks.fr

Première édition: Septembre 2013
Deuxième édition: Février 2014

Première publication aux États-Unis en 2012 par
Simon and Schuster BFYR, un label de la division
Children's Publishing de Simon and Schuster

À nos grand-mères,
Kyong Hui Han et Barbara Vivian

MARY

Ce matin-là, le paysage est recouvert d'un épais voile blanc. Comme dans l'un de mes cauchemars où je me retrouve piégée, flottant parmi les nuages, avec l'impression que je n'arriverai jamais à me réveiller.

La corne de brume retentit, le brouillard se dissipe brusquement, et j'aperçois Jar Island qui s'étend à l'horizon, comme dans l'un des tableaux de tante Bette.

C'est à ce moment précis que je prends vraiment conscience de l'avoir fait. J'ai osé revenir.

À l'aide d'une solide corde, l'un des employés amarre le ferry au quai. Un autre abaisse la passerelle. La voix du capitaine résonne dans le haut-parleur:

— Bonjour, chers passagers. Bienvenue à Jar Island. Veillez à bien récupérer toutes vos affaires.

J'avais presque oublié à quel point l'île est magnifique. Le soleil s'est levé sur l'eau et illumine tout de ses chatoyants rayons. Mon reflet dans la vitre me contemple : mes yeux sont clairs, mes lèvres entrouvertes, mes cheveux blonds ébouriffés par le vent. Je ne suis plus la même que lorsque j'ai quitté ce lieu, l'année de mes douze ans. Je suis plus âgée, évidemment, mais il y a autre chose. J'ai changé. Lorsque je me regarde maintenant, je vois une fille sûre d'elle. Et peut-être même jolie.

Va-t-il me reconnaître ? Une partie de moi espère que non. Mais l'autre, celle qui a quitté sa famille pour revenir, le souhaite vraiment. Il le faut. Sinon, quel intérêt ?

Sur le pont réservé au fret, les voitures stationnées qui s'apprêtent à débarquer vrombissent. Il y en a bien plus à terre ; celles-là forment une longue file qui s'étend jusqu'à l'entrée du parking et attendent d'embarquer pour retourner sur le continent. Il me reste encore une semaine de vacances. Je m'éloigne de la vitre, lisse ma robe d'été en coton, puis je me dirige jusqu'à ma place pour récupérer mes affaires. Le siège à côté du mien est vide. Je plaque la main en dessous pour effleurer une vieille trace du passé. Ses initiales. RT. Je me souviens du jour où il les a gravées à l'aide de son couteau suisse, juste parce qu'il en avait envie.

Je me demande si les choses ont changé sur l'île. Trouve-t-on toujours les meilleurs muffins à la myrtille au *Milky Morning* ? Le cinéma sur Main Street a-t-il toujours ses fauteuils défoncés en velours vert ? Et les lilas dans notre jardin, ont-ils bien poussé ?

J'ai la sensation étrange d'être une touriste, alors que la famille Zane vit à Jar Island depuis toujours ou presque. Mon arrière-arrière-arrière-grand-père a conçu et bâti la bibliothèque. L'une des tantes de ma mère a été la première femme élue conseillère municipale de Middlebury. La concession de notre famille se situe au beau milieu du cimetière, en plein cœur de l'île, et certaines des stèles y sont si vieilles et si envahies par la mousse qu'on ne peut même plus lire le nom des personnes qui sont enterrées là.

Jar Island abrite quatre petites villes : Thomastown, Middlebury, dont je suis originaire, White Haven et Canobie Bluffs. Chaque ville dispose de son propre collège, mais tous les élèves se retrouvent ensuite au lycée de Jar Island. L'été, le millier de personnes qui réside sur l'île à l'année est rejoint par des hordes de vacanciers.

Ma mère dit toujours que Jar Island ne change pas. Elle vit en vase clos. Quelque chose laisse à penser que le temps s'y est arrêté. Je crois que c'est ce qui fait son charme et qui incite les gens à y passer leurs vacances. C'est pour cette même raison que quelques irréductibles acceptent d'y résider à l'année malgré les inconvénients, comme ma famille autrefois.

Les habitants de Jar Island apprécient l'absence de supermarchés, de centres commerciaux et de fast-foods. Papa prétend qu'il existe dans les deux cents lois et ordonnances qui interdisent toute construction sur le site. Qu'à cela ne tienne, les gens font leurs courses sur les marchés locaux, passent récupérer leurs médicaments dans les drugstores et dénichent de quoi lire à la plage chez les libraires indépendants.

Une autre particularité est le fait que Jar Island est une vraie île. Elle n'est reliée au continent par aucun pont ou tunnel. En dehors des jets privés qui empruntent l'unique piste de l'aérodrome, absolument tout, personnes comme marchandises, arrive sur l'île et en repart à bord de ce ferry.

Je récupère mes valises et suis le reste des passagers jusqu'à la terre ferme. Le quai débouche tout droit sur le syndicat d'initiative. En face, un homme lave un vieux bus des années quarante sur lequel sont peints les mots « Jar Island Tours ». Juste derrière le pâté de maisons se trouve Main Street, une avenue pittoresque bordée de boutiques de souvenirs et de petits restaurants. Au-dessus d'elle s'élève la grande colline de Middlebury. Même si je dois me couvrir les yeux pour les protéger du soleil, il ne me faut qu'une seconde pour repérer à son sommet le toit rouge à forte pente de ma vieille maison.

Ma mère a grandi dans cette maison avec tante Bette. Autrefois, ma chambre, qui donne sur la mer, était celle de tante Bette. Je me demande si c'est là qu'elle dort, maintenant qu'elle y habite à nouveau.

Je suis la seule nièce de tante Bette ; elle n'a jamais eu d'enfant. Elle n'a jamais su comment se comporter avec eux, alors elle me traitait comme une adulte. J'aimais ça, car j'avais l'impression d'être grande. Lorsqu'elle me demandait mon avis sur ses peintures, elle écoutait vraiment ce que j'avais à dire. Par contre, elle n'a jamais été du genre à s'asseoir par terre pour m'aider à faire un puzzle ou à me proposer de préparer des cookies avec elle. Ça ne m'a jamais manqué. J'avais déjà une mère et un père pour ces choses-là.

J'imagine que ça va être cool de vivre avec tante Bette maintenant que j'ai grandi. Mes parents me traitent encore comme un bébé. Par exemple, mon couvre-feu est toujours fixé à vingt-deux heures, alors que j'ai dix-sept ans. Mais bon, après tout ce qui s'est passé, il est peut-être normal qu'ils se montrent si protecteurs.

Marcher jusqu'à la maison me prend plus longtemps que dans mes souvenirs, peut-être parce que mes valises me ralentissent. De temps à autre, je lève le pouce devant les voitures qui gravissent la colline pour leur faire signe de me prendre en stop. C'est une pratique acceptée sur Jar Island, une façon de s'aider entre voisins. Je n'y ai jamais été autorisée, mais pour la première fois, mon père et ma mère ne guettent pas par-dessus mon épaule. Manque de bol, personne ne s'arrête, mais demain est un autre jour. J'aurai tout le temps de faire du stop et tout ce dont j'ai envie.

Je passe devant mon allée sans même m'en rendre compte et dois revenir sur mes pas. Les arbustes ont beaucoup poussé ; ils sont broussailleux et masquent la maison depuis la route. Je ne suis pas surprise. Le jardinage, c'était le truc de maman, pas celui de tante Bette.

Je tire mes bagages sur les derniers mètres et contemple la maison. C'est une demeure coloniale de trois étages avec un bardage en cèdre gris, des volets blancs aux fenêtres et une cour bordée de pavés. La vieille Volvo défraîchie de tante Bette est garée dans l'allée, protégée par une couverture ornée de minuscules violettes.

Et les lilas. Ils ont poussé encore plus haut que je ne l'aurais cru possible. Même si des tas de fleurs sont tombées au sol, les branches croulent tout de même sous le poids de millions d'autres. Je respire aussi profondément que possible.

Comme c'est bon d'être à la maison.

LILLIA

Nous voici de nouveau fin août. Plus qu'une semaine avant la reprise des cours. La plage est bondée, mais pas autant que le jour de la fête nationale. Je suis allongée sur une grande couverture avec Rennie et Alex. Reeve et PJ jouent au frisbee, et Ashlin et Derek sont partis se baigner. Notre bande est au complet. Nous traînons ensemble depuis le début du lycée. J'ai du mal à croire que nous allons entrer en dernière année.

Le soleil tape si fort que je peux sentir ma peau bronzer sous ses rayons. Je me tortille pour m'enfoncer un peu plus dans le sable. J'adore le soleil. À côté de moi, Alex se repasse de l'écran total sur les épaules.

— Franchement, Alex, lui lance Rennie en levant les yeux de son magazine, tu pourrais apporter ta crème solaire ! Tu as vidé la moitié de mon tube. La prochaine fois, je te laisserai choper un cancer.

— Tu te fous de moi ? lui répond Alex. Tu l'as piqué dans ma cabine. Pas vrai, Lil ?

Je me redresse sur les coudes, puis m'assieds.

— Tu as oublié un coin. Viens-là, tourne-toi.

Je m'accroupis derrière lui et étale un peu de crème solaire sur son épaule. Alex se retourne et me demande :

— Lillia, c'est quoi ton parfum ?

J'éclate de rire.

— Pourquoi ? Tu veux me l'emprunter ?

J'adore titiller Alex Kudjak. Il démarre au quart de tour.

— Non, me rassure-t-il en riant. Je suis juste curieux.

En lui tapant dans le dos, je lui confie :

— C'est un secret.

Pour une fille, c'est important d'avoir une signature olfactive, un parfum grâce auquel tout le monde vous reconnaît, qui fait que lorsque vous traversez les couloirs du lycée, tout le monde se retourne et vous regarde. C'est comme un stimulus, ou quelque chose dans le genre. Chaque fois qu'ils respirent ce parfum, ils l'associent à vous. Le parfum de Lillia, c'est caramel et jacinthe des bois.

Je me rallonge sur le ventre en annonçant :

— J'ai soif. Tu me passes mon Coca, Skud ?

Alex se penche et fouille dans la glacière.

— Il reste seulement de l'eau et de la bière.

Je fronce les sourcils et lève les yeux vers Reeve. Il a un frisbee dans une main et mon Coca dans l'autre.

Je hurle :

— Ree-veuh ! C'était le mien !

— Désolé, s'excuse-t-il, sans avoir l'air désolé le moins du monde.

Il jette le frisbee qui décrit un arc parfait et atterrit près de jolies filles allongées sur des transats. Exactement ce qu'il voulait, j'en suis sûre.

Je regarde Rennie, qui plisse les yeux.

Alex se lève et secoue son short couvert de sable.

— Je vais aller te chercher un autre Coca.

Je prétends que ce n'est pas la peine, mais bien évidemment, c'est faux. J'ai vraiment très soif.

— Je vais te manquer quand je ne serai plus là pour aller te chercher à boire, plaisante-t-il en me souriant.

Alex, Reeve et PJ vont nous abandonner pour une partie de pêche sous-marine demain. Ils seront absents toute la semaine. Les gars ne sont jamais bien loin ; nous les voyons presque tous les jours. Ça va nous faire bizarre de finir l'été sans eux.

Je lui tire la langue.

— Tu ne me manqueras absolument pas !

Alex rejoint Reeve à petites foulées, puis ils se dirigent vers le stand de hot-dogs à l'autre bout de la plage.

Je hurle :

— Merci, Skud !

Il est tellement gentil avec moi.

Je me retourne vers Rennie, qui m'adresse un petit sourire en coin.

— Ce mec ferait n'importe quoi pour toi, Lil.

— Arrête.

— Tu le trouves mignon, oui ou non ? Réponds franchement.

Je n'ai même pas besoin de réfléchir.

— Évidemment qu'il est mignon, mais c'est pas mon genre.

Rennie s'est mis en tête qu'Alex et moi devrions sortir ensemble, et qu'elle sortirait avec Reeve, comme ça nous pourrions passer des soirées et des week-ends tous ensemble. Comme si mes parents allaient me laisser sortir avec des garçons ! Rennie peut bien passer à l'acte avec Reeve et choper une IST si elle le veut, mais Alex et moi, jamais de la vie. Je ne le considère pas comme ça, et c'est pareil pour lui. Nous sommes amis, rien de plus. Rennie me regarde, mais heureusement, elle n'insiste pas. En levant son magazine, elle me demande :

— Et si je me faisais cette coiffure pour le bal des étudiants, tu en penses quoi ?

C'est une photo d'une fille vêtue d'une robe argentée étincelante dont les longs cheveux blonds flottent au vent.

Je lui réponds en riant :

— Ren, le bal des étudiants, c'est en octobre.

— Exactement, plus qu'un mois et demi, confirme-t-elle en agitant sa revue dans ma direction. Alors, tu en penses quoi ?

Je pense qu'elle a raison. Nous devrions probablement commencer à réfléchir à nos robes. Je n'ai aucune intention d'acheter la mienne dans l'une des boutiques de l'île, pas quand il y a quatre-vingt-dix pour cent de chances qu'une autre fille se pointe avec la même. Je regarde le magazine de plus près.

— Jolie coiffure ! Mais ça m'étonnerait que le ventilateur soit fourni avec.

Rennie claque des doigts.

— Mais oui, un ventilateur ! Géniale, ton idée, Lil.

Je ris. Si c'est ce qu'elle veut, elle l'aura. Personne ne dit jamais non à Rennie Holtz.

Alors que nous discutons de nos tenues possibles pour le bal, deux types approchent. L'un d'eux est grand avec une coupe en brosse, l'autre plus trapu avec des biceps saillants. Ils sont tous les deux mignons, même si le petit est vraiment canon. Ils sont carrément plus vieux que nous ; impossible qu'ils soient au lycée.

Du coup, je suis contente de porter mon nouveau bikini noir au lieu du rose à pois blancs.

— Dites, vous avez un décapsuleur ? demande le grand.

De la tête, je lui fais signe que non et lui souffle :

— Vous pouvez sûrement en emprunter un au snack, par contre.

— Vous avez quel âge, les filles ? se renseigne le baraqué.

À la manière dont Rennie rejette ses cheveux sur le côté, je devine qu'elle en pince pour lui.

— Pourquoi tu veux le savoir ? l'interroge-t-elle.

— Je veux être sûr de pouvoir discuter avec vous sans avoir de problèmes, ironise-t-il. Des problèmes juridiques, je veux dire, ajoute-t-il en la fixant du regard.

Elle glousse, mais pas comme une gamine. Au contraire, ça lui donne l'air plus adulte.

— On a tout juste l'âge légal. Et vous les gars, vous avez quel âge ?

— Vingt et un ans, annonce le plus grand en baissant les yeux sur moi. On est étudiants à l'université du Massachusetts, et on est ici pour la semaine.

J'ajuste le haut de mon bikini pour ne pas en montrer trop. Rennie vient d'avoir dix-huit ans, mais je n'en ai que dix-sept.

— On loue une maison sur Shore Road à Canobie Bluffs. Il faudrait nous rendre visite un de ces jours, explique le baraqué en s'asseyant près de Rennie. Donne-moi ton numéro.

— Demande-le-moi gentiment, minaude Rennie, et peut-être que j'y réfléchirai.

Le grand s'installe près de moi, sur le bord de la couverture.

— Je m'appelle Mike.

— Moi, c'est Lillia.

Par-dessus son épaule, je vois les garçons revenir. Alex a mon Coca à la main. Ils nous regardent, se demandant probablement qui sont ces types. Nos potes peuvent être hyper-protecteurs en présence de non-insulaires.

Alex fronce les sourcils et dit quelque chose à Reeve. Rennie les aperçoit également ; elle glousse très fort et se remet à jouer avec ses cheveux.

Le grand, Mike, me questionne :

— Ces gars sont vos petits copains ?

Je lui réponds que non. Il me fixe intensément, et je rougis.

— Très bien, dit-il en m'adressant son plus beau sourire.

Il a une dentition vraiment parfaite.

KAT

C'EST LE DÉBUT d'une nuit d'été idyllique, l'une de celles où toutes les étoiles sont de sortie et où vous n'avez pas besoin de sweat-shirt, même au bord de l'eau. Ça tombe bien, parce que j'ai laissé le mien à la maison. En rentrant après le travail, je me suis écroulée ; j'ai même manqué l'heure du dîner. Lorsque je me suis réveillée, j'avais dans les cinq secondes pour attraper le prochain ferry à destination du continent. J'ai donc jeté dans mon sac tous les vêtements qui se trouvaient par terre, dit au revoir à mon père et couru tout le long du trajet entre T-Town et le port de Middlebury. Je sais que j'ai oublié quelque chose, mais Kim me laissera emprunter quelques affaires dans son armoire, alors peu importe.

Main Street est bondée. Aucune boutique ou presque n'est ouverte à cette heure, mais ça ne semble gêner personne. Les touristes se baladent sans but précis et s'arrêtent devant les vitrines pour admirer les sweat-shirts et les visières ringards aux couleurs de Jar Island.

Je déteste le mois d'août.

Je grogne en passant devant eux alors que je me rends au *Java Jones*. Si je veux rester éveillée jusqu'au rappel de Puppy Ciao, je vais avoir besoin de caféine.

Puppy Ciao joue dans le magasin de disques où Kim travaille, un endroit appelé *Paul's Boutique*, sur le continent. *Paul's Boutique* a un garage annexe dans lequel sont organisés des concerts, et lorsqu'un groupe que je veux voir s'y produit, Kim m'autorise à rester chez elle pour la nuit. Elle habite l'appart juste au-dessus de *Paul's Boutique*. En général, les groupes finissent également par y atterrir, et je trouve ça cool. Le chanteur de Puppy Ciao a l'air vraiment canon sur la pochette de leur album. Pas autant que le batteur, mais Kim dit qu'avec les batteurs, c'est les emmerdes assurées.

Je grimpe deux à deux les marches qui mènent au *Java Jones*. Mais alors que je suis sur le point d'ouvrir la porte, l'un des employés la verrouille de l'intérieur.

Je frappe sur la vitre.

— Je sais que vous fermez, mais est-ce que vous pourriez me servir rapidement un triple à emporter ?

En faisant mine de ne pas me voir, l'employé ôte son tablier et éteint le néon de l'enseigne.

La vitrine se retrouve plongée dans le noir. Je comprends que je dois lui donner l'impression d'être l'un de ces tocards de touristes pleins aux as qui pensent que les heures d'ouverture ne les concernent pas. Bref, l'un de ces snobinards que je dois me taper tous les jours à la marina. Du coup, je jette ma cigarette encore fumante sur le trottoir, enfonce les mains dans mes poches afin d'ajuster au mieux mon taille basse et lui jette un « S'il vous plaît, je suis du coin ! » désespéré.

Il se retourne et me fixe du regard comme si j'étais la reine des emmerdeuses, mais soudain, son visage se radoucit.

— Kat DeBrassio ?

— Ouais ?

Je louche sur lui. Il me dit quelque chose, mais je n'arrive pas à le resituer.

Le gars déverrouille la porte.

— Je faisais des courses de motocross avec ton frère, me confie-t-il en tenant la porte ouverte pour moi. Fais gaffe, le sol est humide. Tu transmettras mon bonjour à Pat.

Je hoche la tête, puis file sur la pointe des pieds devant son collègue qui passe la serpillière. Ensuite, je pose mon sac sur le comptoir, tandis que le gars prépare mon café. C'est alors que je remarque que le *Java Jones* n'est pas complètement déserté. Il reste un dernier client.

Alex Kudjak est assis seul à l'une des tables du fond, penché sur un petit carnet de notes. Je me dis que ça doit être son journal intime ou quelque chose dans le genre. Je l'ai déjà surpris en train de gribouiller secrètement. Il ne me l'a jamais montré jusqu'ici. Peut-être parce qu'il pense que je vais me moquer de ce qu'il y écrit, peu importe de quoi il s'agit.

En fait, je ne me gênerais probablement pas pour me foutre de lui. Ce n'est pas comme si traîner ensemble depuis quelques semaines faisait de nous de *vrais* amis.

Je ne vais pas l'interrompre. Je vais juste récupérer mon café et m'en aller. Mais son crayon s'immobilise au milieu d'une page. Alex se mord la lèvre inférieure, ferme les yeux, puis semble réfléchir pendant une seconde. On dirait un petit garçon concentré sur ses prières du soir, vulnérable et angélique.

Ce mec va me manquer.

J'arrange ma frange et lui lance :

— Salut Kudjak !

Surpris, Alex ouvre les yeux. Il glisse rapidement son carnet dans sa poche arrière et avance vers moi en traînant les pieds.

— Salut Kat, qu'est-ce que tu fais de beau ?

Je lève les yeux au ciel.

— Je vais chez Kim pour voir un groupe, tu as oublié ?

Je lui en ai parlé il y a à peine cinq heures, lorsqu'il est passé à la marina pendant ma pause déjeuner. C'est comme ça qu'on a commencé à traîner ensemble. On a fait connaissance au yacht-club en juin. Je savais qui il était avant même qu'on ne se présente l'un à l'autre, évidemment : le bahut n'est pas immense. Nous ne nous étions jamais vraiment adressé la parole. À part une fois ou deux peut-être, pendant le cours d'arts plastiques l'année dernière. On ne fréquente pas les mêmes personnes.

Alex s'est pointé un jour avec son nouveau hors-bord. Alors qu'il essayait de manœuvrer pour sortir de la marina, il a calé.

Je l'ai éjecté du siège du pilote et lui ai donné un cours rapide. Alex a été impressionné par mon habileté aux commandes du bateau. Plusieurs fois, tandis que je mettais vraiment les gaz, je l'ai vu s'agripper au bastingage, les poings crispés. C'était plutôt mignon.

J'aurais préféré qu'il reste avec moi aujourd'hui, histoire que le travail me paraisse moins ennuyeux. En plus, je savais qu'il s'absentait pour une partie de pêche dès demain. Mais Alex m'a laissé tomber pour rejoindre ses amis à la plage. Ses vrais amis, je veux dire.

— Ah oui, c'est vrai, répond-il en hochant la tête. (Puis, il se penche en avant pour s'accouder au comptoir.) Eh, dis à Kim que je la remercie encore de m'avoir hébergé, tu veux bien ?

J'ai emmené Alex voir *Army of None* au magasin de disques en juillet. Il n'avait jamais entendu parler d'eux avant de commencer à traîner avec moi, mais depuis, c'est son groupe préféré. Je me suis un peu tapé la honte, car Alex s'est pointé au concert avec un polo du country club de Jar Island, un bermuda et des tongs. Kim m'a regardée de travers dès qu'il est entré, parce qu'il avait l'air vraiment coincé. Alex a acheté un des tee-shirts du groupe et l'a immédiatement enfilé. Ceux qui portent le tee-shirt du groupe qu'ils vont voir sont des gros nazes, mais c'était toujours mieux que son polo. Lorsque le concert a commencé, il s'est fondu dans la masse, secouant la tête au rythme de la musique comme tout le monde. En plus, il s'est montré super poli chez Kim. Avant de se glisser dans son sac de couchage, il a ramassé les canettes de bière vides et les a jetées dans le conteneur de tri sélectif au bout de l'allée.

— Tu veux venir avec moi ? Ils jouent à guichets fermés, mais je peux te faire entrer.

— Je peux pas, déplore-t-il dans un grand soupir. Mon oncle Tim veut mettre les voiles dès l'aube.

Son oncle Tim est un éternel étudiant au crâne dégarni. Il n'a ni famille ni responsabilités réelles, alors il dépense son fric en joujoux, comme le nouveau yacht à bord duquel il va parader avec Alex et ses amis lors de leur partie de pêche sous-marine entre mecs.

Je hausse les épaules.

— Bon, dans ce cas, je pense que c'est un au revoir définitif.

Je le salue à la manière d'un officier de la Navy et lui adresse un « Bon voyage ! » sarcastique. Dans le fond, je n'ai pas envie qu'il parte. Si Alex ne me rend pas visite au boulot, cette semaine va être mortelle.

— Je peux t'accompagner jusqu'au ferry, propose-t-il en se redressant. (Je commence à m'éloigner, mais il attrape la bandoulière de mon sac et la fait glisser de mon épaule.) S'il te plaît, Kat, ça me ferait plaisir.

— Très bien, dans ce cas.

Alors qu'il me conduit vers l'embarcadère, Alex m'observe du coin de l'œil. Je ne sais pas pourquoi, mais ça me met mal à l'aise. Je me retourne vers la vitre de la voiture pour masquer mon visage et lui demande :

— Qu'est-ce qui te prend ?

— Je n'arrive pas à croire que l'été est presque terminé, regrette-t-il en soupirant à nouveau. Je ne sais pas. J'ai l'impression de l'avoir gâché.

Je ne peux pas m'empêcher de le titiller.

— Tu l'as sans doute gâché avec tes losers de potes, mais pas avec moi !

Je m'en veux aussitôt de lui avoir donné l'impression de tenir à lui.

D'habitude, Alex défend ses amis lorsque je me paye leur tête, mais cette fois-ci, il ne dit rien.

Pendant le reste du trajet, je réfléchis à ce qui va arriver à la rentrée et je me demande si nous resterons amis, Alex et moi. Évidemment, on a passé un paquet de temps ensemble cet été, mais je ne suis pas sûre de vouloir être vue avec lui au bahut. En public, j'entends.

Alex et moi… on fonctionne mieux comme ça. Quand il n'y a que nous deux.

Alex rentre dans le parking de la zone d'embarquement. Sans lui laisser le temps d'arrêter la voiture, je lui propose :

— Je peux faire l'impasse sur le concert, si tu préfères traîner avec moi ce soir.

Ce n'est pas comme si j'étais une super-fan des Puppy Ciao. En plus, ils repasseront sans doute dans le coin. Mais moi et Alex ? Ce sera peut-être notre dernière nuit. Quelque part, je pense que nous le savons tous les deux.

Alex me sourit.

— Sérieux ? Tu resterais avec moi ?

J'ouvre ma vitre et allume une cigarette pour cacher mon sourire.

— Bah ouais, pourquoi pas ? Je veux voir ce yacht de flambeur de mes yeux.

Alex décide donc de m'y emmener. Nous nous garons devant le manoir de l'oncle Tim, au ponton duquel l'engin est amarré, et continuons à pied. Alors que nous nous en approchons, je commence à faire des vannes sur son côté bling-bling, mais intérieurement, je me dis *Putain, ce yacht est plus grand que ma foutue baraque.* C'est carrément le plus beau bateau que j'aie jamais vu. Il est bien plus luxueux que tous les autres yachts de la marina.

Alex monte à bord le premier, et je lui emboîte le pas. Il me fait faire une visite rapide, et l'intérieur est encore plus tape-à-l'œil. Du marbre italien, une bonne centaine de télés à écran plat et une cave à vin remplie de bouteilles provenant d'Italie, de France et d'Afrique du Sud.

Je pense à Rennie. Elle ne se sentirait plus dans un lieu pareil.

Tout aussi rapidement, je la chasse de ma tête. Je ne pense quasiment plus à elle, mais j'ai horreur de ça quand ça m'arrive.

Alors que j'essaye d'allumer la stéréo, Alex arrive derrière moi et se rapproche. Vraiment très près. Il dégage mes cheveux sur mon épaule.

— Kat ?

Je me fige. Alex pose délicatement les lèvres sur ma nuque. Il me saisit par les hanches et m'attire contre lui.

Il n'est pas mon type de mec. Vraiment pas.

C'est pour ça que c'est carrément dingue. Parce que dès que je tourne la tête, nous nous embrassons. Et je me rends soudain compte que j'ai attendu ça pendant tout l'été.

UNE SEMAINE PLUS TARD

I

LILLIA

DANS LA SALLE de bain, je suis assise à côté du lavabo à essayer de me rappeler ce que la vendeuse de maquillage de *Saks* m'a conseillé pour appliquer de l'eye-liner sur mes yeux bridés. Sauf que… je n'arrive pas à réfléchir.

Je crois qu'elle m'a dit de remonter un tout petit peu dans le coin. Je maquille mon œil droit en premier, et il me semble correct. Alors que je suis en train de terminer le gauche, Nadia, ma petite sœur, frappe à la porte si violemment que j'en sursaute.

— Lil ! Faut que je prenne une douche ! beugle-t-elle. Lilli-euh !

Je m'empare de ma brosse à cheveux, avant de m'approcher de la porte et de la déverrouiller. Nadia se rue à l'intérieur et tourne le robinet. Elle s'assoit sur le rebord de la baignoire dans son grand tee-shirt de foot, ses cheveux noirs emmêlés retombant dans le dos, puis me regarde brosser les miens.

— Tu es jolie, me complimente-t-elle d'une voix ensommeillée.

Vraiment ? Au moins, en apparence, j'ai toujours l'air la même.

Je continue mon rituel. Vingt-trois, vingt-quatre, vingt-cinq, terminé ! Je me passe la brosse vingt-cinq fois dans les cheveux chaque matin. Je le fais depuis que je suis toute petite.

Aujourd'hui va être un jour comme les autres.

— Je croyais qu'il ne fallait plus porter de blanc après le mois d'août, remarque Nadia.

Je pose le regard sur mon pull. Il est neuf, en cachemire blanc, doux et ajusté. Je le porte sur un short de la même couleur.

— Plus personne ne respecte cette règle. En plus, il tire sur le crème. (Je lui frappe les fesses de ma brosse.) Dépêche-toi de prendre ta douche.

— Est-ce que j'ai le temps de me friser les cheveux avant l'arrivée de Rennie ? me demande-t-elle.

— Non, tu as cinq minutes, dis-je en refermant la porte.

De retour dans ma chambre, je commence à remplir machinalement mon sac marron avec mes affaires d'école. Mon nouveau stylo, l'agenda en cuir que maman m'a offert pour la rentrée. Des sucettes. Mon baume à lèvres à la cerise. Je réfléchis à ce que j'aurais bien pu oublier, mais rien ne me vient en tête. J'attrape donc mes espadrilles blanches, puis descends les escaliers.

Ma mère est dans la cuisine, en robe de chambre, en train de boire un café. Mon père lui a acheté l'une de ces machines à expresso à la mode pour Noël, et elle met un point d'honneur à l'utiliser au moins une fois par semaine, même si elle préfère le thé, et même si mon père est rarement à la maison pour la voir l'utiliser. Il est chercheur en médecine. D'aussi loin que je me souvienne, il a toujours œuvré à trouver un remède contre le cancer. Une partie du mois, il est dans son labo à Boston ; le reste du temps, il voyage dans le monde entier pour présenter les conclusions de ses études. Il a fait la couverture d'un magazine scientifique cet été. Je ne sais plus lequel.

En pointant l'assiette de muffins du doigt, ma mère me suggère :

— Assieds-toi et mange avant de partir, Lilli. J'ai pris ceux au sucre que tu adores.

Je proteste en répondant que Rennie va arriver dans une minute, mais en voyant sa mine dépitée, je prends un muffin et l'enveloppe dans une serviette.

— Je le mangerai dans la voiture.

— Je n'arrive pas à croire que tu commences ta dernière année de lycée. Dans un an, tu entreras à la fac. Ma jolie petite fille a bien grandi, dit-elle en me caressant les cheveux. (Je détourne le regard.

Je suppose que je suis adulte, maintenant.) Au moins, il me reste un bébé. Nadi est bientôt prête ?

Je hoche la tête.

— Il faut que tu veilles sur Nadi maintenant que vous êtes dans la même école. Tu sais à quel point elle t'admire, Lilli.

Ma mère me serre le bras, et je déglutis difficilement. Il faut que je surveille Nadia de plus près. Pas comme dimanche soir, lorsque je l'ai laissée à la fête d'Alex. Elle était avec ses copines, mais quand même, j'aurais dû rester.

Le klaxon de la voiture de Rennie retentit dehors, et je me lève en criant :

— Nadia ! Rennie est arrivée !

— Juste une minute ! claironne Nadia.

Je serre ma mère dans mes bras et file vers la porte du garage.

— Prends un muffin pour Rennie ! me propose-t-elle, alors que je ferme la porte derrière moi.

Rennie ne le mangera pas, de toute manière. En bonne cheerleader, elle arrête le sucre au début de chaque nouvelle saison de foot. Mais sa bonne résolution ne tient pas plus d'un mois.

Dans le garage, j'enfile mes espadrilles, puis dévale l'allée jusqu'à la Jeep de Rennie.

En grimpant à bord, je précise :

— Nadia arrive juste derrière.

Rennie se penche vers moi et me serre dans ses bras pour me saluer. *Fais pareil,* me dis-je intérieurement, avant de m'exécuter.

— Le blanc te va super bien au teint, me complimente-t-elle en me détaillant de la tête aux pieds. J'aimerais bien être aussi bronzée que toi.

Rennie porte un jean slim et un top en dentelle encore plus serré sur un caraco couleur chair. Elle est si menue que je peux voir ses côtes. Je pense qu'elle ne porte pas de soutien-gorge. Elle n'en a pas besoin. Elle a un corps de gymnaste.

— Tu es bien bronzée, toi aussi.

Je boucle ma ceinture de sécurité.

— C'est de l'autobronzant, ma belle. (Elle met ses lunettes de soleil et commence à parler à toute vitesse.) Bon, voilà ce que je prévois pour la prochaine fête. Ça m'est venu en rêve cette nuit. Le thème sera… Tu es prête à l'entendre ? Les années folles ! Les filles pourraient porter des robes à franges avec, genre, un bandeau à plumes et des grands sautoirs, et les gars, ces costumes qu'on appelle des zoot suits et des borsalinos. Génial, non ?

— Je ne sais pas. (Je regarde par la vitre. Rennie a un débit si rapide que j'en ai mal au crâne.) Les gars risquent de ne pas jouer le jeu. Où est-ce qu'ils pourraient trouver ce genre de trucs sur l'île ?

— Ouh ouh, y'a Internet pour ça ! réplique Rennie en tapotant le volant. Mais qu'est-ce qu'elle fout, Nadia ? Je voudrais arriver avant tout le monde, histoire de me réserver une bonne place de parking.

Elle appuie sur le klaxon une fois, puis deux.

— Stop, tu vas réveiller les voisins.

— Oh, arrête avec ça, la maison la plus proche est à cinq cents mètres.

La porte d'entrée s'ouvre à la volée, et Nadia dévale les marches au pas de course. Elle a l'air minuscule devant notre immense maison blanche. Avec ses lignes modernes et ses grandes baies vitrées, elle ne ressemble pas aux autres construites sur l'île. Ma mère a aidé l'architecte à dessiner les plans. À l'origine, c'était notre résidence secondaire, mais nous avons déménagé à Jar Island quand je suis entrée au lycée. C'est moi qui ai insisté pour habiter ici ; je voulais rester avec Rennie et mes copains de vacances.

Maman nous fait coucou depuis la porte d'entrée. Je fais de même.

— Bon, tu es partante ou pas pour ma fiesta années vingt ? me demande Rennie.

Franchement, je m'en fous, mais je sais que ma réponse compte pour elle, et c'est pour ça que j'ai envie de répondre que je ne suis pas emballée.

Mais avant que je ne puisse le faire, Nadia rejoint la voiture, les cheveux trempés. Elle a mis son nouveau jean et le haut noir que nous avons achetés toutes les trois pendant une journée shopping en juillet. Ça me paraît faire une éternité.

Elle grimpe sur la banquette arrière.

Je me retourne pour la sermonner :

— Tu aurais pu te sécher les cheveux, Nadi. Tu sais bien que tu t'enrhumes toujours quand tu sors les cheveux mouillés.

À bout de souffle, elle se défend :

— J'avais peur que vous partiez sans moi.

— Jamais de la vie ! s'écrie Rennie en tournant le volant. On est tes grandes sœurs. On veillera toujours sur toi, ma chérie.

Une remarque assassine me chatouille la langue, mais je déglutis pour m'empêcher d'ouvrir la bouche. Si je parle, rien ne sera plus jamais comme avant. Et tout ira pour le pire.

Nous descendons l'allée, puis la rue.

— L'entraînement des cheerleaders commence à quatre heures, me rappelle Rennie en sautillant sur son siège au rythme de la musique. Ne sois pas en retard. On doit évaluer les bleues, histoire de voir à qui on a affaire. Tu as pensé à prendre ton mini-caméscope pour les filmer ?

J'ouvre mon sac pour vérifier, même si je connais déjà la réponse.

— Je l'ai oublié.

— Oh non, Lil ! Je voulais les évaluer en HD ce soir !

Rennie laisse échapper un soupir grognon, comme si je l'avais déçue.

Je hausse les épaules.

— On se débrouillera sans.

C'est bien ce qu'on fait toujours, non ? Se débrouiller avec les moyens du bord ?

Sauf qu'à ce jeu-là, Rennie est plus forte que moi.

— Nadi, c'est qui la plus belle de tes copines ? demande-t-elle.

— Patricia, lui confie Nadia.

Rennie prend à gauche, et nous passons devant les petites maisons locatives de Canobie Bluffs. Je me concentre sur une en particulier. Maintenant qu'elle est vide, un gardien la ferme pour la saison. Je crois reconnaître le père de Reeve, occupé à sécuriser les volets des fenêtres du rez-de-chaussée. À l'étage, en revanche, ceux de la chambre principale sont encore grands ouverts.

Je détourne la tête et, du coin de l'œil, je regarde Rennie. Juste pour voir si elle l'a également remarqué. Mais elle ne laisse rien paraître : pas un signe, rien.

— Nadi, tu es bien plus mignonne que Patricia. Pour info, je n'accepte que la crème de la crème dans l'équipe. Si jamais tu veux encourager quelqu'un en particulier, dis-le-moi et je m'en occupe.

Du tac au tac, Nadia répond :

— Alex. Je peux encourager Alex ?

Rennie retient son souffle.

— Oh ! Tu ferais mieux de demander à ta sœur. C'est son *toy boy*, elle le mène par le bout du nez.

— Rennie, ferme-la. (Mon ton est plus agressif que je ne le voudrais. Elle fait une grimace à Nadia dans son rétroviseur, et je prends une profonde inspiration.) Nadia, il y a un paquet de filles dans les classes supérieures qui ont la priorité sur toi concernant Alex. On ne peut pas faire de favoritisme. Je veux dire, que diraient les autres si on laissait un élève de dernière année à une petite nouvelle ? Sans compter que tu devras faire tes preuves. Tu ne fais pas encore partie de l'équipe.

Rennie acquiesce.

— Lil a raison. Je veux dire, tu es des nôtres en théorie, mais nous devons te traiter comme n'importe qui. Même si tu es clairement à part. (Nadia sautille sur la banquette, excitée comme une puce.) Oh, et pense à dire à tes amies que si elles sont ne serait-ce qu'une minute en retard, elles devront rentrer chez elles. Point barre. En tant que capitaine, je dois annoncer la couleur pour la saison.

— Pigé, réplique Nadia.

— Génial. Tu seras la star des première année.

J'ai l'impression de flotter hors de mon corps quand je m'entends commenter :

— Il faut qu'elle bosse son flip arrière. Il est un peu faiblard.

Silence.

J'incline mon rétroviseur pour observer Nadia. Son sourire s'est envolé, et je peux voir que ma remarque l'a blessée.

Mais pourquoi j'ai dit ça ?

Je sais qu'elle meurt d'envie de rejoindre l'équipe. Nous nous sommes entraînées tout l'été à faire des flips, des saltos et toutes sortes d'acrobaties. J'ai promis à Nadia que lorsque Rennie sera diplômée, ce sera elle qui aura le droit d'être en haut de la pyramide. Je lui ai juré qu'elle serait une star du lycée de Jar Island. Comme sa grande sœur.

Mais depuis, je ne suis pas sûre d'avoir envie qu'elle devienne comme moi ou Rennie. Plus maintenant.

II

KAT

J'ESCALADE LE GRILLAGE qui entoure le parking du lycée. Le 4x4 d'Alex est garé près du terrain de foot, rutilant et fraîchement lavé pour la rentrée scolaire. J'essaie d'ignorer mon cœur qui bat à cent à l'heure, diffusant une intense chaleur dans ma poitrine, ma gorge et mes oreilles.

SAMEDI, J'AI FÊTÉ mes dix-huit ans. J'ai passé la nuit assise à la table de la cuisine à m'enfiler des verres de whisky avec mon frère, Pat, et à engloutir le gâteau au chocolat que Papa a rapporté du supermarché.

— Oh, Judy. (C'est ce que mon père disait après chaque tournée, comme si ma mère était assise à table avec nous à descendre des verres.) Regarde ce qu'est devenu notre bébé.

— Je suis une femme, maintenant, l'ai-je corrigé.

— Et une sacrée belle femme en plus, a-t-il ajouté en agitant son verre devant lui pour qu'on le resserve.

— Oh, Papa, t'es trop dégueu ! s'est exclamé Pat en nous versant une nouvelle tournée.

Alex était censé rentrer chez lui ce jour-là, mais je ne savais pas précisément quand, ni même s'il allait appeler. Je ne voulais pas y penser. Je m'étais déjà assez torturé les méninges en pensant à lui.

En l'absence d'Alex, j'avais passé la majeure partie de la semaine à ressasser ce qui s'était passé lors de notre dernière nuit ensemble. À la différence des zikos que je peux croiser chez Kim, je n'avais pas à m'inquiéter de savoir jusqu'où les choses pouvaient aller avec Alex, mais la manière dont il avait pris les choses en main était vraiment torride. Lui et moi ensemble, c'était inconcevable. Nous n'aurions jamais dû devenir amis, et encore moins nous rouler des pelles dans tous les coins du yacht à plusieurs millions de dollars de son oncle.

Je savais que Rennie aurait fait la gueule à Alex si elle avait su que nous sortions ensemble. Je suis sûre que j'y aurais eu droit moi aussi, de la part de Rennie, de Reeve et de tous les autres. Pourtant, aucun de nous n'avait réfléchi sur le coup. Mais il avait dû y repenser par la suite, tout comme moi.

C'est là qu'il m'a envoyé un SMS.

On fête mon retour chez moi. Passe à la maison si tu ne fais rien.

J'ai repoussé ma chaise.

— Pourquoi tu souris ? s'est étonné Pat.

Je l'ai à peine entendu. J'étais en train de me dire que j'allais mettre mon haut en dentelle noire avec mon taille basse, mais ensuite, je me suis demandé si ses parents seraient là. Je devais probablement opter pour une tenue plus classe.

Je me suis rassise. Pourquoi je me faisais un tel film ? Il n'y avait eu qu'une nuit. Je devais arrêter de m'emballer.

J'ai éteint mon téléphone et réclamé à mon frère un autre whisky.

Vers une heure du matin, j'étais officiellement bourrée. Mon père était monté se coucher, et Pat cuvait sur le sol du salon. Shep, notre chien, grattait à la porte de derrière, alors j'ai attrapé sa laisse pour le sortir un peu.

Évidemment, j'ai atterri devant chez Alex. Même si White Haven est à dix bornes au moins de T-Town.

Il y avait bien eu une fête, mais elle était terminée depuis longtemps. Des gobelets en plastique et des ordures étaient éparpillés dans l'allée qui menait derrière la maison. J'entendais de la musique, de la *dance* de daube qui passe tout le temps à la radio, mais le volume était très bas. Les lumières autour de la piscine étaient éteintes. Il y avait de la nourriture partout, des saladiers de chips, une assiette de hamburgers même pas entamés, du guacamole qui virait au marron, des gobelets remplis d'un liquide rose avec des ombrelles en papier. Le jardin était également décoré de filets de pêche, de torches de jardin et de conques. Une casquette de capitaine chiffonnée était suspendue à un piquet de clôture. J'ai entendu Shep mâchouiller un truc qu'il avait trouvé par terre et j'ai dû me battre pour le lui retirer de la gueule. Un cache-œil de pirate en plastique.

J'ai marché en direction du pool house, la petite maison au bord de la piscine où Alex créchait, et regardé à travers une fenêtre pour voir s'il était réveillé.

Il était allongé sur son lit, sur le côté, au-dessus des draps. Ses cheveux cuivrés avaient éclairci au point de prendre la couleur du sable. Et il était bronzé. Bronzé avec des taches de rousseur.

Il était si beau qu'il m'a fallu une seconde pour remarquer le petit corps roulé dans les draps près de lui.

JE PASSE DEVANT la fontaine à l'entrée du lycée. Alex est là, avec ses potes. Rennie et Lillia sont sur leur trente et un pour la rentrée. Lillia a une sucette dans la bouche. Cette sainte nitouche n'a pas encore dépassé le stade oral, comme dirait Freud. Et Rennie. À la manière dont elle est perchée sur ses talons, essayant de bomber sa poitrine minuscule, je peux dire qu'elle est prête à faire sa loi, maintenant qu'elle est en dernière année. Elle a attendu ce moment toute sa putain de vie.

Alex tourne la tête, et nos regards se croisent. Je me demande l'espace d'un instant s'il va faire semblant de ne pas m'avoir vue. Ce qui m'irait parfaitement. Mais non. Il fonce droit sur moi, tout sourire.

— Kat ! s'exclame-t-il. Bon anniversaire !

Le fait qu'il s'en souvienne m'en bouche un coin. Tout comme le fait qu'il l'a fêté avec une autre dans son lit. Je n'ai pas la moindre idée de qui c'était. Peu importe.

— Désolée de ne pas être venue à ta fête. Tu en as bien profité ?

J'essaye de ne pas me montrer jalouse de la fille avec laquelle il a passé la nuit à ma place.

— Pas vraiment, répond-il en haussant les épaules. Je ne savais même pas qu'il allait y avoir une soirée. C'est Rennie qui a tout organisé. Elle avait juste besoin d'un prétexte pour faire la fiesta.

Rennie ? C'est donc elle qui était derrière cette fête ? Logique. Ces décorations débiles et tout le reste. Elle ne risquait pas d'inviter toute l'école dans le petit T3 de sa mère.

— Apparemment, elle a envoyé Lillia demander à ma mère si elle pouvait organiser une fête chez moi, poursuit-il. Mon père s'est occupé du barbecue. Il y avait des tas de gens là-bas, et tout le monde était déguisé. Mon père avait une tenue de plongée, tu te rends compte ? Tu sais avec quelle facilité Rennie embobine les parents. (Alex secoue la tête d'un air triste.) Elle m'a fait la gueule parce que je ne voulais pas mettre une casquette de marin.

— Attends. Il y avait des costumes ?

— Ouais. Rennie était en sirène.

Je serre les dents. Une sirène, évidemment. Le seul jeu auquel Rennie voulait jouer dans la piscine de Lillia quand nous étions petites, c'était *La Petite Sirène*.

— Ça devait être sympa, dis-je sur un ton sarcastique, avant de tenter de l'esquiver.

— Comme je l'ai déjà expliqué, pas vraiment. (Il se plante devant moi et baisse la voix.) Attends, tu m'en veux ? Tu as bien reçu mon SMS, non ?

Je le regarde droit dans les yeux.

— Et pourquoi tu m'inviterais à une fête de Rennie ?

Il connaît notre passé commun. Comme tout le monde. Je m'apprête à lui poser une question sur la fille dans son lit, mais je suis distraite par ce que j'aperçois par-dessus son épaule.

Rennie nous observe.

— A-lex ! appelle-t-elle d'une voix chantante. Tu peux venir ici une seconde ?

En l'imitant, je lui réponds :

— Alex est occupé. Tu ne devrais pas interrompre les gens qui sont en train de dis-cu-ter.

Rennie soupire. Elle prend Lillia par la main et la tire du bord de la fontaine où elle est assise.

— Viens, Alex, faut qu'on te parle.

Mais Lillia dégage sa main.

Alex jette un coup d'œil en arrière.

— Et si je t'appelais un peu plus tard ? propose-t-il, l'air contrarié.

Je le chasse d'un revers de main.

— Laisse tomber.

Je n'ai pas envie de revenir là-dessus maintenant, alors que tout le monde nous observe.

— Je t'appelle après l'entraînement de foot, conclut-il en s'écartant de mon chemin.

J'entends Rennie l'interroger :

— De quoi est-ce que tu parlais avec elle ? Tu veux l'embaucher pour qu'elle brique le yacht de ton oncle ? (Alex commence à répondre que non, mais Rennie lui coupe la parole.) Fais gaffe, Skud. Je veux dire, tu ne dois pas laisser n'importe qui monter sur son yacht. Et si elle piquait un truc ?

Je sens tout mon corps se raidir. C'est Rennie qui aimait voler dans les magasins. Le plus souvent, du maquillage au drugstore, parfois une chemise ou un bracelet dans l'une des boutiques de Main Street. C'est moi qui faisais le guet pour elle.

Au fil des ans, Rennie a propagé une centaine de rumeurs sur moi. Elle a raconté que mon père deale de la meth et qu'il forme mon frère Pat afin qu'il reprenne le business familial, que j'ai essayé de lui rouler une pelle lors d'une soirée pyjama et qu'elle a envisagé un temps de demander une mesure d'éloignement, car je l'aurais soi-disant harcelée après notre brouille. Toutes sortes de mensonges, juste pour avoir quelque chose d'intéressant à dire. Je m'en foutais tellement que je ne cherchais même pas à rétablir la vérité. Elle croyait vraiment à ses propres conneries. De toute manière, personne n'aurait fait attention à ce que j'aurais pu dire. Ils auraient continué de croire ce qu'ils avaient envie de croire.

Seulement maintenant, pour une raison qui m'échappe, je ne veux pas qu'Alex pense que je suis une sous-merde.

Derrière Alex, Rennie m'adresse un petit salut suffisant.

Sans même y réfléchir, je cours pour les rattraper. Et profitant de mon élan, je rentre dans Rennie de toutes mes forces.

III

MARY

LORSQUE JE ME suis levée ce matin, j'avais une boule au ventre. Une très grosse, même. C'était le jour que j'attendais depuis longtemps.

Sur mon vélo, je traverse Middlebury et emprunte la piste cyclable qui longe la côte rocheuse, à l'entrée de Canobie Bluffs. Au niveau de la falaise la plus abrupte, le chemin s'enfonce en serpentant dans les bois. Il fait frais sous les pins, et j'aime le doux crissement de mes pneus sur le sentier sablonneux.

Tante Bette dormait encore quand l'heure est venue pour moi de partir, mais heureusement, mon vieux biclou jaune était dans le garage, en parfait état. Il n'était même pas poussiéreux.

Je me demande ce qui va se passer. Lorsque tout le monde se sera dispersé et qu'il ne restera plus que nous deux, face à face.

Je pourrais lancer « Salut Reeve » d'une voix calme et posée.

Je pourrais ajouter « Tu ne croyais pas me revoir un jour, pas vrai ? »

Les possibilités tournent en boucle dans ma tête plus vite que mes pédales. Je ne réfléchis même pas à ce qu'il pourrait me dire. Ça n'a pas d'importance. Je vais savourer mon entrée, un point c'est tout.

La piste cyclable débouche derrière l'enceinte du lycée de Jar Island. Je m'arrête en dérapant. Le complexe s'étend au-delà du terrain de foot. Je suis frappée par son immensité.

Je suis déjà venue dans l'auditorium avec papa et maman quand j'étais petite, pour voir une version musicale du *Jardin secret* de Frances Hodgson Burnett. Je pense qu'à l'époque, je me suis dit qu'il n'y avait que ce bâtiment, mais désormais, je m'aperçois que l'auditorium est un bâtiment totalement distinct du lycée. Il y a également un gymnase et une piscine. Je vois des adolescents partout, par centaines, qui grouillent comme des fourmis. Je m'attends à voir un visage connu, mais non. Je suis entourée d'étrangers.

Je suis la foule des lycéens sur l'allée cimentée qui donne sur une grande cour centrale. Un groupe de garçons fait de l'ultimate frisbee sur la pelouse. J'aperçois quelques bancs et arbres, et au centre, une immense fontaine bouillonnante qui propulse de fines gouttelettes dans le ciel bleu.

Reeve est ici, quelque part. Je le sais. Je le sens.

Je me recoiffe et tourne lentement sur moi-même pour inspecter les lieux.

Une brune en short taille basse, haut et sweat-shirt à capuche noirs charge une fille plus petite aux cheveux châtains ondulés et lui rentre dedans de toutes ses forces. Si fort que j'entends l'impact d'où je suis.

La seconde vacille sur ses hauts talons et manque de tomber dans la fontaine. Elle pousse un cri à vous glacer le sang. Je la reconnais maintenant. Je pense l'avoir croisée une fois, il y a longtemps. Peut-être au catéchisme, au centre de loisirs ou ailleurs.

La fille en taille basse lui crache :

— C'est toi la klepto, Rennie ! Je n'ai jamais rien volé de ma vie !

Rennie, c'est ça. C'est le nom de la petite. Quand j'avais huit ans, elle était à mon cours de natation. L'autre fille vient se planter juste en face de Rennie. Un garçon aux cheveux auburn tente de la retenir, mais elle le repousse.

— Si je t'entends raconter d'autres mensonges sur mon compte, je te tue.

La manière dont elle le dit, d'un air grave et sinistre, me donne la chair de poule.

Partout dans la cour, les élèves ralentissent pour regarder, telles des mouettes encerclant des déchets sur la plage. J'ai un sentiment d'impuissance, de malaise. Mais tous les autres semblent apprécier le spectacle. Tout le monde, sauf le type aux cheveux auburn.

Rennie se redresse.

— Oh, comme ça, tu me tueras ? Vraiment ? dit-elle en riant. O.K, finis les mensonges, Kat. Je la joue franc-jeu avec toi maintenant. Tu te souviens du jour en première année où tu m'as suppliée de redevenir ton amie ? (Le sourire de l'autre fille, Kat, s'évanouit.) Tu pleurais, et tu essayais de me serrer dans tes bras. Il faut que tu saches que pendant tout ce temps, je me suis dit que ton haleine puait la merde. Et que c'était toujours comme ça, même quand tu te brossais les dents. Quand tu es partie, j'ai vraiment été soulagée de ne plus avoir à supporter cette puanteur.

La bouche de Kat se contracte. Elle veut dire quelque chose, mais n'y arrive pas. Je peux le voir à son expression, à ses yeux. Elle commence à tousser et, au début, je pense qu'elle retient ses larmes. Mais ensuite, Kat incline légèrement la tête en arrière et crache un gros mollard à la tête de Rennie.

Tous les spectateurs s'écrient :

— Aaaah, dégueuuuu !

— Putain, Kat ! beugle le gars.

— Oh, mon Dieu ! hurle Rennie en s'essuyant furieusement le visage. T'es vraiment qu'une grosse crade, Kat. (Elle remarque que tout le monde la regarde et ses joues virent au rouge vif.) Oh mon Dieu ! répète-t-elle dans un murmure.

Kat s'éloigne. Nos regards se croisent quand elle passe devant moi. Le sien étincelle de rage, et j'en ai le souffle coupé.

Je me sens toute retournée, je ne distingue plus rien et je ne sais plus où aller. Alors c'est comme ça que ça se passe, au lycée de Jar Island ? Parce que si c'est le cas, je ne suis pas sûre de survivre jusqu'à la fin de la journée.

Une jolie Asiatique s'approche de Rennie et lui tend un mouchoir en papier, mais Rennie ne le prend pas. Au lieu de cela, elle s'effondre, et un grand brun la cueille dans ses bras en lui proposant la manche de son tee-shirt pour s'essuyer.

Il lui glisse :

— Viens par ici, ma belle. Franchement, te friter le jour de la rentrée ! Ren, tu sais que tu vaux mieux que ça. Ne laisse pas DeBrassio te traîner dans la boue avec elle... Par contre, je dois dire que vous voir vous en balancer plein la tronche, ça valait le détour.

Il rejette la tête en arrière et laisse échapper le rire qu'il avait dû retenir jusqu'ici.

Je ne l'entends pas. Je n'entends rien du tout. Juste mon pouls qui bat dans mes tympans. Tout le reste est assourdi. Parce que ce garçon-là, juste devant moi, après toutes ces années, c'est Reeve Tabatsky.

Je l'aurais reconnu entre mille. Il a les mêmes cheveux bruns, le même nez aquilin. Et ces yeux ! Vert d'eau. Il est plus grand désormais, beaucoup plus même. Épaules larges, bras musclés. Il porte un tee-shirt blanc, un baggy usé et une paire de lunettes d'aviateur sur le front.

Lorsque nous étions plus jeunes, il était mignon comme garçon. Mais maintenant, il est carrément beau. Un vrai canon.

Mes jambes commencent à trembler. Je ne peux pas le faire. Je veux partir en courant, me cacher, mais je ne peux pas bouger. Je reste plantée là, immobile.

Ils marchent tous les deux dans ma direction, le bras de Reeve enroulé autour de l'épaule de Rennie. Je retiens mon souffle et attends une réaction de sa part, un signe, n'importe quoi, tandis que Reeve approche. Mais rien ne se passe. Il file droit devant moi, si près qu'il me touche presque. Il ne me remarque pas.

Je me retourne et fixe son dos du regard. Est-ce qu'il ne m'a vraiment pas aperçue ? Ou peut-être qu'il était trop distrait par Rennie accrochée à lui. Peut-être même qu'il m'a vue, mais qu'il ne m'a pas reconnue parce que j'ai beaucoup changé. Je suis probablement la dernière personne qu'il s'attend à revoir.

Étourdie, je les suis dans le bâtiment. Reeve et Rennie disparaissent ensemble dans un couloir, happés par la foule des élèves. Je ne sais pas où aller. J'erre de gauche à droite, et quand j'aperçois quelqu'un sortir des toilettes, je me glisse dans l'entrebâillement de la porte.

Mon estomac se révulse. Je me rue jusqu'à la dernière cabine et m'effondre devant la cuvette, la pointe de mes cheveux trempant dans l'eau.

J'inspire et j'expire profondément, plusieurs fois. Peut-être que ce n'était rien de tout ça.

Peut-être que je ne valais simplement pas la peine qu'on se souvienne de moi.

IV

LILLIA

Nous sommes assis à notre nouvelle table pour le repas de midi. Toute la bande habituelle est là : moi, Rennie, Ashlin, Alex, Reeve, PJ, Derek et quelques gars de l'équipe de foot. Les diplômés de l'année dernière nous ont laissé cette table en héritage. C'est une tradition. C'est la table star, en plein cœur de l'action.

Le dernier jour de l'année scolaire, les dernière année les plus cools invitent les troisième année les plus cools à déjeuner avec eux. C'est comme se passer le flambeau de la popularité. Dommage que cette table soit identique à n'importe quelle autre de la cafétéria.

Ashlin est soûlante ; elle n'arrête pas de parler du sauna que ses parents viennent de faire installer. Je finis par lui dire « Ash, tout le monde s'en fout », et elle ferme sa bouche, mais je vois bien qu'elle est blessée. Je me sens mal, alors j'ajoute « Mais non, je déconne. »

Rennie me pique un donut recouvert de sucre glace sur mon plateau et l'engloutit.

En tirant mon plateau vers moi, je la taquine :

— Je croyais que tu renonçais au sucre pendant la saison de foot !

Il ne me reste plus que trois donuts. Rennie me fait une grimace.

— J'ai besoin de réconfort après ce qui s'est passé ce matin. Je devrais probablement faire un test de dépistage du SIDA. Qui sait quel type de germes cette clodo peut trimballer.

Elle fait semblant de vomir, et sa langue est blanche de sucre glace.

J'ai du mal à réaliser que Kat DeBrassio lui a craché dessus. Je veux dire, c'était vraiment dégueulasse. Mais ce n'est pas comme si Rennie ne l'avait pas cherché. Je trouve juste dingue que quelqu'un ait osé la défier.

Reeve rapproche sa chaise de nous. Je me recule un peu. Il doit avoir vidé une demi-bouteille d'eau de Cologne ce matin. L'odeur me donne mal à la tête.

— Rennie chériiiiiie ? appelle-t-il.

— Oui, Reevie chériiiii ? minaude Rennie en rejetant ses cheveux en arrière.

— Tu sais que tu es ma petite femme adorée, pas vrai ?

Beurk…

— Bien sûr !

— Et une bonne épouse doit veiller au bien-être de son homme, poursuit-il. (Je mets un doigt dans la bouche comme pour vomir devant Ashlin, qui se met à glousser. Reeve me voit faire et m'adresse un revers de main dédaigneux, avant de se retourner vers Rennie.) Bref… Me feras-tu le plaisir de recruter une cheerleader qui sait ce qu'elle fait cette année ? Je suis sérieux. Je ne veux pas seulement d'une jolie fille pour représenter le numéro soixante-trois. Peu importe qui tu choisis, elle va passer beaucoup de temps sur le terrain, et je veux qu'elle sache faire la totale.

— C'est quoi, la totale ? ronronne Rennie.

Reeve se met à énoncer en comptant sur ses doigts.

— Du rythme, une bonne coordination, suffisamment de souplesse pour faire les mouvements les plus complexes. Finies les roues minables. Je veux des flips arrière, des saltos et de la choré qui déchire. De la variété. Tu vois ce que je veux dire.

— Je vois exactement ce que tu veux dire, Reevie, confirme Rennie, les yeux brillants. Je me charge de tout.

Reeve tend le bras de l'autre côté de la table et lui pince la joue.

Rennie repousse vivement sa main en riant.

— Et toi, Alex, tu veux qui ?

— Je m'en fous, lâche-t-il avant de reprendre sa discussion avec Derek.

Rennie articule « C'est quoi, son problème ? » à voix basse dans ma direction. Pour toute réponse, je hausse les épaules. « Il doit avoir ses règles », poursuit-elle.

Elle se penche en avant et me pique un autre donut.

— Que penses-tu d'associer Nadia à Alex ? Je veux dire, c'est clair que si elle récupère un dernière année, elle pourra se faire mousser auprès des première année.

Je récupère mon donut au vol et me contente d'un « Mouais, si tu le dis » en guise de réponse.

Je me sens toujours mal à l'aise après ce que j'ai dit à Nadia ce matin. Peut-être que ça l'aidera à se sentir mieux.

— Ça te pose pas de problème, donc ? me presse-t-elle.

— Je ne vois pas comment je pourrais être contre.

Je sais ce qu'elle a en tête, mais je refuse d'entrer dans son jeu. Comme je lui ai déjà dit un bon millier de fois, je n'ai pas ce genre de vue sur Alex.

— O.K.

Je me lève de table et me dirige vers le distributeur de boissons avant qu'elle puisse ajouter quoi que ce soit.

Alors que j'hésite entre un jus de raisin et un Coca, Alex se pointe derrière moi.

Je lui adresse un « Salut, Skud » en appuyant sur la touche Coca. Je me rends compte que Rennie met probablement autant la pression à Alex qu'à moi. Je parie qu'elle lui raconte les mêmes craques. Que j'ai rêvé de lui. Que nous devrions nous mettre ensemble.

D'une voix morne, il me lance :

— Salut, Skud ? C'est tout ce que tu trouves à me dire ? Tu n'as pas remarqué que je te fais la gueule depuis samedi ? (Je le dévisage, bouche bée. C'est quoi, son problème ?) Je n'arrive pas à croire ça de toi, Lillia, enrage-t-il. Tu t'incrustes chez moi avec Rennie pour organiser une putain de fête, tu fous le bordel en laissant des paillettes partout, et tu te casses au bout d'une demi-heure pour aller ailleurs ! C'est quoi, ce délire ?

Je n'ai jamais vu Alex aussi remonté auparavant. Mais il a raison d'avoir les boules. Nous n'aurions jamais dû partir comme ça. Je murmure que je suis désolée. Il n'a pas idée à quel point je le suis réellement.

Il secoue la tête et se retourne, prêt à partir, mais je tends le bras et l'attrape par la manche de sa chemise. Je l'implore :

— M'en veux pas.

Il me jette un regard furieux, mais ne me repousse pas.

— Quand est-ce que tu comptes passer récupérer tes décorations et tout ton bordel ?

— Je passerai ce soir avec Rennie après la sélection des cheerleaders pour tout enlever.

Alex ne dit rien. Il se contente de partir. Il ne retourne pas à la table, mais sort tout droit de la cafétéria.

***

RENNIE S'EST MIS *en tête que nous devions organiser une fête pour le retour des garçons.* Elle a décidé que le thème serait « Sous l'océan » et qu'elle se déguiserait en sirène. Les autres filles de dernière année seraient autorisées à porter des bikinis, des jupes hawaïennes et des colliers de fleurs.

Les deuxième et troisième année devaient être habillés en pêcheurs sexy. Nous avons autorisé Nadia à inviter trois de ses copines de première année, mais elles devaient se déguiser en petits poissons et porter des palmes en permanence, sans quoi elles seraient obligées de partir.

Il y avait une autre condition à respecter. J'ai formellement interdit à Nadia de boire. Elle a accepté sans broncher. Lorsqu'elle s'est pointée avec ses amies vêtues de hauts et de shorts verts, empêtrées dans leurs palmes, je lui ai servi une *piña colada* sans alcool. J'en avais une à la main également, même si Rennie avait essayé plusieurs fois de verser dans la mienne le contenu d'une des bouteilles de rhum qu'elle avait planquées dans la cour de derrière.

La fête a été une réussite. Les haut-parleurs crachaient de la bonne musique, nous avions allumé des torches autour de la pelouse, les gens dansaient et nageaient dans la piscine. Même les gars s'étaient laissé prendre au jeu. Reeve avait récupéré un drap sur le lit d'Alex, en avait fait une toge et s'était autoproclamé Poséidon. Il se promenait avec un râteau en guise de trident. Je suis sûre qu'il avait trouvé cette excuse pour retirer sa chemise. Alex portait sa casquette de pêcheur et les autres avaient au moins enfilé un caleçon de bain ou s'étaient barbouillés de crème solaire.

Rennie avait opté pour une jupe bleue moulante, un haut de maillot de bain rembourré et des bas résille. Elle avait dépensé l'équivalent d'une semaine de son salaire d'hôtesse pour acheter une perruque et une barrette en forme d'étoile de mer recouverte de strass qu'elle avait dénichées sur Internet. J'étais une sauveteuse façon *Alerte à Malibu* : maillot de bain rouge une-pièce, short blanc et tongs. Je portais un sifflet autour du cou et un flotteur sanglé dans le dos. Ashlin était déguisée en méduse. Elle avait enfilé une grande robe de plage transparente sur son bikini blanc et tressé de longues bandes de papier crépon dans ses cheveux blonds.

Alors que Rennie et moi étions près du barbecue à siroter nos boissons et à observer la scène, Mme Kudjak s'est avancée vers moi et m'a étreinte chaleureusement.

— Lillia, quelle bonne idée tu as eue ! m'a-t-elle félicitée en m'embrassant sur la joue. (Elle portait une robe hawaïenne et avait piqué une fleur dans ses cheveux.) Alex a vraiment été surpris !

Ensuite, elle s'est éloignée pour rapporter d'autres brochettes de fruits de mer, et Rennie m'a donné un coup de coude.

— Tu vois ? Je l'avais dit que tout se passerait bien. De quoi tu avais peur ?

— Je n'avais pas peur, ai-je protesté en rajustant mon flotteur. Je trouve juste un peu bizarre de demander à la mère de quelqu'un si on peut organiser une fête chez elle.

— Lil, a-t-elle rétorqué gaiement, la mère d'Alex t'adore. Tu es la fille qu'elle n'a jamais eue. Elle t'a offert un bracelet Dior rose pour ton anniversaire ! J'ai cherché sur le Web, et je peux te dire qu'il n'est pas donné. Il vaut dans les six cents dollars !

Rennie m'avait emprunté ce bracelet des mois auparavant et ne me l'avait jamais rendu. C'était plus son style que le mien, de toute façon.

Elle s'était déjà lassée de notre conversation et scrutait le jardin en passant la main dans sa longue perruque blonde.

— Mais qu'est-ce que Teresa Cruz fout ici ? Je me souviens parfaitement de ne pas l'avoir invitée. Regarde-la avec son collier de fleurs et sa jupe en raphia. Elle se croit à Hawaii ou quoi ? (Rennie fulminait.) Elle est totalement à la ramasse. Et je ne sais pas ce que Reeve a dans le cul. Il nous a à peine dit bonjour alors que cette fête est pour lui !

J'étais en train d'observer Teresa dans son accoutrement débile quand Alex a attiré mon attention d'un signe de la main. Il était avec Reeve, Derek et son oncle. Tous fumaient des cigares, sauf Alex. Je m'apprêtais à les rejoindre, quand Rennie m'a attrapée par le bras.

— Oh-Mon-Dieuuuu ! (Elle avait son téléphone portable à la main et l'agitait devant moi, les yeux brillants.) Il m'a envoyé un SMS !

— Qui ? Reeve ?

— Non, Ian ! (Ian était l'un des étudiants de l'université du Massachusetts que nous avions rencontrés à la plage. Rennie et lui s'étaient revus plus tôt dans la semaine. Il l'avait invitée à dîner, mais elle n'avait plus eu de ses nouvelles par la suite.) Ils organisent une fête ! C'est leur dernière nuit dans leur location. Faut qu'on y aille.

— Maintenant ?

— Oui, maintenant !

— Ren, on ne peut pas partir, lui ai-je fait remarquer en riant. C'est notre fête, tu te souviens ? Nous devons sortir les cupcakes, les feux d'artifice et tout le reste.

Nadia et moi avions passé l'après-midi à décorer ces cupcakes. Nous avions mis du colorant alimentaire bleu dans le glaçage et émietté des biscuits pour faire le sable.

Rennie s'est mise à faire la moue.

— Steuplé, Lil ! Il est vraiment cool. Il est en prépa de médecine ! Et je t'ai dit que son copain Mike avait demandé de tes nouvelles plusieurs fois. On pourrait y aller et rester juste un moment ? On peut revenir juste après. Personne ne remarquera notre absence !

J'ai jeté un coup œil dans le jardin. Ashlin jouait au poker près de la piscine avec quelques gars. Derek essayait de regarder ses cartes, et elle n'arrêtait pas de rire en le repoussant. Elle ne risquait vraiment pas de remarquer notre absence, pas avec l'attention que Derek lui portait.

— On fait quoi pour Nadia ? ai-je demandé à Rennie.

— Tout va bien pour elle ! Regarde, elle s'amuse. (J'ai repéré Nadia, assise près de la piscine avec ses amies, les pieds dans l'eau ; elles s'amusaient à s'éclabousser avec leurs palmes en gloussant. Rennie m'a prise par le bras et l'a secoué dans tous les sens.) Alleeeeez, steuuuuuplé, Lil. C'est ma dernière occasion de le voir. Ils partent demain. C'est maintenant ou jamais !

— Bon, ai-je soupiré. Une heure, et après on revient. Promis ?

— Ouiiiiiii ! a glapi Rennie en me serrant dans ses bras. (Ensuite, elle a baissé les yeux sur son costume de sirène en fronçant les sourcils.) On ne peut pas se pointer comme ça. Faut qu'on ait l'air de vraies étudiantes.

— On peut se changer dans la voiture, ai-je suggéré rapidement.

Si on était passées chez Rennie, ça aurait pris une éternité. Je voulais juste faire un aller-retour éclair afin que tout le monde puisse se régaler de nos cupcakes, même si nous avions utilisé des sachets de préparation toute faite pour la pâte. Je ne les avais pas disposés avec le reste de la nourriture, parce que je voulais en faire un plat spécial.

— Bon, d'accord, a consenti Rennie en haussant les épaules. Je vais vérifier mon maquillage. Je te rejoins à la voiture dans deux secondes.

Elle s'est ruée vers la maison et je me suis dirigée vers sa Jeep. Alors que j'étais en train de fouiller dans mon sac à la recherche du débardeur que je portais plus tôt, quelqu'un m'a tiré les cheveux et je me suis retournée.

Reeve.

Il a tendu le bras par-dessus mon épaule pour refermer la portière.

— Où est-ce que tu files en douce ? m'a-t-il interrogée en se penchant tout près de moi.

— Ça te regarde pas.

— Allez. Dis-le-moi.

J'ai essayé de le repousser, mais il n'a pas bougé.

— Reeve, dégage !

— Alors comme ça, tu organises une fête pour le gamin, et puis tu te casses ? a-t-il ironisé en agitant le doigt devant moi. Tu es une vilaine, vilaine fille, Cho.

Ensuite, il a filé en se pavanant.

— J'ai jamais prétendu le contraire ! ai-je crié après lui.

J'OUVRE MA CANETTE de soda et la sirote en retournant à notre table de déjeuner. Je m'assois à la place d'Alex, à côté de PJ et Reeve. Reeve m'adresse le même regard que cette nuit-là, les yeux plissés, le regard accusateur.

— Pourquoi tu fais encore la gueule, Cho ? C'est parce que tu as dû acheter ton soda pour une fois ?

— Ferme-la.

— Les filles comme toi… commence-t-il en faisant un grand geste dans ma direction.

Mais son bras renverse accidentellement mon Coca, qui éclabousse tout mon pull. Je me lève d'un bond en criant. PJ et Reeve reculent leurs chaises en vitesse pour éviter les projections. Je sens le Coca s'imprégner à travers le cachemire jusque dans mon soutien-gorge. Une large tache brune s'étale sur tout le devant.

— Il est foutu maintenant… à cause de toi !

— Relax, Lillia, c'était un accident.

Reeve s'avance vers moi avec une serviette en papier pour tenter d'atténuer la tache.

Je m'écarte en hurlant :

— Ne me touche pas !

Reeve se met à ricaner.

— Oh, j'oubliais que Princesse Lillia n'aime pas être touchée. Je me trompe ? se moque-t-il en me décochant un clin d'œil.

— Reeve, fous-lui la paix, intervient Rennie.

Mes yeux sont embués. Je penche la tête pour me cacher derrière mes cheveux et commence à éponger mon pull. Je me dis que tout va bien. C'est juste Reeve, fidèle à lui-même. Il ne sait rien. Comment le pourrait-il ? Rennie ne dira rien à personne. Nous en avons fait la promesse, toutes les deux. J'essaye de prendre une grande inspiration, mais l'air reste bloqué. Ma lèvre inférieure se met à trembler. Il faut que je sorte d'ici avant de perdre la face devant tout le monde.

— Pour ta gouverne, ce cachemire vaut trois cents dollars, soit plus que la poubelle que tu conduis.

J'attrape mon sac et me dirige vers les toilettes des filles. Je me rue jusqu'au lavabo et ouvre le robinet. Je ne pleurerai pas. Pas question. Pas au lycée. Ça ne me ressemble pas.

Sauf que c'est plus fort que moi.

Je sanglote tellement fort que mes épaules tressautent et que ma gorge me brûle. Je n'arrive pas à m'arrêter.

La porte s'ouvre, et je m'attends à voir Rennie. Erreur. C'est Kat DeBrassio. Elle laisse tomber sa sacoche dans le lavabo à côté du mien et arrange sa frange devant le miroir.

Je m'asperge rapidement le visage d'eau froide pour essayer d'effacer mes larmes. Mais elle doit les voir, parce qu'elle me demande « Ça va ? » avec sa rudesse habituelle.

Je lui réponds que oui en fixant mon reflet.

J'ai rencontré Rennie dans la file d'attente devant le vieux cinéma de Main Street. J'avais dix ans et je me prenais pour une grande, à attendre seule avec mon billet de dix dollars dans ma poche. Rennie m'a dit qu'elle aimait mes tongs. Elles étaient bleu lavande à pois roses. Elle m'a présenté Kat quelques semaines plus tard. À compter de ce jour, nous avons formé un trio. Avant Rennie et Kat, Nadia était la seule avec qui je jouais pendant nos vacances sur Jar Island. Désormais, j'avais deux meilleures amies.

Chaque vendredi, on se faisait des soirées pyjamas, une fois chez l'une, une fois chez l'autre. On espionnait le grand frère de Kat et on jouait avec son chien, Shep. Dans l'appart de Rennie, on préparait des craquants aux cacahuètes au micro-onde, et sa mère nous relookait. Chez moi, Rennie et Kat faisaient la course dans la piscine ; je restais dans la partie où j'avais pied, et c'était à moi de les départager. On jouait avec ma maison de poupées et puis, plus grandes, on faisait des films avec le caméscope de mon père et on les projetait pour ma mère et Nadia au petit-déjeuner.

J'étais jalouse autrefois, sachant que lorsque je quittais Jar Island à la fin août, Rennie et Kat restaient ensemble. Elles étaient semblables par bien des aspects. Elles n'avaient peur de rien. Moi, j'étais la poule mouillée du lot. C'est comme ça que Kat m'appelait. Je n'ai jamais osé sauter du grand plongeoir, tenir la barre quand le père de Kat nous emmenait en bateau, ni sortir avec les garçons qu'on rencontrait à la plage. Mais Rennie et Kat veillaient sur moi. Avec elles, je me sentais en sécurité.

Lorsque ma famille a décidé d'emménager ici pour de bon, mon rêve est devenu réalité. Cet été-là devait être un avant-goût du fun auquel on aurait droit au lycée. Mais, début août, Rennie a convaincu sa mère de la laisser se faire refaire le nez. Je n'ai jamais trouvé son nez moche, mais quand Rennie m'a montré la bosse sur le dessus, je l'ai vue moi aussi. Une fois les bandages retirés et les sutures cicatrisées, c'est elle qui a décidé que nous devions être des stars du lycée. Kat a dit que c'était débile, Rennie lui en a voulu, et elles ont eu une énième prise de bec. J'ai cru que tout serait rentré dans l'ordre en quelques jours (la durée habituelle de leurs chamailleries), mais une semaine plus tard, Rennie faisait toujours la gueule. Elle a prétendu que Kat était immature, qu'elle ne comprenait rien. Qu'elle allait être un boulet.

Au début, nous n'avons pas laissé tomber Kat. Comme convenu, nous avons fait du shopping pour la rentrée sur le continent. Nous sommes allées au cinéma pour l'anniversaire de Kat, mais Rennie a fait toute une histoire pour s'asseoir à côté de moi et pouvoir ainsi partager mes bonbons Maltesers, ce qui était bizarre. Ensuite, nous devions passer la nuit chez Kat. Mais alors que nous sortions du cinéma, Rennie a annoncé qu'elle ne se sentait pas bien et qu'elle allait rentrer chez elle. Évidemment, elle simulait. Rennie est une actrice épouvantable. J'ai pris Kat à part pour lui demander si elle voulait toujours que je dorme chez elle, et elle m'a répondu de laisser tomber.

Je suis rentrée à la maison et j'ai réfléchi à tout ça, seule dans un premier temps, puis avec ma mère. Je lui ai expliqué que Rennie et Kat s'étaient disputées, que Rennie ne voulait plus être amie avec Kat et que je me retrouvais coincée au milieu.

— Je veux dire, si je dois choisir mon camp, je choisirai probablement celui de Rennie, lui ai-je confié.

— Mais pourquoi choisir ton camp ? Pourquoi ce ne serait pas toi qui jouerais les entremetteuses pour les rabibocher ? a suggéré ma mère.

— Ça m'étonnerait que Rennie m'écoute.

— Tu pourrais au moins essayer, a-t-elle insisté. Kat a vécu des moments difficiles, elle a besoin de ses amies.

Je me suis sentie coupable. La mère de Kat était morte l'année précédente. Elle était malade depuis longtemps. Kat n'avait pas voulu en parler, en tout cas pas à moi. Elle discutait avec ma mère parfois, lorsque j'étais occupée dans ma chambre avec Rennie.

— J'essaierai, ai-je accepté.

Ensuite, j'ai eu une idée géniale. Pour la rentrée, j'allais offrir à Rennie et Kat des colliers d'amitié. Ils nous permettraient de resserrer nos liens et d'apaiser les tensions.

Avec ma mère, on en a trouvé dans la belle bijouterie de White Haven, où mon père achète toujours quelque chose pour leur anniversaire de mariage. Des colliers en or identiques, avec un pendentif spécial pour chacune de nous. J'étais vraiment impatiente de leur offrir les écrins en velours noir. Je savais que Rennie, en particulier, allait les adorer.

Le jour de la rentrée, la mère de Rennie est passée me prendre, et je m'étais attendue à trouver Kat et Rennie sur la banquette arrière. Elles habitaient du même côté de l'île, et moi à l'opposé.

Mais Kat n'était pas là. Il n'y avait que Rennie dans son nouveau jean avec des piqûres fantaisie sur les poches arrière. Je suis montée dans la voiture et suis allée aux nouvelles.

— Kat est malade ?

Rennie a secoué la tête.

En voyant sa mère nous épier dans le rétroviseur, Rennie s'est penchée vers moi et a murmuré :

— Je ne voulais pas passer la prendre. J'en ai fini avec elle.

— Tu lui as dit que tu ne passerais pas ? ai-je chuchoté en retour.

Et si Kat était dehors à nous attendre ? Et si elle arrivait en retard le jour de la rentrée ?

— Elle finira par comprendre, a répondu Rennie.

Puis, en se touchant le nez, inquiète, elle m'a demandé :

— Est-ce qu'il a l'air enflé ?

Alors que j'avais prévu d'offrir leurs colliers à Rennie et Kat en même temps, j'ai finalement donné le sien à Rennie sur-le-champ. Elle avait l'air grincheux, et je voulais commencer la journée sur une note positive. Elle a crié si fort que sa mère a freiné brusquement. Son pendentif était un cœur, le mien un minuscule cupcake en or. Nous les avons immédiatement passés autour de nos cous.

J'ai déposé celui de Kat dans son casier. Elle n'avait pas acheté de cadenas lors de notre sortie shopping de pré-rentrée. Elle avait prétendu qu'elle oublierait immédiatement la combinaison, de toute manière. Sans compter qu'il n'y avait pas de voleur sur l'île. L'endroit était parfaitement sûr.

Lorsque j'ai croisé Kat dans le couloir plus tard ce même jour, ses yeux étaient rouges, et elle ne portait pas mon collier. Son pendentif était une clé en or. Elle était jolie, mais représentait également la robustesse et la fonctionnalité. À l'image de Kat.

Elle est passée à côté de moi sans rien dire.

J'ai essayé de discuter avec Rennie plus tard, pour voir s'il était possible que les choses redeviennent comme avant. Mais elle a refusé. Elle ne voulait même pas en parler. Pour Rennie, c'était terminé. Rayé de sa mémoire. Elle était capable de ça, effacer les souvenirs qui ne lui plaisaient pas. Sauf que je ne l'avais jamais vue effacer une personne auparavant.

Je m'essuie le visage avec une serviette en papier. En me retournant pour la jeter dans la corbeille, sans lui faire face, je confie à Kat :

— Franchement, je n'ai jamais trouvé que tu avais mauvaise haleine. Pour ce que ça vaut.

Je me rends compte que ce sont les premiers mots que je lui adresse depuis des années.

Kat me dévisage et je sais qu'elle est surprise.

Ensuite, j'entends un son monter des toilettes du fond. Une respiration saccadée, comme quand on lutte pour ne pas pleurer. Nous tournons toutes les deux la tête dans sa direction.

Paniquée, comme si je venais de me faire surprendre en train de faire une connerie, je lance :

— Qui c'est ?

— Eh oh, qui est là ? ajoute Kat.

Pas de réponse. Kat va ouvrir la porte d'un coup de botte.

V

MARY

JE SUIS PERCHÉE sur les toilettes, les genoux repliés contre la poitrine.

La porte s'ouvre brusquement. La cracheuse de ce matin pose les yeux sur moi. La jolie Asiatique se tient près d'elle, et son pull blanc a une grosse tache sur le devant.

— Tu t'appelles comment ? demande Kat.

Je ravale ma salive.

— Mary. Enchantée.

— Pareil pour moi, répond sèchement Kat.

— Et vous, c'est comment ?

Ma question semble les désarçonner.

— Moi, c'est Kat, et elle, c'est Princesse Lillia.

L'Asiatique lui adresse un regard mauvais.

— Juste Lillia. (Ensuite, elle plisse les yeux.) Pourquoi tu te planques ici ?

— Euh… Pour rien.

Difficile de la regarder dans les yeux, parce que je l'ai écoutée pleurer pendant dix minutes. Ce n'est pas normal. Une fille aussi jolie et aussi populaire ne devrait pas avoir de raison de pleurer. Peu importe ce que c'est, ça doit être grave.

Lillia rejette ses cheveux derrière ses épaules.

— Tu es forcément contrariée par un truc. À moins que tu aimes espionner les gens dans les toilettes ?

Kat s'adosse contre la porte ouverte.

— Laisse-moi deviner. T'es sortie avec un mec cet été, tu l'as laissé te baiser et maintenant, il ne se souvient même plus de ton nom.

Je me mords la lèvre et réfute :

— Rien à voir. (J'hésite à parler à ces filles. Après tout, Lillia fait partie de la bande de Reeve. Ils sont amis. Et Kat… Eh bien, elle me fait flipper.) J'ai vu quelqu'un que je connaissais, c'est tout.

— Qui ? s'enquiert Kat.

À la manière dont elle est affalée contre la porte, je peux dire qu'elle ne va pas me lâcher tant que je ne le lui aurai pas dit.

— Ce type… Il s'amusait à me torturer quand on était au collège. Il s'est débrouillé pour que toute la classe me déteste. C'est à cause de lui que ma famille a déménagé. Bref, je l'ai vu aujourd'hui, pour la première fois depuis quatre ans, et malgré tout ce qu'il m'a fait, il ne m'a même pas reconnue.

Une mèche de cheveux glisse devant mes yeux. Je la rabats derrière mon oreille.

— Quel âge tu as? me demande Lillia d'une voix plus douce.

— Dix-sept ans.

— Et tu es originaire de l'île? Tu étais dans quel collège?

— Je suis d'ici, mais je suis allée à l'école Montessori de Belle Harbor, sur le continent.

On faisait la navette en ferry tous les jours. Lui et moi.

— Reeve, annonce Kat en secouant la tête.

Mes yeux s'écarquillent. Je suis nerveuse à l'idée qu'elle ait deviné si vite, mais étonnamment, je me sens un peu réconfortée.

— Comment tu sais?

— Qui d'autre ça pourrait être? s'étonne Kat en me tenant la porte ouverte. Depuis le temps qu'on se connaît…

Je descends de la cuvette des toilettes. Lillia recule jusqu'au lavabo et humidifie une serviette en papier.

— Ça ne me surprend pas. Reeve est un homme des cavernes, dit-elle en épongeant son pull. Il a bousillé mon cachemire.

Je tente une approche:

— Je croyais que vous étiez amis? Je vous ai vus ensemble ce matin.

— On n'est pas amis, mais on n'est pas ennemis non plus, soupire Lillia.

Kat lève les yeux au ciel.

— Géniale comme réponse, Lillia.

J'ajoute immédiatement :

— Ne lui dites pas que je l'ai vu.

La dernière chose que je veux, c'est que Reeve apprenne que je pleure encore à cause de lui après toutes ces années.

La sonnerie retentit. Lillia sort un tube de baume à lèvres de la poche de son short, le passe sur sa lèvre inférieure, puis serre les lèvres dans un *Pop* bruyant.

— T'inquiète. J'ai déjà oublié ton nom. (Elle jette un coup d'œil à Kat.) Faut qu'on se magne.

Puis, elle sort.

Kat la regarde partir, et lorsque la porte se referme, elle me demande à voix basse :

— Donc, comme ça, Lillia pleurait, si j'ai bien compris ?

Je garde les yeux rivés sur mes sandales. C'est privé. Je n'aurais même pas dû être là.

— Tu l'as entendue dire quelque chose ? Pourquoi elle pleurait ?

— J'en sais rien. J'ai rien entendu.

Kat soupire, déçue.

— Où est-ce que tu devrais être en ce moment, Mary ?

— Aucune idée.

— Où est ton emploi du temps ?

Je cherche dans mon sac, mais je ne le trouve pas.

— Euh, je crois que j'ai chimie maintenant.

Elle arrange sa frange et me fixe.

— Attends, tu n'es pas en dernière année? Pourquoi tu as encore chimie cette année ?

Je m'humecte les lèvres.

— J'ai été gravement malade au collège, alors j'ai une année de retard.

— Ça craint. Bon, les salles de sciences sont dans l'aile est du bâtiment. Va falloir te bouger pour arriver à l'heure. (Elle s'interrompt.) Ne te laisse pas abattre par ce connard de Reeve. Avec un karma comme le sien, ça finira par lui retomber sur la gueule. La roue tournera pour lui un de ces quatre.

— Je ne sais pas. Je veux dire, j'aimerais pouvoir y croire. Mais tout va bien pour Reeve, apparemment. C'est moi qui me suis planquée dans les toilettes toute la matinée.

— Il n'en vaut pas la peine. Et c'est pareil pour les autres. Crois-moi.

— Merci, Kat.

Elle a toute ma reconnaissance. Elle est la première personne à m'avoir réellement adressé la parole aujourd'hui.

Je suis Kat hors des toilettes. Elle tourne à gauche et remonte le couloir. Je la regarde s'éloigner, discrètement, au cas où elle jetterait un coup d'œil en arrière.

Mais elle ne le fait pas.

VI

LILLIA

TOUTES LES FILLES qui veulent entrer dans l'équipe sont assises sur les gradins du stade de foot en short et débardeur. Nadia est au premier rang avec quelques amies. Je lui adresse un sourire, qu'elle me rend. Je suis soulagée qu'elle ne soit pas fâchée après mon commentaire sur ses flips.

Rennie se tient avec la coach Christy devant les filles, Ashlin et moi sommes assises sur le côté. Nous avons enfilé nos uniformes, comme des top models. Rennie également. Un haut sans manches avec un J cousu sur la poitrine, une jupe plissée sur un shorty et des chaussettes montantes avec des petits pompons colorés sur les talons. Je dois l'avouer, je suis contente de retrouver mon uniforme.

Lorsque la coach Christy retourne en courant vers le bureau du gymnase pour photocopier les autorisations, Rennie passe à l'action. En scrutant les gradins, elle dit à voix basse :

— Bon, voilà comment ça marche. Si vous voulez devenir cheerleaders, il va falloir tenir votre rang tout le temps. Vous ne représentez pas que vous-même. Vous me représentez moi. C'est mon équipe. J'ai des critères à respecter. (Elle s'interrompt pour renforcer son effet.) Normalement, je croise les doigts, nous devrions recevoir de nouveaux uniformes cette saison, et ce seront des brassières. Par conséquent, hors de question que j'aperçoive une frite sur vos plateaux au déjeuner. Je suis sérieuse. Ça vaut aussi pour toi, Dori. (Dori lève les yeux, interloquée.) Il faut que tu retires cette veste. On dirait une mémère qui accompagne ses gamins au stade.

J'en reste bouche bée, et Ashlin glousse derrière sa main.

Les filles chuchotent nerveusement entre elles. Rennie regarde par-dessus son épaule pour s'assurer que la coach Christy n'est pas encore de retour, puis lance sèchement :

— Est-ce que j'ai dit que j'avais terminé ? (Tout le monde se tait.) Je ne peux pas me permettre d'avoir des maillons faibles. Par conséquent, si votre copine se laisse aller, dites-le-lui. Par exemple, Melanie, tu dois te rentrer ça dans le crâne : nettoyage de peau, tonification, hydratation.

Les yeux de Melanie se remplissent de larmes, mais elle acquiesce rapidement.

Franchement, je n'en crois pas mes oreilles. Bon, d'accord, Melanie a de l'acné, mais est-ce que Rennie a vraiment besoin de lui foutre la honte devant tout le monde ? Je jette un regard à Ashlin en espérant un signe de solidarité. Mais elle hausse les épaules en murmurant :

— Oublie les trois étapes, envoie-la direct chez le dermato.

Rennie pointe l'index sur Nadia.

— Je veux que tout le monde regarde les jambes de Nadia. C'est le niveau de bronzage que vous devez avoir. Dans le cas contraire, allez voir Becky chez *Mystic Beach* sur Sandtrap Street. Elle s'occupera de vous. (Ma sœur rougit de fierté et baisse humblement la tête.) Et je ne m'adresse pas qu'aux première année. (Rennie sonde les deuxième et troisième année qui sont également présentes. Je sais exactement qui elle cherche. Teresa Cruz.) Ne vous croyez pas à l'abri parce que vous êtes dans les classes supérieures. Chacune doit mériter sa place ici. Je n'hésiterai pas à me débarrasser des poids morts pour le bien de l'équipe.

Je vois la coach Christy revenir par le portail métallique et me racle la gorge pour faire signe à Rennie de la boucler.

Elle finit par sourire.

— Dernière chance, les filles. Si vous pensez ne pas être à la hauteur, la sortie est par là, et elle est définitive.

Personne ne bouge.

***

DANS LE VESTIAIRE, je suis en train de me changer avec Rennie. Ashlin et la coach Christy font courir les autres filles autour de la piste.

— Bon, on passe direct chez Alex maintenant, O.K ? Il était vraiment à cran ce midi, dis-je en enfilant mon pull.

— À propos de quoi ?

— À propos du fait qu'on s'est barrées de la fête. (Rennie blêmit.) Je lui ai dit que nous passerions après l'entraînement pour enlever les décos et ranger le pool house.

— Reeve sera là ?

Je lui réponds d'un ton acerbe :

— J'espère bien que non.

Je me penche pour retirer mes baskets.

— Tu as vu aujourd'hui comment il a insisté sur le choix de sa cheerleader ? (Comme je ne réponds pas, elle continue de parler.) Je pense que c'était sa manière déguisée de me demander de l'être. Je veux dire, ça tombe sous le sens, non ? Une capitaine pour un capitaine.

Je relève mes cheveux en queue de cheval.

— Il n'est pas sorti plusieurs fois avec Teresa Cruz cet été ?

Rennie rit jaune.

— Tu parles, ils ont dû sortir quoi, deux fois ? En plus, t'as vu ses cuisses ? Elle peut à peine croiser les jambes, et encore moins faire le grand écart. Tu penses vraiment que Reeve voudrait l'entendre crier son numéro sur le terrain ?

— J'en sais rien.

— Comment ça, t'en sais rien ?

— Je trouve que Teresa est mignonne. (Rennie me regarde comme si j'étais cinglée, mais je l'ignore.) Bon, tu m'accompagnes ou quoi ?

Rennie lève les yeux au ciel.

— Skud a une bonne. Il n'a pas besoin de nous.

— Tu ne devrais pas employer le mot « bonne ».

— Oh, je t'en prie, tu ne vas pas me faire un cours sur le politiquement correct ! crache-t-elle en enfilant son débardeur.

Mon cœur bat la chamade dans ma poitrine tandis que j'ôte mes chaussettes et mets mes espadrilles. Rennie m'ignore et termine de ramasser ses affaires.

— Ren, je sais que tu es encore en colère à propos de ce qui s'est passé avec Kat ce matin…

Je ne peux même pas terminer. Rennie me décoche un regard assassin.

— J'en ai rien à battre de cette tarée.

Puis, elle sort du vestiaire sans me dire au revoir.

Lorsque j'arrive au parking, sa Jeep est partie depuis longtemps, et je me retrouve à chercher Ashlin pour qu'elle me dépose chez Alex.

Ash s'arrête devant la maison d'Alex. Je pousse un gros soupir de soulagement, car la voiture de Mme Kudjak n'est pas garée dans l'allée. J'espérais qu'elle ne serait pas chez elle, parce que je ne sais pas si elle est en colère après moi, elle aussi.

Sans déboucler ma ceinture de sécurité, je me tourne vers Ash :

— Merci pour la course !

— De rien, Lil. Je suis juste désolée de ne pas pouvoir t'aider à ranger. (Elle prend un air triste.) J'ai promis à ma mère que je l'accompagnerais chez le coiffeur. La dernière fois, elle est revenue avec un look de mamie.

— Pas de problème.

Je ne lui ai rien dit à propos de ma dispute avec Rennie. Ça reste entre nous deux.

Je sors de la voiture d'un bond et salue Ash qui repart. Au lieu de sonner à la porte d'entrée, je file directement vers le jardin de derrière. Alex est en train de nettoyer la piscine à l'aide d'une épuisette. Il essaye de repêcher un gobelet rouge.

Je lui lance un « Salut ! »

Il lève les yeux, surpris.

— Où est Rennie ?

D'habitude, je trouve une excuse pour elle, mais aujourd'hui, je me contente de hausser les épaules.

Je commence à rassembler les torches et les lampions en papier que nous avons accrochés autour du jardin. Je n'ai aucun moyen de ramener tout ça chez moi. Si Alex veut que je l'en débarrasse, il va devoir me reconduire à la maison. Sauf qu'il a l'air encore sacrément furieux après moi.

— Est-ce que tu as pu goûter à un de mes cupcakes ?

— Ouais.

Alex est assis sur une chaise longue et tripote son téléphone.

— Il était bon ?

— Impeccable.

— Tu es tombé sur un avec un bonbon en forme de poisson à l'intérieur ? J'en ai fait quelques-uns comme ça.

Il croise enfin mon regard.

— J'en ai mangé trois, et je crois qu'il y avait un poisson dans un.

Heureusement, il semble se détendre. Je lui adresse un petit sourire.

— Cool. Euh, j'ai un peu soif. Je peux avoir un soda ?

Il hoche la tête en direction du pool house.

— Tu sais où ils sont.

Aïe. Bon, je vais peut-être devoir transporter tout ça à pied, finalement.

Le pool house est plus ou moins l'appartement d'Alex. Il comporte un salon, une cuisine et une immense chambre. Il l'a aménagé comme une garçonnière, dans le style James Bond. Un canapé convertible en cuir noir, une télé grand écran fixée au mur, un véritable distributeur de Coca près du bar. En plus, il a un placard à friandises que sa mère remplit en permanence de cookies, de chips et de tout ce dont on peut rêver.

La porte de sa chambre est ouverte, et je peux voir un palmier en plastique dégonflé suspendu au dossier de sa chaise de bureau. D'habitude, sa chambre est rangée, mais là, elle est en désordre, enfin de son point de vue. Son lit n'est pas fait, et des vêtements traînent par terre.

J'entre pour récupérer le palmier, mais je m'immobilise. Il y a une petite pile de vêtements près de son lit, avec un débardeur vert à son sommet. Je me penche pour le ramasser.

C'est celui de ma sœur. Celui qu'elle portait la nuit de la fête, pour son déguisement de poisson. Je le sais, parce que j'ai le même, juste la taille au-dessus. Il a une tache rose sur le devant. Du daïquiri à la fraise. Je le renifle. Il sent le rhum.

Je ressors, le débardeur à la main. Les yeux d'Alex s'écarquillent à sa vue.

— Comment ça se fait que tu as le débardeur de Nadia ?

— Oh, quelqu'un a renversé un verre sur elle. Je lui ai donné une de mes chemises pour se changer.

Soudain, j'ai du mal à respirer.

— Tu veux dire qu'elle était en train de boire ? (Je le lui avais interdit, pourtant.) Elle n'a rien fait de stupide, rassure-moi ?

— Comme quoi ? Comme partir avec le premier mec venu ? (Il secoue la tête.) Non, elle n'a rien fait de tel.

Je me sens blêmir. Il parle de Nadia… ou de moi ?

Alex s'éloigne et commence à charger les décorations à l'arrière de son 4x4. Je ramasse autant de torches que possible et je le suis. Il ne dit rien, et moi non plus.

VII

MARY

ASSISE SUR MON lit, je regarde un vieil album photo que j'ai trouvé au sous-sol. Les années passent à mesure que je tourne les pages. Je pose devant une cabane en couvertures avec une lampe torche allumée sous le menton. Je me balance dans un vieux pneu accroché à l'arbre du jardin, et mes cheveux paraissent presque blancs à la lumière du soleil. Papa et moi avec de gros tas d'algues sur la tête. Moi jouant de la clarinette pour mes parents et tante Bette dans la salle à manger.

L'album se termine par moi près des lilas pour ma deuxième rentrée au collège. Sur la pointe des pieds, je suis en train de humer les fleurs.

Pas étonnant que Reeve ne m'ait pas reconnue ce matin. Il n'y a qu'un mot pour le dire : j'étais grosse.

***

TOUT LE MONDE parlait du nouveau boursier. L'école Montessori de Belle Harbor sur le continent était minuscule. Il n'y avait que vingt élèves dans notre classe, et j'étais la seule de Jar Island. Pendant le déjeuner, alors que quelques élèves discutaient du QI nécessaire pour obtenir une bourse, Reeve est entré.

Tout le monde l'a regardé remplir son plateau. Mon amie Anne s'est penchée vers moi pour murmurer :

— Il est vachement mignon, tu ne trouves pas ?

— Il est pas mal, lui ai-je répondu.

Reeve était bien plus grand que tous les autres garçons de la classe. Mais il n'était pas maigre. Il était même musclé. On pouvait deviner qu'il faisait du sport dans son ancienne école. Nous n'avions pas de cours de sport là-bas. Nous n'avions même pas de récréation, sauf si on compte les balades que nous faisions dans les bois.

Notre professeur lui a fait signe de le rejoindre et lui a montré où se trouvaient les autres élèves de sa classe.

— Salut ! a-t-il lancé d'un air blasé en s'affalant sur une chaise vide. Moi, c'est Reeve.

Quelques garçons lui ont rendu son salut, mais la plupart des élèves ont gardé le silence. Je pense que nous avons tous remarqué son indifférence. Il n'avait pas vraiment envie de fréquenter notre école. Il avait probablement plein d'amis là d'où il venait.

Je me suis sentie mal pour lui. Reeve s'est contenté de picorer un bout de son sandwich, sans dire un mot. Ça devait être dur d'arriver dans un nouvel établissement. Je n'en avais connu aucun autre. J'étais à l'école Montessori de Belle Harbor depuis la maternelle.

Une fois le déjeuner terminé, alors que tout le monde se levait, j'ai vu Reeve regarder autour de lui, ne sachant pas où laisser son plateau. J'ai tendu le bras pour essayer de l'attraper. Je ne sais pas pourquoi. Pour être sympa, j'imagine. Mais il l'a tiré vivement en arrière pour m'empêcher de poser les mains dessus et m'a apostrophée :

— Tu ne crois pas que tu as déjà assez mangé comme ça ?

Les garçons qui l'ont entendu ont éclaté de rire. Je pense que j'ai ri moi aussi, mais uniquement de surprise. Anne a grimacé, mais pas par compassion. Elle a méchamment froncé les sourcils. Pas à l'attention de Reeve. À la mienne.

C'est Reeve qui riait le plus fort de tous. Il a été le premier à quitter la table, et tout le monde l'a suivi, même s'il ne savait même pas où se trouvait notre classe. Il a laissé son plateau sur la table.

Je me suis retrouvée à jeter les restes de son déjeuner avec les miens.

AVANT REEVE, J'ÉTAIS l'une des filles les plus douées, surtout en maths. J'étais timide, mais je me faisais facilement des amis. J'avais un petit handicap social, bien sûr. J'étais la fille aux longs cheveux blonds qui venait de l'île. Mais après Reeve, je suis devenue la grosse de service.

Je referme l'album. Je ne suis plus cette fille. Et depuis longtemps. Mais maintenant que je suis de retour à Jar Island, avec Reeve, mes vieilles photos, mes peluches et tout le reste, j'ai l'impression que c'était hier.

J'entends tante Bette en bas qui fait tranquillement la vaisselle.

Ce soir, pendant le dîner, le silence a été pesant, pour ainsi dire. Ce matin, je m'étais imaginé raconter à tante Bette tous les détails de mon épique première journée, la tête de Reeve quand il m'aurait revue, ses tentatives pour me parler, pour savoir où j'étais passée pendant les quatre dernières années. Elle m'aurait servi un verre de vin, et nous aurions trinqué au début d'une super nouvelle année.

Mais comme rien de tout cela ne s'est passé, je n'ai rien eu à raconter à tante Bette. Il va sans dire que je n'avais pas faim. Comme il aurait été impoli de me lever de table, je suis restée sagement assise pendant qu'elle enroulait ses spaghettis autour de sa fourchette en lisant une revue d'art.

Je me sens vidée de l'intérieur. Creuse. J'ai juste besoin de parler à mon père et à ma mère, d'entendre leurs voix. Ils essayeront peut-être de me convaincre de rentrer à la maison, et je les laisserai peut-être faire.

Je passe les cinq minutes suivantes à faire les cent pas dans ma chambre avec mon portable au-dessus de la tête afin de capter un signal suffisant pour les appeler. Je n'en capte aucun. Lorsque nous vivions ici autrefois, le réseau mobile était quasi inexistant. Il y avait bien quelques petites zones où il était possible de téléphoner, notamment près des phares ou parfois sur le parking de l'église luthérienne, mais l'immense majorité de Jar Island n'avait pas de couverture. Ça n'a pas dû changer.

Il y a un téléphone en bas dans la cuisine, mais je préférerais ne pas parler à mes parents devant tante Bette. Je risque de me mettre à pleurer.

J'entends tante Bette monter les escaliers. Je passe la tête par la porte et la regarde entrer dans sa chambre.

Je pourrais essayer de lui parler. Avant, je lui confiais des tas de choses. Lorsqu'elle nous rendait visite l'été, nous descendions la colline et achetions des chocolats chauds sur Main Street. Même en août. Elle me racontait des choses qui auraient rendu mes parents complètement dingues. Le mois qu'elle a passé à Paris avec un homme marié, la série de nus d'elle qu'elle a peints. Tante Bette a vécu un bon million de vies différentes. Elle pourrait être de bon conseil.

Tante Bette est déjà couchée. Ses yeux sont fermés. Mais je pense qu'elle m'entend, parce qu'elle les ouvre subitement.

— Mary ?

Je rentre dans sa chambre et m'accroupis près de son lit.

— Tu dors ?

Elle secoue la tête et cligne des yeux.

— Je ne crois pas. Si ?

Même si je suis au bord des larmes, je ris.

— Je te dérange ?

— Non, pas du tout. (Elle s'assoit.) Tu vas bien ?

Je prends une grande inspiration et essaye de me maîtriser.

— C'est bizarre de revenir ici.

— Oui. Bien… Bien sûr.

— Je ne suis pas sûre d'être à ma place, après tout ce qui s'est passé.

— Tu es ici chez toi, dit tante Bette à voix basse. Où pourrait être ta place, sinon ?

— Nulle part, je pense.

— Tu m'as manqué, Mary. (Un pâle sourire éclaire son visage.) Je suis contente que tu sois là.

— Moi aussi.

Mais je mens. Je retourne dans ma chambre et me glisse dans mon lit.

Je mets une éternité à m'endormir.

VIII

LILLIA

Maman est dans sa chambre, au téléphone avec Papa. Nadia et moi regardons la télé en bas autour d'un bac de crème glacée *Dulce de leche* faite maison de chez *Scoops*. Au début, lorsque je lui ai demandé si elle en voulait, elle m'a répondu que non, même si c'est sa préférée. Je savais qu'elle pensait encore à ce que Rennie avait dit lors de l'entraînement des cheerleaders. J'ai apporté le bac jusqu'au canapé, et elle m'a regardée lécher la glace sur le couvercle.

— Juste une cuillère, a-t-elle prétendu, exactement comme je m'y attendais.

Toutes les filles de notre famille aiment le sucré.

La sonnerie du sèche-linge retentit, et je mets en pause le programme que nous regardons. Je file à la buanderie et jette les vêtements secs dans une panière que je ramène dans le salon. J'ai utilisé des lingettes assouplissantes supplémentaires, et le linge sent terriblement bon. J'enfouis mon visage dans un tee-shirt et respire l'odeur du linge encore chaud. Je commence à plier une pile de tee-shirts, puis je vois le débardeur de Nadia. J'ai pulvérisé du détachant sur la tache de daïquiri fraise, et elle a disparu. Je n'ai même pas essayé de le faire avec mon pull en cachemire. Je l'ai juste jeté dans le sac destiné au pressing en croisant les doigts.

— Tiens, ton débardeur, dis-je en le lui tendant.

Nadia blêmit.

— Oh. Merci.

— J'ai réussi à le détacher. (Je la regarde de plus près.) Alex m'a raconté que quelqu'un t'avait bousculée et avait renversé son verre sur toi.

— Ouais, répond Nadia en prenant une grande cuillère de crème glacée et en évitant mon regard.

— Où est la chemise d'Alex ? Je l'ai cherchée dans notre chambre pour la laver et la lui rendre.

Elle hésite, puis m'explique :

— Elle est chez Janelle. Tu te souviens que j'étais supposée dormir chez elle après la fête ? Je lui ai demandé de me la rapporter aujourd'hui à l'école, mais elle a oublié.

Mon téléphone vibre. C'est Ashlin. Tout le monde doit se retrouver au *Bow Tie* ce soir quand Rennie terminera son service.

— C'est qui ? m'interroge Nadia. Tu sors ?

Je repose mon téléphone, parce que la conversation est sérieuse.

— Nadia, dis-moi la vérité. Est-ce que tu as bu chez Alex, alors que je te l'avais interdit ?

— Non !

Ses joues sont écarlates.

— Dans ce cas, jure-le. Jure-le sur la tête de ta frangine.

Nadia ne me regarde pas.

— Lillia, arrête. Je t'ai déjà répondu.

Mon cœur se fend en deux. Elle ne peut pas jurer parce qu'elle me ment comme si c'était normal. Je n'ai jamais menti à Nadia. Pas même une seule fois. Je ne lui ferais jamais ça.

— Je te laisse une dernière chance. Dis-moi la vérité, et tout de suite, Nadia, sinon je raconte tout à maman.

Nadia ouvre de grands yeux terrifiés.

— O.K ! Attends ! J'ai dû boire peut-être un demi-verre de daïquiri fraise. Je n'ai rien demandé. C'est une copine qui me l'a donné. Je croyais qu'il n'y avait pas d'alcool. J'ai avalé quelques minuscules gorgées. Pas de quoi en faire une histoire. Tu as bu à des fêtes quand tu étais en première année !

Bon, c'est vrai. Je l'ai fait, mais à la fin de ma première année. Lorsque j'ai commencé à sortir avec Rennie, elle buvait de la bière, et tout ce qu'elle pouvait bien trouver. Les gars l'appelaient Demi-pinte, parce qu'elle était toute petite, mais qu'elle tenait bien l'alcool. Contrairement à moi. J'avais tellement peur d'avoir des problèmes que je sirotais le même gobelet de bière toute la nuit.

— Arrête d'essayer de te justifier ! Tu m'as menti. Tu m'as menti sans aucun remords, Nadia. (Je me rassois lourdement sur le canapé. Je n'arrive pas à croire qu'elle l'ait fait.) Tu es privée de sorties maintenant. Plus de fêtes, plus de sorties avec mes potes, parce que tu ne sais pas te tenir apparemment. Et si je découvre que tu as bu plus que ce que tu viens de me dire, c'est fini pour toi.

— Je suis vraiment, vraiment désolée.

Ce n'est pas tant l'alcool qui me pose problème.

— Je n'aurais jamais cru que tu me mentirais un jour.

Une grosse larme roule sur sa joue.

— Je ne boirai plus jamais, Lilli ! Il faut me croire.

— Comment est-ce que je pourrais te croire désormais ?

Je me lève, sur le point de pleurer moi aussi. Je sors du salon et monte dans ma chambre.

Je n'aurais jamais dû la laisser seule à cette fête. C'est de ma faute tout autant que celle de Nadia. Peut-être même plus. Je suis sa grande sœur. C'est mon rôle de la surveiller, de veiller à sa sécurité.

Lorsque nous sommes arrivées à l'autre fête, il y avait foule. Nous ne connaissions personne, la plupart des invités n'étaient pas du coin. Des étudiants. Il n'y avait pas de thème ou quoi que ce soit. Juste un tas d'invités qui traînaient là en écoutant de la musique.

Les gars nous ont tout de suite repérées et sont venus à notre rencontre. Nous étions flattées qu'ils aient attendu notre venue et qu'ils nous accordent autant d'attention. Au début, je gardais un œil sur mon téléphone pour surveiller l'heure. Je ne voulais pas rester plus longtemps que l'heure promise par Rennie.

Ils nous ont proposé un verre, et Rennie leur a dit de nous servir de la vodka avec du jus de cranberry et une cuillère de sucre, parce qu'elle savait que je ne pouvais boire que de l'hyper-sucré. Chaque fois que nos gobelets étaient vides, les gars les remplissaient à nouveau.

On s'amusait bien tous les quatre, et j'ai arrêté de surveiller l'heure. J'ai arrêté de penser à l'autre fête dont nous étions parties pour venir ici. Je me souviens que je riais à la moindre blague que mon mec, le plus grand des deux, racontait, alors qu'il n'était pas drôle du tout. C'est dire si j'étais bourrée.

Mike. C'est comme ça qu'il s'appelait.

Vers onze heures, je frappe à la porte de Nadia. Elle ne répond pas, mais je peux entendre sa télé en bruit de fond. Sans ouvrir, je lâche :

— J'essaye de veiller sur toi, Nadia. C'est mon rôle.

J'attends sa réponse pendant quelques secondes. Quand Nadia est fâchée, elle est rancunière, et c'est galère de se réconcilier avec elle. Je déteste que Nadia me fasse la tronche. Je déteste ça plus que tout. Mais j'ai mes raisons d'être en colère, moi aussi.

J'appuie ma tête contre la porte.

— On ira à l'école ensemble demain, O.K ? Je conduirai, il n'y aura que nous deux. Si on part de bonne heure, on pourra s'arrêter au *Milky Morning* acheter des muffins aux framboises tout juste sortis du four, comme tu les aimes.

Toujours pas de réponse de Nadia. En soupirant, je retourne dans ma chambre.

IX

KAT

JE SUIS ASSISE avec mon père et Pat dans le salon, à regarder une course de motocross en mangeant un bol de chili. C'est le troisième jour de chili d'affilée. Lorsque mon père prépare son chili de la mort qui tue, on en mange pendant au moins une semaine. J'en ai plus que ma dose.

Je me lève, et Pat me lance :

— Tu fais la vaisselle ce soir. Je l'ai faite hier.

— Il n'y avait pas de vaisselle hier soir. On a utilisé des bols jetables.

Il se retourne vers la télé et frotte ses pieds nus sur le dos de Shep.

— Exact, et j'ai dû les jeter. Donc, c'est officiellement ton tour.

Je lui fais un doigt d'honneur, puis j'abandonne les bols dans l'évier. Pat est vraiment un gros branleur. Il vit à la maison depuis qu'il a terminé le lycée il y a deux ans. Il suit quelques cours à la fac du coin, mais c'est surtout un gros flemmard.

De retour dans ma chambre, je consulte mon téléphone. Pas d'appels manqués, pas de SMS d'Alex. Rien. J'ai vraiment envie de lui parler, de lui dire que sa copine Rennie est sans cœur et qu'elle méritait de se prendre ce mollard dans la tronche. Mais ce n'est pas à moi d'appeler, parce qu'il a dit qu'il le ferait.

Au lieu de cela, j'appelle Kim au magasin de disques. Lorsqu'elle décroche, je peux à peine entendre sa voix à cause du bruit.

Je lui demande :

— Qu'est-ce qui se passe là-bas ?

— Une fête d'un label indépendant pour un groupe de nazes.

— Je peux venir ? J'ai eu une sale journée. Je peux pas blairer mon école, je peux pas encadrer Rennie Holtz, je...

— Bon, bon, d'accord.

J'attrape mon sac à dos et je commence à jeter des trucs à l'intérieur. C'est un soir de semaine, et alors ? Qui s'en préoccupe ? Je peux prendre le premier ferry demain matin. Ou sécher les cours. Je suis sur le point de la remercier lorsque Kim pose la main sur le combiné.

— Il y a une autre bouteille de whisky au sous-sol. Descends la chercher.

Je comprends qu'elle parle à quelqu'un d'autre.

— Kim ? Y'a un souci ?

Je pleurniche, mais je m'en fous. Il faut que je me casse de cette île ce soir.

Elle soupire.

— Ma belle, je ne vais pas terminer avant au moins deux heures du mat'. Appelle-moi demain après les cours, O.K ?

— O.K, comme tu veux !

C'est bon, Kim est occupée. Pigé. Elle a vingt-trois ans et est sûrement passée à autre chose que toutes ces conneries du lycée. Mais j'ai vraiment besoin d'elle. J'ai besoin de quelqu'un.

Lorsque je réfléchis à ce qui s'est passé aujourd'hui, j'ai du mal à le croire. J'ai craché à la tronche de Rennie. C'est sûrement la chose la plus dégueu que je pouvais faire. Mon Dieu, que doit en penser maman ? Mon père a toujours peur de faire de moi un garçon manqué et se dit que ma mère doit être déçue là-haut. Elle était très féminine, très douce. Elle doit penser que sa fille n'est qu'une grosse merde. Je viens de prouver que tous les bobards que Rennie raconte depuis la première année sont vrais, finalement.

Je parie que c'est exactement ce que cette garce voulait. Creuser ma tombe et me jeter dedans. Elle connaît mes points faibles. Mais vous savez quoi ? Je connais aussi les siens. Ça marche dans les deux sens. Même si Rennie a toujours été infecte envers moi, et pas qu'un peu, je ne me suis jamais abaissée à son niveau. Pourquoi ? J'en sais foutrement rien. Je me rends compte maintenant que j'aurais dû la remettre à sa place depuis longtemps.

Je décide de sortir me promener et fumer une clope pour me changer les idées. J'enfile mes bottes et me dirige vers la porte de derrière. Je n'ai pas besoin que Pat me soûle encore à propos de la vaisselle. Je la ferai à mon retour. Si je suis d'humeur.

Il fait nuit dehors, et l'allée est encombrée des outils de menuiserie de mon père, de chutes de bois et de clous tordus. Alors je porte Shep dans mes bras jusqu'au trottoir. Un couple de riches a commandé à mon père un canoë fait main avant de quitter Jar Island à la fin de l'été. Il sera terminé d'ici leur retour l'année prochaine.

Je file droit vers les fourrés derrière la maison. J'y suis souvent venue avec Alex cet été. Il y a une clairière de l'autre côté où on peut garer sa voiture et contempler l'océan. L'endroit est isolé; personne ne le connaît vraiment. C'est un coin secret de T-Town.

On se garait là et on écoutait de la musique ou on regardait la lune. On aimait juste traîner ensemble. Je pouvais être moi-même avec lui, et j'aimais ça. Et je pense que c'était pareil pour lui.

Je marche la clope au bec, en laissant Shep renifler tout ce qu'il veut. Une fois ma cigarette grillée jusqu'au filtre, j'écrase le mégot sous le talon de ma botte, où il se mêle aux aiguilles de pin et au sable.

Lorsque je lève les yeux, je le vois. Le 4x4 d'Alex, garé dans la clairière. Avec une autre fille à l'intérieur.

Je titube et bascule dos contre un arbre, derrière lequel je me cache. Qui c'est, cette fille ? Est-ce que c'est celle de la fête, celle qui était dans son lit ?

Je plisse les yeux pour mieux voir. La fille est petite. Ses cheveux sont bruns.

Oh, mon Dieu. C'est Nadia Cho. J'ai appris à cette gamine à faire ses lacets. C'est la première pensée qui me vient à l'esprit.

La seconde, c'est *Est-ce qu'Alex joue double jeu avec moi ? Avec une première année ?* Non, je ne crois pas. À mon avis, il ne sait même pas avec qui il s'amuse.

Je recule, le cœur battant à cent à l'heure. J'attrape mon téléphone portable. J'ai une barre. C'est quoi déjà, son numéro ? J'ai dû le composer un million de fois. Trois-cinq-quelque chose-quelque chose. Je fixe le clavier en espérant qu'il me revienne. Trois-cinq… quatre-sept.

Elle décroche au bout de quatre sonneries.

— Allô ?

Je parle à voix basse, les yeux rivés sur le 4x4.

— Je voulais juste te dire que ta sœur est dans la caisse d'Alex Kudjak en ce moment. Dans les bois !

On verra bien si Alex est si rapide que ça lorsque Lillia le poursuivra, prête à lui couper les couilles avec une lime à ongles.

Après une seconde de silence, Lillia demande :

— Qui c'est ?

— C'est Kat. Tu m'as entendue ? J'ai dit que je suis à trois mètres de ta sœur et d'Alex en train de fricoter.

— Kat, ma sœur est à la maison.

Je plisse les yeux dans l'obscurité. Je ne vois pas parfaitement, mais je jure devant Dieu que la fille dans le 4x4, c'est Nadia.

— Je ne me fous pas de toi, Lillia. Ils sont juste devant moi. En temps normal, j'en aurais rien à foutre, mais Alex et moi, on sort ensemble. Plus ou moins.

— Ma sœur est assise près de moi sur le canapé. Je ne sais pas ce que tu essayes de faire, mais ne te fatigue pas. Et s'il te plaît, ne m'appelle plus jamais.

J'ouvre la bouche pour lui dire que sa petite sœur et Alex étaient dans le même lit deux nuits plus tôt, mais la tonalité m'indique qu'elle a raccroché. Je regarde à nouveau. Je ne suis pas sûre à cent pour cent que ce soit Nadia. Je veux dire, je le croyais jusqu'ici, mais Lillia ne ment pas. Lillia Cho a pas mal de défauts, mais pendant toutes ces années où je l'ai côtoyée, elle n'a jamais menti. Ça ne doit donc pas être Nadia. Je suppose que c'est juste une brune quelconque dans le 4x4 d'Alex. Une autre fille que moi.

JE SUIS AU volant de la vieille Golf décapotable de mon père, toutes vitres baissées, la musique à fond, si forte que je ne peux même pas m'entendre penser, ce qui est le but recherché.

Je fais le tour de l'île, en passant devant le phare sur la crête rocheuse et le grand cimetière avec ses concessions familiales hors d'âge qui me fichent la frousse, puis le long de la piste de l'aérodrome et de la marina, jusqu'à revenir au phare. Je n'ai nulle part ailleurs où aller. Le dernier ferry a quitté le port il y a plusieurs heures. Sinon, je me serais pointée à l'appart de Kim, invitée ou pas. Mais je suis coincée sur cette foutue île, et je dois donc me contenter de faire le même circuit, toujours et encore.

Pourquoi est-ce que je suis surprise, d'ailleurs ? Peu importe qui est cette fille, elle ne risque pas de cracher à la gueule de qui que ce soit, elle ne devra pas se taper un job pourri qui la fera empester le poisson, histoire d'économiser pour la fac, et personne ne l'accusera, elle ou sa famille, d'être une grosse cassos'.

Je pensais avoir réussi à faire changer Alex d'avis sur moi cet été. Dire que j'ai cru qu'il était différent. C'est faux. Il est aussi mauvais que le reste de sa bande de débiles. Comme tous les autres, il a gobé les bobards de Rennie.

Lorsque je vérifie l'heure, il est minuit passé et il ne me reste plus que quelques litres d'essence. Mon père va me tuer si je lui ramène sa caisse sur la réserve. Il n'y a que quelques stations-service sur l'île, et je file direct vers la moins chère, près du

Bow Tie, un restaurant italien hors de prix pourave de Canobie Bluffs que les touristes adorent.

Alors que je suis en train de faire le plein, je regarde de l'autre côté du parking et aperçois Reeve, Rennie, PJ et cette chaudasse d'Ashlin. Lillia n'est pas avec eux. Je pense qu'elle disait la vérité. Elle est vraiment chez elle avec Nadia. Peu importe, ils sont près des bennes à ordures, Rennie est assise sur le capot de la camionnette de Reeve, et ils se passent une bouteille de vin.

Alex m'en a parlé. Rennie travaille au *Bow Tie* comme hôtesse, elle flirte avec les barmen qui lui filent des bouteilles gratos. Elle les sort avec les poubelles, et une fois que le restaurant a fermé et que tout le monde est parti, elle revient avec sa bande de crétins pour picoler toute la nuit.

Je devrais appeler les flics. Je devrais, mais je ne le fais pas. Je ne suis pas une balance.

J'espère juste que quelqu'un d'autre va le faire, parce qu'ils sont super bruyants. Je peux les entendre d'où je suis. Je comprends le moindre mot.

Deux phares remontent la rue. Reeve repousse Rennie, et ils s'accroupissent derrière sa voiture, mais PJ hurle « C'est Alex ! », et le groupe court sur la route pour arrêter son 4x4.

— Nadi ! beugle Rennie en courant jusqu'à la vitre passager. Tu ne devrais pas être au lit à cette heure ?

Je le savais ! C'était bien Nadia.

Tout le monde papote pendant quelques instants, jusqu'à ce qu'Alex commence à klaxonner pour virer ses amis de son chemin. Je pense qu'il est pressé de ramener Nadia chez elle. Il est minuit passé un soir de semaine, et Mme Cho tuerait Nadia si elle la surprenait à faire le mur. Mme Cho est vraiment cool, mais aussi très stricte. Une fois, elle a envoyé Lillia dans sa chambre pendant une heure tandis que Rennie et moi profitions de la piscine, uniquement parce qu'elle trouvait que Lillia était insolente.

Alors qu'Alex vient de repartir, Rennie me surprend à les regarder et me pointe du doigt.

— Euh, désolée, Kat, mais ça m'étonnerait que cette station accepte les bons alimentaires ! lance-t-elle.

Je fais semblant de ne pas l'entendre. Je n'ai pas envie de me prendre encore le chou avec elle aujourd'hui.

Reeve pousse un cri joyeux :

— Eh oh, Kat ! Tu ne vas pas laisser Rennie s'en tirer comme ça, quand même ? Allez ! T'es une killeuse ! (Il éclate de rire.) Perso, je me tiendrais à carreau avec toi.

L'essence commence à déborder, et je repose la lance sur son support, la main tremblante. Rennie pense que parce qu'elle part en vacances avec la famille de Lillia à Saint-Barth ou je ne sais où, elle est du même niveau social qu'eux. Mais c'est faux. Elle vit dans un T3 avec sa mère célibataire. Elle travaille au *Bow Tie* parce qu'elle n'a pas le choix. La Jeep qu'elle conduit est une occase offerte par le petit ami marié de sa mère. Même si Rennie essaye de se donner des grands airs, nous savons toutes les deux la vérité : je suis peut-être fauchée, mais elle aussi.

Lorsque je rentre dans ma chambre, mon téléphone vibre. C'est Alex.

T réveillée ? je suis ds le coin si tu veux parler.

Je balance mon téléphone à travers la pièce. Quel connard ! Comme si j'allais lui reparler un jour. Il ne mérite pas de traîner avec moi, et encore moins de m'embrasser. Il ne vaut pas mieux que ces sacs à merde de Rennie et de Reeve. Il pense que ce sont des gens bien, et pour ma part, ça me suffit à dire qu'il est aussi mauvais qu'eux. Ils me donnent envie de vomir, tous autant qu'ils sont. Ils peuvent tout se permettre sur cette île. Ils font ce qui leur chante en se foutant de la gueule de tout le monde.

Aujourd'hui, j'ai dit à cette fille dans les toilettes que la roue tournerait pour Reeve parce que son karma n'est pas glorieux. Je le pensais quand je l'ai dit, mais maintenant, je n'en suis plus si sûre. Quand est-ce que Rennie a payé pour toutes les horreurs qu'elle m'a faites ? Jamais. J'en ai marre d'attendre que la roue tourne. Le karma, ça craint vraiment.

X

MARY

Je suis assise en salle de chimie et j'ai la tête qui tourne à force d'essayer de déchiffrer ce que M. Harris a écrit au tableau, toute une série de nombres et de lettres censés expliquer le processus de notation scientifique. Je pense que ça doit être une manière abrégée de noter les nombres infinis. Sauf que moi, je suis infiniment paumée. Je croyais que c'était un cours de science, pas de maths.

Les autres élèves de ma classe, en revanche, semblent n'avoir aucun problème à suivre le cours. Ils hochent la tête et prennent des notes dans leur cahier. Toute la journée s'est déroulée de la même manière, pour tous les cours, à l'exception du sport. J'ai l'impression que les troisième année du lycée de Jar Island sont plus intelligents que moi, alors que techniquement, je devrais être en quatrième année. Avant, j'étais intelligente. J'avais toujours de bons résultats dans mon ancienne école. Ensuite, ma vie est partie en live, et après l'incident avec Reeve, j'ai toujours été à la traîne. Et si on décidait de me repasser dans la classe inférieure ? Je me retrouverais en deuxième année à dix-huit ans ? Non. Impossible.

Je voudrais poser la tête sur le bureau et ne jamais me réveiller. Je lève les yeux sur le garçon assis près de moi. À chaque fois que M. Harris se retourne pour écrire au tableau, il grave un truc sur son bureau avec l'extrémité pointue d'une clé. Je me penche pour mieux voir. Ça dit « Suce-moi ».

Après le premier jour de Reeve dans mon école, j'ai essayé de rester à distance. Ce qui n'était pas facile, car nous devions faire la navette en ferry depuis et vers Jar Island tous les jours. Reeve prenait place à l'intérieur avec les autres passagers, et je m'asseyais dehors sur le pont. Même lorsqu'il a commencé à faire froid, je suis restée à l'extérieur. Ça ne me dérangeait pas. En fait, j'ai toujours aimé le grand air. Mais un jour de tempête, il m'a vue marcher sous la pluie et m'a interpellée :

— Eh, Grosse Pomme. Viens là une seconde.

Grosse Pomme était le surnom que Reeve m'avait donné après un cours de géo sur New York, *The Big Apple*, comme on dit. Mes camarades de classe l'avaient très vite adopté. La seule personne qui m'appelait par mon vrai nom à l'école Montessori était la prof. J'étais Grosse Pomme pour tous les autres.

Qui pouvait avoir envie de déjeuner avec Grosse Pomme ? Ou être son binôme en sciences, ou faire des soirées pyjamas avec elle ? Personne. Je n'aurais même pas voulu être amie avec moi-même. Dans ce cas, comment je pouvais en vouloir à Anne de m'avoir laissé tomber ? Je ne le pouvais pas, pourtant ça me faisait mal.

Je me rappelle exactement du son de sa voix ce matin-là. Il avait l'air blasé. Je me suis demandé s'il m'avait remarquée et avait pensé que je supportais la pluie juste pour l'éviter. Si c'était pour ça qu'il m'avait appelée. Parce qu'il avait honte.

J'aimerais pouvoir remonter le temps et éviter de franchir cette porte. Mais non. Je me suis approchée de lui, comme si Grosse Pomme était mon nom. Je l'ai même salué d'un « Bonjour, Reeve », comme si nous étions amis. Et je lui ai souri. J'étais reconnaissante de l'attention qu'il me portait. Et j'étais seule.

Reeve m'a regardée depuis son siège. Au bout d'une seconde ou deux, il a dit à voix basse :

— Fais un pas sur ta droite.

Je me suis exécutée.

Reeve s'est levé du bord de son siège, qui s'est replié, comme les strapontins dans les salles de ciné. Ensuite, il s'est accroupi devant lui en me tournant le dos et a sorti quelque chose de sa poche.

— Qu'est-ce que tu fais ? ai-je murmuré.

Reeve ne m'a pas répondu, mais j'ai vu ses épaules commencer à monter et descendre. J'ai entendu des grattements.

J'ai regardé derrière moi. La vieille marchande de friandises lisait le journal en attendant les clients. Je pense qu'elle a senti que je l'observais, parce qu'elle a tourné la tête et m'a souri. Je me suis forcée à lui rendre son sourire, puis je me suis retournée et j'ai fait mine de fixer la tempête à travers les vitres.

C'est là que j'ai compris que Reeve se servait de moi comme couverture.

Je ne voulais pas avoir d'ennuis. Mais d'un autre côté, je me sentais… utile.

Lorsqu'il a eu terminé, Reeve s'est rassis sur son siège. Il s'est mis à jouer avec son couteau, le fermant et l'ouvrant tour à tour d'une main.

— Je l'ai piqué à mon frère Luke, m'a-t-il expliqué.

Je ne savais pas trop ce que je devais faire, si je devais retourner dehors, mais Reeve a ajouté d'un ton désinvolte « Si tu veux, je te montre à quoi servent les différentes lames. »

Et c'est ce qu'il a fait pendant le reste de la traversée.

Alors que le ferry approchait du continent, Reeve a ramassé ses affaires et est parti aux toilettes. J'ai attendu son retour. Mais comme il ne revenait pas, je me suis approchée de la fenêtre.

Reeve était déjà descendu du ferry et se dirigeait vers l'école.

J'ai pris mon temps et marché lentement pour être sûre de ne pas le rattraper.

La sonnerie retentit et la classe s'anime aussitôt, comme si tous les élèves avaient retenu leur respiration pendant quarante-cinq minutes et s'autorisaient désormais à parler. Ils se divisent en petits groupes et sortent dans le couloir, me laissant derrière eux.

Je ne m'attendais pas à être populaire dès mon arrivée au lycée de Jar Island. Je ne me fais pas d'illusions. À Montessori, je n'avais pas des tas d'amis. Mais il y avait plein d'élèves qui parlaient avec moi. J'avais un endroit où m'asseoir à la cafétéria pendant le déjeuner. Ma vie était parfaitement réglée, jusqu'à l'arrivée de Reeve.

Pourquoi est-ce que je suis revenue ? Qu'est-ce que j'espérais accomplir exactement ?

Il m'a fallu un bon moment pour aller mieux, mais j'y suis parvenue. Je me suis remise. Mais d'un coup, j'ai l'impression que les quatre dernières années n'ont jamais eu lieu et j'éprouve les mêmes sentiments horribles à propos de moi-même qu'à l'époque. Je pourrais être chez moi en ce moment, avec papa et maman. Au lieu de cela, je suis cernée par les mauvais souvenirs, je n'ai pas d'amis, et le garçon qui a fait de ma vie un enfer est dans les parages.

Bon, c'est tout vu, dans ce cas.

Je pars.

Dès que ma décision est prise, je me sens bien plus légère. Je range mes affaires dans mon sac. Je traverse le couloir et vois Reeve à l'autre bout, sûr de lui comme il l'a toujours été, prenant tout son temps pour se rendre où il veut.

Parfait.

Je sais exactement ce que je vais faire. Hier, il m'a prise de court, mais aujourd'hui, je suis prête. Je vais me planter juste devant lui et lui dire mon nom, mon vrai nom, à haute voix. Lui montrer qu'il ne m'a pas brisée. Je suis de retour. Ensuite, je vais lui souffler un gros baiser d'adieu et clore ce chapitre de ma vie une bonne fois pour toutes. Finis les regrets. On ne peut pas vivre comme ça.

L'adrénaline fuse dans mes veines alors que j'accélère et me fraye un chemin parmi la foule pour me rapprocher de lui.

Je hurle dans les escaliers :

— Reeve !

Mais il ne se retourne pas. Et je ne peux pas m'approcher plus près. Il y a trop de personnes entre nous. Elles forment un véritable mur.

Tout en me faufilant, je crie à nouveau :

— Eh, Reeve !

Il ne m'entend toujours pas. Je prends donc une profonde inspiration.

— Reeve ! REEVE !

Soudain, un souffle parcourt les lieux, si fort que toutes les portes des casiers claquent à l'unisson. Leur son résonne dans le couloir, comme le fracas métallique du tonnerre.

Reeve s'immobilise et regarde autour de lui. Comme tout le monde.

— Putain, c'était quoi ? demande quelqu'un.

— Qu'est-ce que j'en sais !

— Un orage ?

— Gros malin, on vient juste de faire des tours de piste dehors. Le soleil brille.

Le silence retombe quelques secondes, puis la deuxième sonnerie retentit. Tout le monde s'active, et la vie reprend son cours.

Je me retourne et pars dans la direction opposée.

Il faut que je sorte d'ici.

C'est mon unique préoccupation.

XI

LILLIA

Je suis habillée, prête pour l'école, allongée sur mon lit, les yeux grands ouverts.

Je n'ai pas dormi de la nuit. Comment l'aurais-je pu, alors que je ne savais pas où était ma sœur ? Même après qu'Alex a déposé Nadia et que je l'ai entendue monter les escaliers sur la pointe des pieds, ouvrir sa porte dans un grincement, puis la refermer. Même là, je n'ai pas pu fermer l'œil.

Ça m'étonnerait que Rennie passe me prendre. Pas après la manière dont on s'est quittées hier. Je patiente dix minutes, jusqu'à huit heures moins dix, avant de dire à Nadia de monter dans ma voiture parce que c'est moi qui conduis aujourd'hui.

Ensuite, nous n'échangeons pas le moindre mot.

Pendant tout le trajet, j'essaye de trouver un sens à cette histoire. Qu'est-ce qu'ils ont bien pu faire ensemble au beau milieu de la nuit? Peut-être qu'il voulait récupérer sa chemise et qu'il l'a conduite chez Janelle pour aller la chercher. Peut-être que j'ai tellement fait culpabiliser Nadia qu'elle a voulu s'excuser auprès de lui pour avoir renversé son daïquiri fraise partout, sur la moquette ou je ne sais où. Ou peut-être qu'ils me préparaient une surprise pour mon anniversaire. En pleine nuit. Au milieu des bois.

Alex Kudjak et ma petite sœur. Je ne veux même pas y penser. Parce que lorsque j'y pense, je suis tellement furax que je peux à peine respirer.

Alors que la sonnerie est sur le point de retentir, Rennie apparaît derrière la porte de mon casier. Elle porte un haut à large encolure qui dévoile une de ses épaules, un legging et des spartiates. Dans sa main, elle brandit deux sucettes comme un bouquet de fleurs.

— En signe de paix, dit-elle. Une pour toi, une pour moi.

— Non, merci.

Elle croit franchement qu'une sucette va suffire à tout arranger? Si elle ne m'avait pas entraînée à cette fête, il ne se serait rien passé.

— J'ai essayé de t'appeler sur ton portable hier, prétend-elle. J'imagine que tu étais dans une zone sans couverture.

Presque toute l'île est une zone sans couverture.

— Pourtant, je n'avais pas d'appels manqués.

Pourquoi tu n'as pas essayé sur mon fixe ?

Je vois bien qu'elle tente de réfléchir à un nouveau mensonge, mais rien ne lui vient à l'esprit. Elle se mord la lèvre.

— O.K, je m'excuse platement. Je suis désolée d'être partie comme ça hier. C'était pas sympa de ma part. Allez, c'est trop bizarre. Toi et moi, on ne se dispute jamais. (Elle s'appuie contre le casier à côté du mien et me regarde d'un air soucieux.) Je sais qu'on vient de vivre quelques jours compliqués, mais je te promets que notre dernière année va être géniale.

Je prends la sucette et commence à ôter l'emballage. Je me fiche pas mal de ma dernière année à présent.

— Bon, on fait la paix ?

Lorsque je lève les yeux, je remarque Kat qui m'espionne depuis la cage d'escalier.

— Oui, Rennie, on fait la paix.

— Super. Tu m'accompagnes jusqu'à la classe de Mme Gismond ? Faut que je dépose mon projet de science.

Je regarde par-dessus l'épaule de Rennie. Kat articule « Faut qu'on parle », et mon estomac se serre.

— En fait, il faut que je porte un truc au bureau des surveillants. On se rejoint pour l'appel, O.K ?

Rennie hoche la tête et dépose un rapide baiser sur ma joue.

— À tout', alors.

Je la regarde s'éloigner. Lorsqu'elle passe devant le casier de Kat, elle l'ouvre et jette à l'intérieur sa sucette entamée, comme s'il s'agissait d'une poubelle.

Dès qu'elle franchit l'angle du couloir, je m'approche de Kat.

— Tu veux quoi ?

— Pas ici. (Kat regarde autour d'elle.) Je connais un endroit où on peut discuter en privé, dit-elle, comme un mafieux qui me ferait signe de le suivre dans son bureau.

Je soupire.

— Franchement, Kat. Faut vraiment que t'arrêtes la drogue. Elle te bousille le cerveau. On n'est plus amies depuis un sacré bail, tu te souviens ? Je t'interdis de m'appeler sur mon tél et de m'adresser la parole au lycée. Je suis désolée qu'Alex t'ait manipulée pour coucher avec toi, mais…

— J'ai jamais couché avec Alex !

Je hausse les épaules.

— Si tu le dis. En tout cas, il ne s'intéresse carrément pas à toi, parce qu'il est avec une autre. Et cette autre, ce n'est pas ma sœur.

— Écoute, je ne sais pas pourquoi tu fais semblant de ne rien savoir, grommelle Kat. Cette nuit, Alex a rejoint tous ses potes sur le parking du *Bow Tie* avec Nadia après leur petit rencard.

Comment ?

Kat poursuit, mais plus lentement, en observant ma réaction. Ce qui ne m'arrange pas, parce que j'ai du mal à faire la part des choses.

— Alex est arrivé dans son 4x4 avec Nadia, Rennie a couru à la portière et a claqué la bise à ta sœur.

Je veux dire quelque chose, je veux dire à Kat qu'elle se goure complètement, mais je ne trouve pas les mots.

Le visage de Kat s'éclaire. Son regard se fait suffisant.

— Oh. Rennie ne t'a pas dit qu'elles traînaient ensemble ? (Elle se tapote la lèvre de l'index.) Comme c'est étrange !

— Cette conversation est terminée.

J'essaye de m'éloigner, mais Kat m'attrape le bras.

— On la connaît toutes les deux, Lillia. (Il y a quelque chose de triste, de furieux, de presque suppliant dans la manière dont elle prononce mon nom.) On connaît toutes les deux la vraie Rennie.

À son ton implorant, je me mords la lèvre et lui adresse un hochement de tête rapide. Ensuite, elle me laisse partir.

Il n'est même pas encore dix-sept heures, et le soleil commence déjà à décliner. Les yeux plissés, je relève le menton pour sentir ses rayons sur mes joues.

— Tu veux mes lunettes de soleil ? me propose Rennie depuis la piscine. Je les ai posées sur mes fringues.

À côté d'elle, Ashlin barbotte, suspendue à deux frites en mousse, et Rennie a pris place sur un matelas pneumatique. Elle s'agrippe d'une main au rebord pour éviter de dériver.

— Non, merci.

— Lil, tu devrais mettre des lunettes, sinon gare aux pattes d'oie.

Je secoue la tête. Je ne porte jamais de lunettes de soleil. Je n'aime pas avoir l'impression qu'il fait plus sombre qu'en réalité. Je veux percevoir la lumière du jour aussi longtemps que possible.

Nous sommes chez moi, autour de la piscine. J'ai demandé à Rennie de venir pour discuter, mais elle a invité Ashlin.

Je suis allongée sur un transat, à me demander ce que je vais bien pouvoir dire à Rennie. Je vais lui proposer de rester après le départ d'Ashlin pour lui laisser une chance de s'expliquer, de me dire ce qu'il y a entre Alex et Nadia, et basta. On en aura fini l'une avec l'autre après ça.

Alors que je ressasse tout ça dans ma tête, j'entends de la musique qui se rapproche. Des basses. J'enfile mon pull sur mon deux-pièces et me dirige vers le portail. À travers les lattes, je vois le 4x4 d'Alex s'arrêter dans mon allée avec Reeve, Derek et PJ à bord.

Je me retourne. Rennie est déjà en train de pagayer avec les bras pour atteindre l'échelle.

— Pourquoi tu les as invités ?

Elle secoue la tête, comme si j'étais ridicule.

— Reeve m'a envoyé un SMS avant l'entraînement pour me demander ce que je faisais. Alors je le lui ai dit… Pourquoi ?

Si Nadia avait été à la maison, j'aurais verrouillé le portail. Mais elle n'y est pas. Elle est partie chez une copine pour répéter sa choré.

Les garçons entrent, en sueur, les vêtements tachés d'herbe après leur entraînement.

Ashlin accourt et sert Derek dans ses bras, mais se dégage rapidement.

— Pouah, les mecs, vous puez !

Reeve sourit à PJ et, en moins d'une seconde, ils se déshabillent, ne gardant que leurs boxers, avant de plonger dans la piscine. Derek se jette dedans comme un boulet de canon, puis Ashlin et Rennie se donnent la main et sautent à l'eau, elles aussi.

Juste après, Alex vient s'asseoir sur l'une des chaises longues. Pas juste à côté de moi, mais bien trop près à mon goût. Je chausse les lunettes de soleil de Rennie finalement, pour masquer ma colère.

Ma mère doit avoir entendu les plongeons, car elle sort par la porte du patio. Aussitôt, Reeve et PJ la saluent en chœur d'un « Bonjour, madame Cho ! »

— Salut, les garçons ! (Ensuite, elle remarque Alex assis à côté de moi.) Alex ! Comment vas-tu ?

Elle adore Alex.

Il se lève, en gentleman de pacotille qu'il est.

— Bonjour, madame Cho. Vous êtes allée chez le coiffeur ? Cette coupe vous va à ravir.

Ma mère m'adresse un large sourire qui signifie *Celui-là, c'est quelqu'un*. Oui, il est parfait comme gars.

— En effet. Merci de l'avoir remarqué, Alex.

Je continue d'attendre qu'Alex tente de croiser mon regard, mais il ne le fait pas. Il regarde partout, sauf dans ma direction. Peut-être qu'il est encore fâché contre moi. Ou peut-être que c'est sa conscience qui le taraude.

Lorsque ma mère rentre dans la maison, les garçons sortent de l'eau. À la manière d'un roi, Reeve annonce :

— Qu'on vienne m'essuyer.

— Lil, tu as des serviettes pour eux ? me demande Rennie.

— En fait, non. La gouvernante est en train de faire la lessive. Tout ce que je peux vous donner, c'est un torchon à vaisselle. Ou des serviettes en papier. Désolée.

Ashlin et Rennie échangent un regard. PJ prend un air triste et commence à grelotter. Je lève les yeux au ciel et lui jette ma serviette. Il m'adresse un grand sourire.

— Merci, Lil !

— Ouais, merci bien, ajoute Reeve.

Ashlin autorise Derek à emprunter sa serviette. Rennie propose la sienne à Reeve, mais il la refuse et se contente de passer les mains sur ses abdos pour chasser l'eau, avant de récupérer ses vêtements.

— L'accueil laisse un peu à désirer ici. T'es prêt, Alex ?

— Ouaip.

Je m'avance et leur ouvre le portail.

— Au revoir, les gars.

Reeve fait le signe de la paix dans ma direction et part en secouant la tête.

Depuis quand Reeve Tabatsky est-il une référence en matière de bonnes manières ? Je l'ai vu récupérer de la bouffe dans les poubelles. C'était chez Alex, mais quand même.

Les garçons suivent Reeve en file indienne, tandis que Rennie et Ashlin rentrent pour se changer.

Je me lève et m'appuie contre la clôture. C'est là que je surprends une conversation de l'autre côté. Alex n'est pas encore parti. Son 4x4 est toujours garé dans l'allée.

J'entends Reeve siffler :

— Franchement, quelle garce, cette Cho. Tu crois qu'elle sait que Nadia a dormi chez toi l'autre nuit ?

Je retiens mon souffle.

— Impossible. Nadia lui a juré qu'elle avait passé la nuit chez Janelle. Elle ne lui dira rien.

— J'espère pour toi, ajoute Derek.

— Mon vieux, ça t'avance à quoi, tout ça ? À ta place, je m'en tiendrais à DeBrassio. Je respecte cette fille. Elle a une vraie personnalité, commente Reeve.

— Je sais ce que je fais, conclut Alex en démarrant son 4x4.

Rennie arrive derrière moi et pose la main sur mon épaule. Je sursaute et lui demande :

— Dis, où est Ash ?

— Partie pisser. Lil, je ne sais pas quoi dire de plus, mais… tu dois reprendre le dessus.

— Qu'est-ce que tu entends par là ?

Je cogite à toute allure. Nadia a couché avec un mec. Pas n'importe quel mec. Skud. Un mec que je pensais être mon ami. Qui ne ferait jamais un truc pareil. Comment ai-je pu être aussi naïve ? Les garçons, on ne peut pas leur faire confiance. Tous les mêmes.

— Ce sont nos amis, et tu ne veux pas leur filer une serviette ? Aujourd'hui, c'est mercredi. Carlota n'est même pas là. Je n'allais pas te dénoncer devant tout le monde, mais quand même. (Elle regarde autour d'elle en baissant la voix.) Lil, faut que tu te détendes, sinon quelqu'un va comprendre qu'il y a un problème.

Je n'arrive pas à me concentrer. Je m'appuie contre la clôture pour me soutenir.

Je parviens à articuler « Tu as raison. » Je suis prête à lui dire n'importe quoi, juste histoire qu'elle la ferme. Mais elle continue. Ses yeux s'illuminent.

— Oh, mon Dieu ! Je ne t'ai même pas raconté ce qui s'est passé hier soir au *Bow Tie*.

Nous y voilà. Enfin.

— Quoi donc ?

— Reeve et moi, on s'est embrassés ! Je veux dire, ça n'a duré qu'une seconde. Il a reculé en m'avouant que je comptais trop à ses yeux pour être un simple rencard parmi d'autres. Est-ce que tu as déjà entendu un truc plus adorable ? Crois-moi, on est à ça d'officialiser.

Elle virevolte, comme si elle portait déjà sa robe de mariée.

Je me force à sourire.

— Vous êtes faits l'un pour l'autre. Franchement.

Après le dîner, j'entends Nadia dans le salon qui regarde la télévision, mais je ne la rejoins pas. J'ai déjà eu du mal à poser les yeux sur elle pendant le repas. Je monte directement dans ma chambre, m'allonge sur mon lit et me demande ce que je vais bien pouvoir faire maintenant que je ne peux plus me fier à personne.

Mon téléphone vibre, et je tends la main vers ma table de chevet pour l'attraper.

C'est un SMS envoyé d'un numéro que je ne connais pas.

Bjr, c'est miss Karma. Tu connaîtrais pas qqn qui mérite une bonne raclée ?

Oh que si, j'en connais. Plusieurs, même.

Mon téléphone vibre à nouveau.

Si oui, RDV au Judy Blue Eyes à 2h du mat. Sinon, assieds-toi et profite du spectacle.

C'est comme ça que Kat disait qu'elle appellerait son bateau si elle en avait un. En hommage à sa mère. C'était la chanson préférée de Judy.

XII

MARY

Ce n'était pas moi. Ça ne pouvait pas être moi. Ce qui s'est passé à l'école, peu importe ce que c'était… Je ne veux même pas y penser.

Je veux juste partir d'ici. Partir de cette île, loin de Reeve et de tout ce qu'il me rappelle.

Lorsque j'arrive chez moi, la Volvo de tante Bette est garée dans l'allée. Je pose tranquillement mon vélo sur la pelouse et fais demi-tour vers la rue. Je vais laisser ici mes robes et mes autres vêtements. Tante Bette pourra tout me renvoyer plus tard. Tout ce que je sais, c'est que j'ai besoin de prendre le prochain ferry pour partir d'ici.

Une fois arrivée au trottoir, je me retourne et regarde une dernière fois la maison. J'essaye de mémoriser la nuance exacte du gris du bardage, qui ressemble au ciel juste avant un orage d'été. Je compte les volets blancs aux fenêtres. Douze.

Je trace la courbe de l'allée en pavés dans les airs avec mon doigt. Je m'en imprègne, parce que c'est la dernière fois que je contemple cette maison. Je ne reviendrai pas ici. Plus jamais.

Ensuite, je prends une grande inspiration et descends la colline en direction du ferry, en retenant mes larmes tout le long du chemin. J'étais folle de croire que Reeve allait s'excuser un jour pour les choses horribles qu'il m'a faites. Quelque part au fond de moi, j'ai toujours espéré compter pour lui. Que malgré tout, il y avait vraiment eu quelque chose entre nous. Qu'il se souciait de moi. Qu'il était désolé pour tout ça.

Maintenant, je sais sans aucun doute que je me trompais. Il ne s'excusera jamais et ne reconnaîtra pas ce qu'il a fait. Par conséquent, je n'ai aucune raison de rester.

Mon cœur bat la chamade lorsque j'atteins le quai du ferry. Comme je suis trop essoufflée pour parler, quand j'arrive au guichet, je me décale un peu sur le côté pour reprendre haleine. J'observe un bateau s'amarrer et embarquer ses passagers.

Derrière moi, une femme prend ma place dans la file d'attente. Elle tente d'acheter un billet, mais le ferry de seize heures est déjà complet. Le prochain partira à dix-huit heures.

Il commence à faire nuit. D'autres personnes font la queue pour acheter des billets, mais je ne bouge pas. Je reste debout à regarder et à attendre. Je veux reprendre ma place dans la file pour régler mon billet. Je le veux vraiment. Tout mon corps me crie « Vas-y ! » Mais je n'y arrive pas. Quelque chose me retient. Quelque chose me retient ici.

Mais qu'est-ce qui m'arrive ?

XIII

KAT

Le ciel est noir. J'ai rabattu la capote de la Golf de papa, et l'horloge du tableau de bord indique deux heures moins le quart du matin.

Je consulte mon téléphone portable une dernière fois, avant de le jeter sur le siège arrière. Pas d'appel, pas de SMS. Rien. Elle ne viendra pas.

Comment je peux être aussi bête ?

J'aurais dû garder cette idée de revanche pour moi. Normalement, la revanche, c'est un truc solitaire. Je crois que j'ai entendu ça quelque part.

En plus, je ne sais pas quelle aide Lillia aurait pu m'apporter. Son esprit ne peut pas être aussi torturé que le mien. Elle est bien trop innocente pour ça. Et même avec ce qui se passe entre Lillia et Rennie, peu importe ce que c'est, Lillia ne la trahira jamais. En fait, connaissant Lillia, elle est sûrement en train de lire mon SMS à voix haute devant une Rennie morte de rire. Je me suis carrément emballée, et voyez le résultat. Je vais terminer avant même d'avoir commencé.

Et merde. Je vais juste rentrer chez moi et plancher sur ma lettre de motivation pour l'université d'Oberlin. C'est la seule chose qui m'aidera à tenir le coup cette année : la perspective de quitter cette île pour de bon.

J'entre dans le parking de la zone d'embarquement pour faire demi-tour. Les lampadaires sont éteints, l'endroit est vide, à l'exception d'une fille assise sur le trottoir. Elle a les coudes posés sur les genoux, la tête enfouie dans les mains et ses cheveux blonds ramassés sur une épaule.

J'envisage de passer devant d'elle, mais quelque chose me fait ralentir. Alors que je m'approche, je m'aperçois que c'est la fille des toilettes.

— Salut, la fille des toilettes ! dis-je en m'arrêtant à sa hauteur.

— Je m'appelle Mary, répond-elle en mâchouillant une mèche de cheveux.

Même si c'est un mensonge, je rétorque :

— Je sais, je voulais juste faire de l'humour. (Je secoue la tête et poursuis :) Qu'est-ce que tu fous ici si tard ?

Ses yeux sont écarquillés, affolés.

— Il faut que je parte de cette île.

— Euh, tu sais qu'il est deux heures du matin ?

Il n'y aura pas d'autre ferry avant demain. Tu as raté le dernier il y a environ trois heures.

Mary ne dit rien. Elle se contente de fixer la jetée du regard. On peut à peine distinguer l'eau du ciel. Tout est sombre.

— Je pense que je suis en train de perdre la tête.

Franchement, je la crois. Cette fille est vraiment bizarre. Mais je dois me rendre au yacht-club. S'il y a une minuscule chance que Lillia se pointe, je dois être là.

Même si j'espère qu'elle dira non, je lui propose :

— Tu veux peut-être que je te reconduise chez toi ?

— Non, je vais juste attendre. Peut-être que j'aurai le cran de partir au matin.

— Tu vas rester assise ici toute la nuit ?

— Il ne reste que quelques heures avant le jour. Ensuite, je n'aurais plus jamais à revenir.

— Où sont tes affaires ? Je croyais que tu avais emménagé ici ?

— Je… Je les récupérerai plus tard.

C'est dingue. Cette nana est complètement flippée.

— Ça a quelque chose à voir avec Reeve ?

Mary baisse les yeux.

— Ça a toujours eu à voir avec Reeve.

Je suis sur le point de lui dire « Envoie-le se faire foutre », mais avant que je puisse ouvrir la bouche, la petite Audi gris argent de Lillia débouche dans la rue et tourne à droite dans le parking du yacht-club. Je n'en crois pas mes yeux. Elle s'est pointée. Elle s'est vraiment pointée.

— Monte, dis-je à Mary.

Même si je suis une garce, je ne vais pas la laisser ici toute seule dans le noir.

— Je…

— Allez, magne-toi !

Pendant un instant, Mary donne l'impression qu'elle va protester. Si elle le fait, je me casse. Je n'ai pas le temps de m'occuper de son petit cul. Lillia risque de ne même pas sortir de la voiture si elle ne m'aperçoit pas. Mary hésite, puis tente d'ouvrir la portière, mais elle est coincée.

— Elle est verrouillée.

J'appuie sur le verrou.

— Lâche la poignée. (Mais lorsque Mary fait un nouvel essai, la portière ne s'ouvre toujours pas. Bon sang.) Passe par la fenêtre, alors !

— Tu poursuis qui ? demande-t-elle, tandis que je fonce pour couvrir la distance entre nous et les feux arrière de Lillia.

Je ne lui réponds même pas et me contente de conduire.

Lorsque nous entrons dans le parking, Lillia est debout près de sa voiture. Elle porte un sweat à capuche moulant, un bas de pyjama court retroussé à cœurs rouges et roses, et une paire de tongs. Ses longs cheveux sont relevés en queue de cheval. Il me semble, à la lueur de la lune, qu'ils sont mouillés. Elle vient sans doute de sortir de son bain. C'est un truc étrange chez Lillia. Elle prend un bain chaque soir, comme les gamins. Je pense que certaines choses ne changent jamais.

— T'es en retard, Kat, me lance-t-elle.

Ensuite, elle remarque Mary avec moi et serre les doigts autour de ses clés de voiture.

Je me dépêche de sortir de la voiture et de la rejoindre. Je suis excitée et soulagée que Lillia soit là, mais je tente de ne pas le montrer.

Je murmure :

— Elle avait besoin d'un chauffeur. T'inquiète, tout va bien.

— Kat… commence Lillia en me jetant un regard furieux, je ne dirais rien devant elle !

Mary doit nous entendre, car elle crie « C'est bon, je m'en vais » en sortant de ma voiture.

Je lève la main pour demander à Lillia de m'accorder une seconde.

— Mary, tu vas quitter Jar Island demain matin comme un gros bébé apeuré ?

— J'ai peur. Je suis carrément terrifiée.

— Par Reeve Tabatsky ? (Je suis vraiment furieuse. Cette fille a besoin d'un peu de cran, c'est tout.) Il n'en vaut pas la peine. Je ne le laisserai pas te toucher.

— C'est pas lui, le problème, dit Mary en se couvrant le visage des deux mains. Le problème, c'est moi. Je… Je n'arrive pas à passer à autre chose. Je bloque.

— Bon, O.K. Tu n'arrives pas à tourner la page. Reeve n'a pas eu ce qu'il méritait.

Lillia secoue la tête et siffle :

— Oublie. Ce sera sans moi.

Elle appuie sur sa clé de voiture. Les phares clignotent et les portières se déverrouillent.

Je me glisse jusqu'à la portière et me poste dos contre la poignée pour l'empêcher de l'ouvrir.

— Ne pars pas maintenant. Tu ne serais pas venue si tu ne voulais pas te venger d'Alex autant que je veux me venger de Rennie.

Mary s'approche doucement de nous.

— Qu'est-ce qu'il t'a fait, Alex ?

Lillia hésite, puis poursuit :

— Il ne m'a rien fait à moi. Il a fait un truc à ma sœur.

Ouais, à Nadia et à moi. Je n'ai pas le cœur brisé ou quoi que ce soit. C'était juste un rencard débile. Ça aurait pu déboucher sur quelque chose, mais il a tout fait foirer. Je suis passée à autre chose. Enfin presque.

Mary ajoute :

— Je suis désolée. Je ne voulais pas me mêler de vos affaires. Je m'en vais. Écoutez, je promets que je ne dirai rien à personne. Vous pouvez me faire confiance. Je sais mieux que quiconque sur cette île à quel point ce type de fardeau est lourd à porter. Je… Je trouve juste que c'est cool que vous ayez décidé de réagir. (Elle fait volte-face et s'éloigne vers l'embarcadère.) Bonne chance.

Lillia et moi nous regardons.

Je crie à Mary :

— Attends ! (Elle se retourne.) Tu veux participer ? Si tu nous aides… nous t'aiderons à te venger de Reeve.

Je n'ose pas regarder Lillia, parce que je sais qu'elle est probablement en colère contre moi maintenant. Mais elle ne dit rien. Elle ne part pas non plus d'ailleurs.

— Et pourquoi vous feriez ça ? Vous ne me connaissez même pas.

Mary me fixe intensément, sans cligner des yeux, ce qui me déstabilise. Il me faut une seconde pour reprendre mes esprits, mais je finis par dire :

— Je n'ai pas besoin de te connaître pour voir que tu es complètement ravagée par ce qui s'est passé, peu importe ce que c'est, et peu importe quand ça a eu lieu. Il y a des années, sans doute. Sans compter que ça ne sera pas gratuit. Il faudra mettre les mains dans le cambouis, toi aussi. Mais on se serrera les coudes. Toutes les trois.

Mary nous observe, Lillia et moi, pendant un long moment. Si longuement que je commence à avoir la bougeotte. Enfin, elle nous confie :

— Si vous m'aidez avec Reeve, je ferai tout ce que vous voulez.

Lillia ne bouge pas. Ses lèvres sont serrées, et elle secoue la tête.

— Je sais pas.

Je lui demande de réfléchir. Je suis tellement surexcitée que je sautille presque.

— Mary est nouvelle. Personne ne la connaît, aucun risque qu'on la suspecte. En plus, avec son aide, ce sera plus facile pour nous deux. (Elle n'a pas l'air convaincue. Je lève les mains au ciel.) Tu m'as fait suffisamment confiance pour venir ici, pas vrai ? Il ne t'en faut qu'un petit peu plus. J'ai un bon pressentiment.

Lillia se mord la lèvre, puis ajoute :

— Alors comme ça, on va se venger de Rennie, d'Alex, et maintenant de Reeve ? En gros, tu veux que je m'attaque à toute ma bande.

J'ai envie de lui dire « Peut-être que tu ne devrais pas être amie avec ces gros connards », mais je ravale mes paroles et j'opte pour la diplomatie.

Je compatis en hochant la tête :

— Je comprends bien. C'est toi qui as le plus à perdre dans l'histoire. On va commencer par Alex, dans ce cas. Allons comploter à l'abri des regards. Mon bateau est amarré par-là, dis-je, en lui montrant la direction.

— Jamais de la vie, proteste immédiatement Lillia.

— Roh, Lil, tu n'as toujours pas appris à nager ?

— Je n'en vois pas l'intérêt, s'offusque-t-elle en rougissant.

— Ce serait plus sûr de discuter sur l'eau. Comme ça, on ne risque pas d'être entendues.

Lillia lève les yeux au ciel, exaspérée.

— Mais qui pourrait nous entendre ?

Lillia Cho. Elle croit toujours tout savoir mieux que tout le monde.

— Tous les richards qui amènent leurs maîtresses ici. Sans compter la sécurité. Et les flics. Je veux dire, si tu veux courir le risque de te faire arrêter, je...

— Il suffisait de choisir un meilleur endroit, réplique Lillia du tac au tac.

— Montons sur le bateau, propose Mary. Après tout, maintenant qu'on est là...

— Très bien, consent Lillia en grognant.

Je les conduis le long du quai. Mary est près de moi, et Lillia nous suit à quelques pas.

Alors que nous marchons, mon cerveau bouillonne et passe en revue toutes les possibilités. Comment procéder, par où commencer ? J'y ai déjà un peu réfléchi en amont, au cas où Lillia ne se serait pas pointée ce soir. Mais maintenant que Mary est des nôtres, je dois revoir rapidement mes plans. Tout ce que je sais, c'est que je dois donner l'impression d'être préparée pour calmer Lillia. Cette fille est aussi nerveuse qu'un chat un jour d'orage. Au moindre hic, elle risque de se barrer en courant.

Lorsque Mary me demande si l'un de ces bateaux est à moi en désignant les yachts aux moteurs trafiqués, je l'entends à peine. Elle me repose donc la question.

En secouant la tête, je précise :

— Pas exactement.

Comme je travaille au club, je peux amarrer mon bateau gratuitement. Mais pas avec ceux-là, évidemment. Le mien se trouve derrière les pompes à essence, attaché à un vieux ponton où mon patron conserve ses épaves, de vieux bateaux qu'il a achetés pas cher pour récupérer les pièces détachées.

— Faites gaffe. Les planches le long du quai sont à moitié pourries, et il y a beaucoup de clous rouillés qui dépassent. Je dois encore avoir une écharde dans le talon. Un crétin a avancé son yacht si vite que les remous dans son sillage m'ont envoyée par-dessus bord.

— Ça craint, compatit Mary.

Je hoche la tête.

— Les riches ne s'excusent jamais.

Lillia lève les yeux au ciel, mais ne l'ouvre pas.

Je retire la bâche de mon petit voilier Catalina, la plie et la fourre dans l'écoutille. Ça fait un bail que je ne suis pas sortie en mer. Peut-être depuis juin, ce qui est dingue. Mais le fait est qu'avec Alex, on prenait toujours son bateau, parce qu'il a un frigo pour garder nos boissons au frais, des sièges en cuir inclinables et une stéréo de folie. Bizarrement, je me sens coupable d'avoir oublié qui j'étais avant de le rencontrer. D'avoir oublié les choses qui comptaient pour moi. Réparer mon bateau, traîner avec mes vrais amis. Je n'aurais jamais cru devenir l'une de ces filles qui renoncent à être elles-mêmes juste pour un gars. Surtout pour un minable adepte du double jeu comme Alex Kudjak.

Je leur ordonne de monter en branchant mon projecteur sur la batterie.

Il projette à travers la nuit un faisceau lumineux qui éclaire la crête des vagues. Parfait.

Lillia pose un pied à bord et se fige quand le bateau tangue. Ensuite, elle bondit en arrière comme un lapin affolé et manque de tomber à la renverse sur Mary, qui semble également nerveuse.

Les bras croisés, Lillia propose :

— On n'a qu'à discuter ici.

— Arrête, je navigue depuis que je suis suffisamment grande pour tenir la barre toute seule ! Je suis plus à l'aise sur l'eau qu'au volant d'une voiture.

— J'ai dit que je ne monterai pas sur ce truc, réplique sèchement Lillia. Soit on discute ici, soit je me casse.

Dans ma barbe, je grommelle « Quelle diva », débranche le projecteur, puis les rejoins sur le quai.

Nous nous asseyons toutes les trois en demi-cercle.

Je comprends alors que j'ai déjà gagné. Parce que la meilleure amie de Rennie est assise ici à m'implorer de l'aider à lui rendre la monnaie de sa pièce. Et Alex y aura droit, lui aussi. Je pourrais avoir des scrupules à propos de Reeve, mais ce sera cool de le voir recevoir la correction qu'il mérite. C'est comme un putain de trois contre un.

J'étire mes jambes devant moi.

— Faut qu'on se fixe quelques règles de base. Primo, je pense qu'on doit toutes participer aux trois revanches. Comme ça, personne ne pourra se défiler ou rejeter la faute sur une autre.

— Évidemment, confirme Lillia.

Je lui jette un regard, mais continue.

— Deuzio, il ne faut pas qu'on nous voie discuter ensemble en public. Jamais.

— Ouais, je trouve ça logique, approuve Mary.

— En fait, je pense que même les SMS sont trop risqués. Lillia, et si Rennie prenait ton téléphone et voyait mon numéro ?

Lillia baisse les yeux sur ses genoux.

— Je crois pas que Rennie fouillerait dans mon téléphone, mais oui, tu as raison. Va falloir être prudentes.

— Plus que prudentes, même. Personne ne doit savoir ce que nous manigançons. Ce que nous faisons nous suivra dans la tombe. (Ensuite, je m'éclaircis la gorge, parce qu'il s'agit du point le plus important.) Et si nous voulons vraiment le faire, personne ne devra se dégonfler en route. Si vous en êtes, il faudra aller jusqu'au bout. Jusqu'à ce que nous obtenions toutes ce que nous voulons. Sinon, eh bien… Pas de quartiers. La chasse sera ouverte, et nous aurons un sacré paquet de munitions à utiliser les unes contre les autres. Si vous ne pouvez pas jurer que vous tiendrez votre promesse, on peut faire comme si cette conversation n'avait jamais eu lieu. (Mary hoche la tête la première, suivie de Lillia. Je souris. Putain de merde, on va vraiment le faire !) Très bien, dans ce cas, je pense qu'on a terminé. Maintenant, on peut décider de ce qu'on va faire à Rennie, Alex et Reeve.

— On commence par Alex, corrige Lillia. (Nous nous regardons. Personne ne dit un mot.) C'est quoi, le plan ?

Sur la défensive, je proteste :

— Ne croyez pas que je vais faire tout le boulot ! J'ai juste fixé les règles.

Lillia pince les lèvres.

— T'es sérieuse ? Je croyais que tu allais te charger de tout. Que tu avais déjà, disons, un carnet avec la liste des personnes que tu détestes et des choses que tu veux leur faire pour te venger.

Elle a vraiment l'air déçue, ce qui, bizarrement, ajoute à ma fierté.

Spontanément, une idée me vient en tête.

— Bon, dans ce cas, Alex est obsédé par son 4x4. On pourrait le taguer à la bombe, trafiquer le moteur…

— C'est pas assez ambitieux, m'interrompt Lillia.

— Est-ce qu'il a un animal de compagnie ? s'interroge Mary. On pourrait le kidnapper… et le tuer ! (Lillia et moi échangeons un regard horrifié, tandis que Mary glousse.) Je rigolais. J'adore les animaux !

J'enchaîne :

— On pourrait hacker l'ordi du lycée et trafiquer ses notes. Faire en sorte que Jar Island

Community College soit la seule fac qui veuille de lui. Son père lui bottera le cul s'il n'est pas accepté dans une université bien cotée.

Lillia soupire.

— Je ne sais pas hacker, et ça m'étonnerait que tu saches le faire, Kat. Et toi, Mary ?

Mary secoue la tête pour nous signifier que non.

— Je pense que j'ai une meilleure idée, dit Lillia. (Je commence à m'indigner, mais elle continue.) Je veux faire en sorte qu'aucune fille de Jar Island ne veuille plus jamais sortir avec Alex Kudjak. Comment on pourrait s'y prendre ?

Il y a quelque chose dans l'intonation de Lillia. Elle est penchée en avant dans l'obscurité, les yeux écarquillés, mais le regard froid. Elle est on ne peut plus sérieuse.

— Géniale, ton idée !

J'applaudis. Je ne peux pas m'en empêcher.

XIV

LILLIA

Après l'entraînement du vendredi, je traverse le parking avec Rennie, bras dessus, bras dessous.

— Alors, qu'est-ce que tu veux faire ce soir ?

— Tu ne bosses pas ?

Je pensais que si. J'aurais préféré.

Rennie secoue la tête.

— Terri a accepté d'échanger ses heures avec moi. J'ai envie de m'éclater !

Elle dit cela avec une voix de bébé.

Je fais semblant de réfléchir. Pourtant, j'ai juste envie de rentrer chez moi, de m'allonger sur mon lit et de rêver à ce que je pourrais faire à Alex. En classe, j'ai complètement décroché, trop occupée à m'imaginer à quel point ce sera bon lorsque nous commencerons à nous occuper de son cas.

C'est comme une thérapie. Je n'ai jamais été aussi heureuse depuis... euh... longtemps.

Hier, pendant le déjeuner, Rennie a remarqué ma mine réjouie et m'a demandé :

— Qu'est-ce qui te fait sourire comme ça ?

Je me suis presque étouffée avec mon wrap au poulet. Je n'avais jamais eu à garder un secret aussi important jusqu'ici. Lorsque ma mère a organisé une fête surprise pour les cinquante ans de mon père, j'ai eu tellement peur de cracher le morceau que j'en ai eu mal au ventre pendant deux semaines. Tous les soirs, quand mon père me bordait, je pensais *Ne dis rien, ne dis rien*. Je craignais que ça sorte tout seul tellement je faisais d'efforts pour tenir ma langue.

Mais j'ai réussi à garder le secret. J'ai dit à Rennie que je réfléchissais à l'endroit où nous allions faire notre voyage de fin d'année en mai. Ça a toujours été notre intention. Aller ensemble quelque part toutes les deux, juste elle et moi.

— Les îles Fidji, ça doit être mortel. Ou alors les Maldives.

Je ne pourrai plus jamais regarder Rennie de la même façon, mais dans un sens, je suis contente de ne pas avoir à lui faire quoi que ce soit pour le moment. Ma cible, c'est Alex, et c'est à lui que j'accorde toute mon attention.

Une partie de moi (mon côté nostalgique, j'imagine) aimerait pouvoir confier à Rennie ce que je suis en train de préparer. Elle se régalerait certainement. Je parie qu'elle aurait plein d'idées sadiques et tordues pour Alex, des trucs qui ne me viendraient jamais à l'idée, même en un million d'années. Mais évidemment, je ne peux rien dire. Parce que lorsque nous en aurons terminé avec Alex, ce sera Rennie la suivante.

Pour le moment, il faut juste que j'essaye de faire comme si de rien n'était. Plus j'ai l'air normal, moins on me suspectera d'être derrière quoi que ce soit. C'est l'essentiel. Personne ne devinera jamais.

— Tu veux venir dîner chez moi ? me suggère Rennie. Histoire qu'on décide de ce qu'on fait.

Je souris.

— Excellente idée !

Je laisse ma voiture sur le parking du lycée, et Rennie nous conduit dans sa Jeep jusqu'à son appart. Sa résidence s'appelle Les Mouettes, et l'enseigne est éclairée par des spots. L'entrée est coquette, avec des fleurs et des massifs de criste-marine. Mais ensuite, une fois la grille franchie, l'endroit est beaucoup moins propret. Autrefois, il fallait taper un code pour entrer, mais le digicode ne fonctionne plus depuis le début de l'été. La grille reste ouverte en permanence, retenue par une corde. Depuis la série de cambriolages du printemps dernier, mon père n'aime pas que je vienne ici.

— Il faudrait que quelqu'un répare cette grille, dis-je alors que nous la franchissons.

Je sors une sucette de ma poche et enlève l'emballage. Puis, je propose à Rennie de la goûter. Quand elle me fait non de la tête, j'ajoute :

— Ce n'est pas sécurisé, n'importe qui peut entrer.

Rennie hausse les épaules.

— La direction de la résidence est à chier. Tu te souviens du temps qu'il a fallu pour faire réparer notre douche ? Maman envisage de nouveau de déménager et de quitter l'île à la fin de l'année.

J'arrête de lécher ma sucette.

— Sérieux ?

— Bah oui, souviens-toi ! Elle voulait déménager au printemps, lorsqu'ils ont augmenté le loyer.

Effectivement, je m'en souviens. Nous avions pleuré et supplié Mme Holtz de changer d'avis. Avec Rennie, on avait même planifié qu'elle reste vivre chez moi pour sa dernière année. Mme Holtz a finalement cédé en voyant à quel point Rennie voulait rester.

— Bref, en ce moment, elle sort avec un type qui vit sur le continent. Rick le restaurateur, précise-t-elle en faisant la grimace. Il tient une sandwicherie ou un truc dans le genre. Ma mère y passe tous ses week-ends ou presque, et ça lui coûte une fortune en billets de ferry. En plus, elle se renseigne sur une formation d'agent immobilier. Je parie qu'elle va rompre le bail de la galerie avant juin.

— Ta mère aime trop la galerie pour la laisser tomber.

— Elle l'adore, mais on est ric-rac en ce moment. Je viens juste d'avoir dix-huit ans, du coup *bye-bye* la pension alimentaire de mon GNP.

Je garde le silence. Je ne sais jamais trop quoi dire quand Rennie évoque son père. Il est parti quand elle avait trois ans, et elle ne l'a revu que deux fois depuis. Avant, il l'appelait pour son anniversaire, mais il ne le fait plus depuis qu'il s'est remarié et a eu d'autres enfants. Il vit quelque part en Arizona. Rennie ne parle presque jamais de lui, et lorsqu'elle le fait, elle l'appelle son GNP. Son Gros Naze de Père.

Elle soupire.

— C'est dingue d'imaginer qu'aux prochaines vacances de Noël, on n'habitera plus à dix minutes l'une de l'autre. Il y aura un océan entre nous.

Soulagée qu'elle n'évoque plus ni l'argent ni son père, je lui fais remarquer :

— Tu ne déménages pas dans un autre pays. La traversée en ferry, c'est pas la mer à boire.

— Oh que si, et tu le sais, me contredit Rennie. Tout va changer.

J'y avais déjà réfléchi avant que les choses ne se compliquent entre nous. Lorsque nous irons à l'université, nous nous séparerons. Nous n'aurons plus autant besoin l'une de l'autre. Peut-être que c'est une bonne chose. Si Rennie n'est pas chez elle pendant les vacances, ça me facilitera la vie.

La résidence comprend trois constructions identiques déployées autour de la petite piscine qui trône au milieu du jardin. Nous la contournons et nous approchons de la porte d'entrée du bâtiment de Rennie. Depuis que Rennie habite ici, je n'ai jamais mis les pieds dans la piscine. Ça me ferait trop bizarre de me baigner devant les fenêtres de cuisine de centaines de gens. En plus, ma piscine doit faire trois fois la taille de celle-ci. C'est pour ça qu'on va toujours dans la mienne.

Rennie fouille dans son sac à la recherche de ses clés lorsque la porte de son appart s'ouvre à la volée. Mme Holtz s'est fait lisser les cheveux, et elle porte une robe portefeuille grise et blanche, un gros collier de perles et des créoles en argent.

— De quoi j'ai l'air ? demande-t-elle en virevoltant.

— T'es super belle ! s'écrie Rennie en plissant les yeux. Mais tu devrais changer de rouge à lèvres. Celui-là est trop foncé.

— Et je pense que vous avez oublié d'enlever l'étiquette.

Je m'approche du tiroir à argenterie, en sors une paire de ciseaux et coupe le fil pour elle.

— Je devrais parler de ce magasin à ta mère, Lillia, dit Mme Holtz. Il y a plein de bonnes affaires sur les vêtements de marque. Regarde l'étiquette. C'est une robe de chez Diane von Furstenberg à cinq cents dollars que j'ai eue pour soixante billets.

— Je te l'ai déjà dit, maman, grogne Rennie. Cet imprimé date d'au moins deux ans. N'est-ce pas, Lil ?

— Je ne sais pas trop. (Mais Rennie a raison. Ma mère l'a en version chemisier. Elle ne le porte plus, d'ailleurs.) Elle vous va à merveille en tout cas.

— Merci, ma chérie. (Mme Holtz tourne sur elle-même et me fait deux bises, une sur chaque joue.) Dites, les filles, vous devriez passer à la galerie ce soir. J'expose un artiste local incroyable qui fait des vitraux sur le thème de l'eau.

Ni Rennie ni moi ne devons paraître enthousiastes, parce qu'elle ajoute :

— Je vous laisserai boire du vin dans la réserve si vous me promettez d'être discrètes.

— Peut-être, prétend Rennie, mais elle me balance un regard en douce qui veut dire « Même pas en rêve ».

L'alcool ne suffit pas à nous convaincre. D'abord, le vin, c'est dégueulasse. Ensuite, Rennie a au moins trois bouteilles de vodka à la vanille planquées sous son lit. Un cadeau des barmen du *Bow Tie*.

Mme Holtz nous commande une pizza, moitié champignons et oignons pour Rennie, moitié fromage pour moi. Rennie et moi filons dans sa chambre pour nous faire les ongles en attendant le livreur. Je choisis le vernis Ballerine. Il est rose pâle, presque blanc. Rennie choisit le Cha Cha, un orange pétant. Une fois que ses ongles ont séché, elle va prendre une douche. Je m'affale sur son lit.

Un mur entier de la chambre de Rennie est consacré à notre amitié. Il y a des photos d'Ashlin, de Reeve et de tous les autres, mais tout tourne principalement autour de nous. Les clichés du Photomaton que nous avons pris à la fête foraine une année, un ticket de métro de notre expédition à New York avec maman pour mes quatorze ans. L'affiche de Broadway ramenée du même voyage. Je me sens triste en les regardant. Comme si tous nos souvenirs remontaient à très, très loin.

Mme Holtz passe la tête dans l'embrasure.

— La pizza est arrivée, Lil.

— O.K. (Je lui adresse mon plus beau sourire.) Merci, Paige.

Ça me fait toujours bizarre d'appeler la mère de Rennie « Paige », mais elle insiste pour que je le fasse.

Au lieu de partir, elle s'adosse contre le cadre de la porte.

— Je suis contente que tu sois venue ce soir. C'est marrant, je disais justement à Rennie ce matin que ça faisait une éternité que je ne t'avais pas vue.

Ça ne fait qu'une semaine, ce qui n'a rien d'anormal en soi, sauf que Rennie et moi vivons quasiment ensemble. Un ange passe, et je me demande si Mme Holtz s'attend à ce que je lui donne une explication. Mais elle finit par me lancer en riant :

— Ne fais pas cette tête, chérie ! Je ne suis pas fâchée ! Je sais que vous êtes bien occupées, les filles, entre les cours et les entraînements. (Je hoche la tête, comme si c'était précisément la raison de mon absence.) Tu sais que je t'adore. Tu es ma préférée parmi toutes les amies de Rennie. J'aimerais que vous restiez toujours proches.

Je hoche à nouveau la tête. Mme Holtz me répète sans arrêt que je suis sa préférée. Je veux dire, c'est un gentil compliment, mais aujourd'hui, il me met mal à l'aise. Ou peut-être que c'est ma conscience qui me taraude.

Rennie revient drapée dans deux serviettes, la première autour de son corps, la seconde sur la tête.

— La pizza est arrivée, Ren, annonce Mme Holtz.

— Cool. Merci maman. Et bonne nuit !

Rennie ferme pratiquement la porte au nez de sa mère.

Elle retire la serviette de sa tête et la jette sur le lit. Elle doit débrancher son climatiseur afin de libérer une prise pour son sèche-cheveux. J'ouvre la fenêtre pour éviter qu'il ne fasse trop chaud dans sa chambre. Elle s'assoit par terre face au miroir suspendu à la porte et attaque son brushing à l'aide d'une brosse ronde.

— Bon, on fait quoi ce soir ? demande-t-elle.

Je descends de son lit et me mets à genoux près d'elle.

— Si on se faisait un ciné ? Ça fait une éternité qu'on n'y est pas allées.

C'est ce que Rennie et moi faisons à chaque fois qu'il pleut. Cet été, il y a eu un million de jours de soleil. Ce soir, je veux faire en sorte de ne pas avoir à discuter avec elle ou à la regarder.

— Oh oui ! Tu veux qu'on se fasse une soirée entre filles ? Toi, moi et Ash ?

— Non. Appelle les gars.

Je m'oblige à le dire, parce que c'est ce qu'aurait fait l'ancienne Lillia, et que je dois me comporter comme elle.

— Juste Reeve et PJ ? Ou tu veux que j'appelle Alex aussi ? Il a fini de nous faire la tronche à cause de notre départ de la fête ?

— Je suis sûre qu'il a tourné la page. (Je m'applique à me tresser les cheveux.) En plus, qui pourrait m'acheter des bonbons, à part lui ?

Rennie tombe sur le dos en riant et m'entraîne dans sa chute. Elle me titille le genou, et je ne peux pas m'empêcher d'exploser de rire, parce que je suis hyper chatouilleuse. Ensuite, Rennie roule sur le côté et me sourit.

— Lil, commence-t-elle avant de soupirer. Je suis tellement contente…

Je ne sais pas si elle s'attend à ce que je finisse sa phrase, mais comme je me tais, elle se rallonge et me lance sans me regarder :

— Tu prends la bonne décision en laissant couler.

Je me plante les ongles dans la paume et sens le vernis presque sec contre ma peau. Je ferme les yeux, les paupières crispées.

— Je sais.

Je me suis réveillée en sentant Rennie me secouer par l'épaule.

— Debout, Lillia. Lève-toi !

Il faisait nuit. Mon débardeur et mon short avaient disparu. Je portais seulement mon maillot de bain une-pièce.

— Qu'est-ce qui se passe ? ai-je demandé d'une voix rauque.

J'avais la bouche sèche, pâteuse, et ma tête tournait.

Rennie, les yeux écarquillés comme jamais, s'est penchée près de mon visage et a murmuré « Chut ! »

Son haleine empestait la tequila. Elle avait ses chaussures à la main.

— On se barre d'ici, Lil.

Je me suis assise sur le canapé. Toute la pièce tanguait autour de moi. J'étais toujours bourrée. Quelqu'un dormait dans le lit. Mon copain, Mike, ne se trouvait pas dans la pièce. Je ne savais pas où il était.

Rennie avançait à quatre pattes et tâtonnait dans la pénombre à la recherche de mon haut. Elle l'a trouvé près du bureau. Je l'ai rapidement enfilé et j'ai trouvé mon short derrière l'un des coussins du canapé. Rennie a entrebâillé la porte, les yeux rivés sur le garçon dans le lit. Elle m'a fait sortir la première.

La maison était complètement sens dessus dessous. Quelques personnes dormaient dans les pièces que nous traversions, ainsi que sur le canapé convertible du salon. Sans respirer, j'ai piqué une pointe jusqu'à la porte, Rennie sur mes talons.

Nous ne nous sommes pas arrêtées de courir avant d'avoir atteint le bout de l'allée. Je me suis laissée tomber contre la boîte aux lettres, le souffle court. Rennie s'est penchée pour rechausser ses escarpins. Je suis restée plantée à côté d'elle, à essayer de me rappeler ce qui s'était passé pendant la nuit. Tout était confus dans ma tête.

Mais rapidement, je me suis souvenue. On s'était enfilé des verres de tequila. Puis on avait suivi les gars dans la chambre à l'étage. Ils nous avaient dit qu'ils voulaient regarder un film. Mike m'avait embrassée sur la nuque. Il m'avait soulevée et assise sur le bureau. Je lui avais rendu son baiser. J'avais aimé, au début seulement. Ensuite, je lui avais dit non. Enfin, je pense que je lui avais dit non. M'avait-il entendue ?

J'ai senti la bile refluer dans ma gorge.

— Je crois que je vais être malade.

J'ai commencé à avoir des haut-le-cœur, et Rennie m'a accompagnée jusqu'au caniveau, où j'ai tout dégueulé.

— Faut que tu marches, m'a ordonné Rennie. Ma Jeep est bloquée dans l'allée.

— Non ! ai-je crié, des larmes plein les yeux. On ne peut pas rentrer à pied à T-Town ! C'est trop loin.

— On n'a pas le choix. (Elle n'avait pas l'air de compatir et a commencé à avancer.) On y va.

Je n'ai pas décroché un mot pendant le premier kilomètre environ. Je me suis contentée de pleurer. Rennie me précédait de quelques pas, le dos droit comme un I. Mes sandales me meurtrissaient les pieds, mais je ne pouvais pas les retirer. Il y avait du verre brisé sur la route. Quelques voitures sont passées à côté de nous, et je me suis demandé si elles allaient s'arrêter, mais non. Elles n'ont même pas ralenti.

J'ai vomi encore une fois dans l'herbe. Rennie m'a rejointe et m'a tapé dans le dos. Je lui ai répété que je ne pouvais plus continuer, les bras serrés contre la poitrine.

— Mais si, tu peux. C'est pas si loin que ça.

Rennie s'est remise en route, mais cette fois-ci, je n'ai pas bougé.

— Faut qu'on appelle quelqu'un. Je crois... Je crois qu'il faut que j'aille à l'hôpital. Je crois que Mike a versé un truc dans mon verre.

— Il n'a rien versé dans ton verre. (Ses cheveux lui fouettaient le visage à cause du vent.) Tu as trop picolé, c'est tout.

— Non, c'est pas tout ! Il... Je n'ai pas... (Je pleurais tellement que les larmes coulaient dans ma bouche.) J'ai peut-être chopé une IST ! Je suis peut-être enceinte !

Rennie m'a fait signe que non.

— Il a mis une capote, t'inquiète. (Elle a alors tourné la tête.) Il est venu trouver Ian pour lui en demander une.

— Oh mon Dieu ! Oh mon Dieu ! ai-je répété en boucle, comme une prière.

J'ai espéré que ce n'était qu'un cauchemar et que j'allais me réveiller ailleurs. N'importe où, sauf ici.

— Lil, tu dois…

— Tu as couché avec Ian ?

— Oui, a-t-elle répondu tout bas.

— Pourquoi t'es pas venue m'aider ? lui ai-je reproché en pleurant.

Je me rappelais à présent avoir appelé son nom. Je la revoyais avec Ian dans le lit. Mike m'embrassait le long du cou en tirant sur mon maillot de bain pour le baisser au maximum. J'ai appelé « Rennie ». Ensuite, c'était le trou noir.

— Tu allais bien ! Tu prenais du bon temps !

Elle a commencé à s'éloigner de moi. J'ai couru vers elle et l'ai attrapée par le bras.

— Non, pas du tout ! Tu savais que je ne voulais pas que ça se passe comme ça !

Avec un type que je connaissais à peine, dans la même pièce que ma meilleure amie, tellement bourrée que je pouvais à peine tenir debout. Ma première fois aurait dû être spéciale. Avec une personne que j'aimais. Je n'étais quasiment sortie avec personne auparavant. Je n'avais embrassé que trois garçons au total.

Rennie m'a secouée. Ses yeux étaient durs comme de la pierre.

— On a perdu le contrôle. Mais on savait très bien toutes les deux ce qui allait se passer en montant avec eux.

— Non, je ne savais pas ! ai-je hurlé au point d'en avoir mal à la gorge.

— Franchement, Lillia ! Tu étais tout aussi consentante que moi. Personne ne t'a forcée à avaler ces verres.

— Ça… ça n'aurait pas dû se passer comme ça. Pas pour moi.

Rennie a fait la moue.

— Parce que pour moi, pas de problème ? Je ne suis peut-être pas vierge, mais je ne suis pas une pute. (Je pleurais tellement que je ne pouvais pas lui répondre.) Écoute, a-t-elle ajouté en soupirant, c'est arrivé, mais c'est terminé. Y'a plus qu'à oublier.

— Je peux pas, ai-je protesté, les épaules tremblantes. Je veux dire, et si quelqu'un l'apprenait ? Et si nous recroisons ces mecs ?

À l'idée de retomber sur Mike quelque part sur l'île, j'avais envie de mourir.

Rennie a posé les mains sur mes épaules.

— Ils avaient loué pour la semaine seulement, tu te rappelles ? Ils partent d'ici cet aprèm. (Elle a planté son regard dans le mien.) Je ne dirai rien. Tu ne diras rien. Personne ne le saura jamais.

Le jour était déjà levé lorsque nous avons rejoint l'appart de Rennie. Je voulais rentrer chez moi. Je voulais tout raconter à ma mère. Elle, elle saurait quoi faire. Elle saurait comment réparer les dégâts. Mais je ne pouvais rien lui dire. Elle croyait que je passais la nuit chez Rennie. Et qu'est-ce qu'elle aurait pensé de moi en l'apprenant ? Et mon père ? Et Nadia ? Je ne serais plus la même à leurs yeux. Plus jamais.

Lorsque je suis sortie de la douche, Rennie était déjà au lit, les yeux fermés. Je me suis glissée près d'elle, dos à dos.

Elle m'a alors dit :

— Cette soirée n'est jamais arrivée. Nous n'en reparlerons jamais.

Je passe prendre Ashlin en voiture, et nous partons pour le cinéma. Je ne sais même pas quels films sont à l'affiche avant d'arriver. Les garçons nous attendent dehors. Rennie saute sur le dos de Reeve, et il la porte à l'intérieur. Avec Ashlin, on fait la queue devant le guichet en réfléchissant à une combine pour nous faire offrir des friandises.

— Et si on prenait du pop-corn, des M&M's et des oursons ? suggère-t-elle.

Je sens Reeve s'avancer derrière moi, alors j'entre en jeu en annonçant théâtralement :

— On prend pas des Maltesers ? C'est les meilleurs.

Les Maltesers sont les préférés d'Alex. Ashlin grimace.

— Les Maltesers sont infects, Lil ! On dirait du sable.

Conformément à notre mécanique parfaitement huilée, Alex s'avance et dit à Ashlin :

— Tu déconnes ? Ils sont extra !

— Tu vois, Ashlin ? Je ne suis pas la seule à les aimer.

Alex demande à la vendeuse :

— Un sachet de Maltesers, s'il vous plaît.

Je pose le menton sur son épaule.

— On partage, dis ?

— T'as qu'à t'en acheter un sachet, me contre-t-il.

Mais l'arrière de ses oreilles est rose, et les coins de sa bouche sont retroussés dans un sourire.

Ça me suffit pour savoir qu'Alex est tombé dans le panneau. Il pense que tout est réglé entre nous et que je ne soupçonne rien du tout.

XV

MARY

Je suis assise à la table de la cuisine en train de terminer mes devoirs. Tante Bette est au téléphone avec une amie et fait la vaisselle en même temps.

— Tout va bien, Mary me tient compagnie.

Même si l'ambiance était un peu étrange les premiers jours, tante Bette est ravie de m'avoir à la maison désormais. Nous avons mis en place une routine agréable. J'essaye de ne pas la gêner, de ne pas l'interrompre quand elle peint. Et lorsque la porte de ma chambre est fermée, elle me laisse tranquille.

Quand je suis rentrée hyper tard après cette fameuse nuit sur les quais, tant Bette était encore debout. Je l'ai suppliée de ne rien dire à mes parents. S'ils l'apprenaient, ils boucleraient leurs valises et viendraient ici me chercher. Tante Bette n'a rien répondu, mais comme mes parents ne sont pas arrivés dans leur minivan, je suis à peu près sûre qu'elle ne leur a rien dit.

Elle est plutôt cool, comme tante.

Dès que tante Bette monte se coucher, je me glisse hors de la maison pour attendre Kat. Je m'assois sur le trottoir, les jambes étendues devant moi. Les autres maisons ne sont pas éclairées, et tout en bas de la colline, au loin, j'arrive à peine à distinguer le reflet de la lune sur l'eau. En me concentrant un peu, je parie que je peux entendre le bruit des vagues.

Finalement, la décapotable de Kat grimpe la colline tous feux éteints, et je me lève d'un bond. Elle s'arrête juste devant moi.

— Salut. Alors, prête ?

— Carrément. (Je passe par la fenêtre pour rejoindre la banquette arrière.) Vivement que j'aie mon permis.

Je veux dire, j'adore faire du vélo, mais avec un permis, je pourrais aller partout. À condition que tante Bette me prête sa Volvo.

En se retournant, elle me lance :

— Pourquoi tu t'assois derrière ? Je suis pas chauffeur de maître !

Je rougis.

— Je sais pas. Je pensais laisser le siège avant à Lillia.

Je me sens maladroite et stupide jusqu'à ce qu'elle redémarre et déclare :

— Je suis sûre que c'est exactement ce qu'elle veut. Princesse Lillia exige toujours le meilleur.

— Ça m'est complètement égal, dis-je en me penchant vers elle.

— Évidemment ! ajoute Kat en grognant.

Toutefois, son ton est aimable, comme s'il s'agissait d'un compliment.

Rapidement, nous arrivons devant la maison de Lillia. Elle est immense et moderne. Ce n'est même pas une maison, plutôt une demeure au sens noble du terme. Lillia habite à White Haven, la partie la plus huppée de l'île. La plupart des constructions sont entourées d'épaisses haies qui empêchent presque de voir à quoi elles ressemblent. Sans compter qu'il y a beaucoup d'espace. Les maisons sont éloignées les unes des autres, avec de grands garages qui peuvent accueillir des tas de voitures, des jardins paysagers et des pelouses parfaitement entretenues.

Kat coupe le moteur et les phares. Elle souffle sur sa frange pour se dégager la vue et constate :

— Elle est à la bourre. C'est tout à fait son genre de se faire remarquer.

Je souris en mon for intérieur. Je me garde de dire ce que je suis en train de penser, à savoir que Kat était en retard, elle aussi.

Alors que nous sommes assises dans le noir, le vent se lève. Kat remonte la fermeture Éclair de son sweat à capuche et se tourne vers moi.

— T'es pas gelée ? Il y a peut-être une chemise de travail de Pat dans le coffre.

— Non, réponds-je en tirant sur mon short rose pâle. J'ai pas froid du tout. Je suis trop excitée, je pense.

C'est à ce moment que Lillia fait son apparition. Il fait si sombre dehors que je ne peux voir que son visage, jusqu'à ce qu'elle s'approche un peu plus près. Elle descend furtivement l'allée, entièrement vêtue de noir. Col roulé noir, legging noir, ballerines noires.

Kat éclate de rire.

— Oh mon Dieu !

Lillia court jusqu'à la voiture, à bout de souffle.

— Salut ! dit-elle en grimpant sur le siège passager.

— Lillia, on va pas braquer une banque, quand même ! se moque Kat. C'est pas un casse.

Pour se défendre, Lillia rétorque :

— Il faut faire attention.

Lillia me jette un coup d'œil à l'arrière et fronce les sourcils.

— Bon, très bien. On s'en fout, après tout.

J'ai l'impression de m'être encore plantée. On a le même âge, mais ces filles ont l'air bien plus vieilles que moi.

La maison d'Alex n'est pas très éloignée de celle de Lillia. Elle n'est qu'à quelques kilomètres. Elle est aussi grande que celle de Lillia, mais plus traditionnelle, avec ses murs en brique. Elle a même un ponton privé, auquel un hors-bord est amarré. Kat ralentit et baisse les phares dès que nous approchons. Elle se gare à quelques encablures de chez Alex.

J'ai du mal à croire qu'on est vraiment en train de faire ça.

— Vous vous souvenez de ce que vous avez à faire ? nous demande Lillia, même si c'est moi qu'elle fixe dans le miroir de courtoisie.

Nous avons décidé que je ferais le guet. Je suis soulagée de ne pas avoir à forcer le 4x4 d'Alex. Tante Bette a beau être très cool dans son genre, je ne suis pas sûre qu'elle cacherait à mes parents qu'elle a dû me faire sortir de prison sous caution. Vu comment ils s'inquiètent pour moi, ils me boucleraient dans ma chambre pour le reste de ma vie.

Kat lève les yeux au ciel.

— On a déjà répété une bonne cinquantaine de fois. C'est pas si compliqué que ça !

La mission de Kat consiste à trouver le carnet spécial d'Alex. Lillia dit qu'il prend toujours des notes dedans, mais qu'il ne laisse personne les lire. Elle l'a appelé son journal intime. Elle est persuadée qu'il contient du lourd et qu'au minimum, il paniquera en pensant l'avoir perdu.

— Bref, coupe Lillia. Je voulais juste m'en assurer.

— Occupe-toi seulement de ta partie, dit Kat en tendant le bras au-dessus de Lillia pour ouvrir la boîte à gants, d'où elle sort une lampe de poche. Tu as la Retin-A ?

Lillia agite un tube de crème petit format.

— Ça suffira ? s'inquiète Kat.

— C'est la dose pour trois mois, donc oui, ça suffira.

Kat la regarde de travers.

— Je ne savais pas que tu avais de l'acné, Lil.

— Ma mère s'en sert comme antirides, se justifie Lillia, indignée.

Le plan de Lillia consiste à vider le tube de crème solaire d'Alex et à le remplir de Retin-A à la place. La Retin-A est un traitement contre l'acné. Elle rend la peau hypersensible au soleil. D'après Lillia, Alex se badigeonne de crème solaire même lorsqu'il sort seulement de chez lui. En gros, on va donner à Alex le pire coup de soleil de toute sa vie. Il va cloquer, peler, la totale. Ça va être quelque chose.

Kat allume et éteint la lampe de poche à plusieurs reprises, puis nous sortons furtivement de la voiture.

Alors que nous remontons l'allée, Lillia murmure :

— Il faut garder l'œil sur le pool house. C'est là qu'Alex crèche.

— Je sais, répond sèchement Kat.

— Je parlais à Mary, rétorque Lillia sur le même ton.

Je m'interpose en chuchotant :

— Ça suffit, les filles ! Arrêtez de vous chamailler.

Je m'accroupis derrière le 4x4 d'Alex en gardant les yeux sur la maison. Les lumières sont éteintes, mais j'en vois une allumée à l'intérieur du pool house. Kat nous a assuré qu'Alex serait endormi à cette heure, mais on dirait bien qu'elle s'est trompée.

Entre-temps, Kat et Lillia sont entrées dans le 4x4. Apparemment, Alex ne le ferme pas à clé. Kat est sur le siège avant et inspecte le sac à dos d'Alex, tandis que Lillia est assise à l'arrière et cherche son sac de sport.

— Je ne trouve rien, Kat, dit Lillia, l'air paniqué.

— Peut-être qu'il l'a laissée dans son casier.

— Comment je fais pour échanger la crème, dans ce cas ?

— Arrête de flipper ! On verra ça demain, la coupe Kat.

Quelques secondes plus tard, elle annonce :

— Eh merde. Je ne trouve pas son carnet non plus.

— Tu veux rire ? Tu disais qu'il le gardait dans sa caisse !

Lillia enjambe le siège avant pour venir s'asseoir à côté de Kat. Elle fouille dans la boîte à gants, puis dans la console centrale, avant de rabattre les deux pare-soleil. Mais le carnet d'Alex n'est nulle part.

— On pourrait prendre ses livres de cours et les balancer à la flotte, suggère Kat en en soulevant un.

— Non ! On s'en fout des livres de cours ! Il lui suffira d'en racheter.

Lillia semble sur le point de fondre en larmes, tellement elle est dégoûtée.

— Je ne partirai pas sans ce carnet.

Mon estomac se contracte. Ça semblait si facile quand on en discutait. Je regarde une dernière fois vers la maison, puis je file sur le côté du 4x4 pour les aider à chercher le carnet.

Lillia relève la tête.

— Bon sang, Mary ! Qu'est-ce que tu fous ? Retourne à ton poste ! siffle-t-elle.

Je me raidis.

— Je voulais juste vous donner un coup de main…

Soudain, Kat glapit « Je l'ai ! » et brandit triomphalement le carnet. Il était sous le siège conducteur. Kat et Lillia se tapent dans la main, puis me sourient. Je lève les pouces en l'air, plus que soulagée.

Lillia et elle sautent à l'extérieur. Kat referme la portière, un peu trop fort.

Nous courons toutes les deux comme des dératées jusqu'à la voiture de Kat, qui se jette sur le siège conducteur, pendant que je plonge à l'arrière.

Mais Lillia est toujours près du 4x4, debout dans l'allée, et fixe le pool house.

Je demande à Kat :

— Qu'est-ce qu'elle fabrique ?

Avant que Kat ne puisse me répondre, Lillia se baisse, ramasse une énorme pierre dans l'un des pots de fleurs qui bordent le jardin, puis la jette contre la vitre arrière de la voiture d'Alex, qui explose. Ses éclats scintillent sous les rayons de la lune et le son du verre brisé résonne dans la nuit.

Kat et moi retenons notre souffle. Ça ne faisait définitivement pas partie du plan.

Les lumières de la maison commencent à s'allumer. D'abord une chambre au rez-de-chaussée, puis celles de chaque côté de la porte d'entrée.

Kat hurle :

— Putain ! On se casse !

Lillia court tout droit vers nous, ses longs cheveux bruns flottant derrière elle. En sautant à l'intérieur, elle beugle :

— Démarre !

Nous sortons en trombe du cul-de-sac en faisant crisser les pneus. Quelques maisons plus loin, Kat rugit :

— Putain ! C'était quoi, ce bordel ?

Lillia ne lui répond pas. Elle se retourne sur son siège, les yeux rivés sur la maison d'Alex derrière nous. Elle respire péniblement et a une fine estafilade sur la joue, là où un morceau de verre lui a probablement entaillé la peau.

Je lui lance :

— Lillia, mais tu saignes !

Elle se passe la main sur la joue, puis la regarde.

— Juste un peu, me rassure-t-elle. (Nos regards se croisent, et elle cligne des yeux, choquée.) Je ne me serais pas emportée dans le feu de l'action, par hasard ?

— Ouais, et pas qu'un peu, dégaine Kat. C'était trop classe ! On dirait que quelqu'un va devoir prendre le bus pour aller au bahut demain !

Elle monte le volume de la radio et commence à danser sur son siège, surexcitée.

Je ris et lève les bras, comme dans les montagnes russes.

— Tiens le volant ! beugle Kat. (La musique est au maximum, mon taux d'adrénaline aussi. Nous sommes sur un petit nuage.) Je veux savoir ce qu'il y a dans ce carnet !

Lillia se penche et tient le volant, tandis que Kat ouvre le carnet.

— Ce truc est rempli de poèmes ! hurle-t-elle par-dessus la musique et le vent. « *Toutes tes portes sont fermées. Aucune de mes clés ne peut les ouvrir. Le plus long couloir mène à toi, mais je n'en vois jamais la fin.* »

Je pousse un cri perçant.

— Ce que c'est mauvais !

Kat poursuit, le temps de reprendre son souffle :

— « *Le plus long couloir. Il est long, si long. Je n'en connais pas de plus long.* »

— Wouah, s'esclaffe Lillia, ça fait sacrément long pour un couloir !

Nous hurlons de rire.

Je demande :

— Bon, qu'est-ce qu'on va en faire ?

— Je sais. Je vais faire des copies d'un de ces poèmes à deux balles, planifie Kat en prenant le virage qui mène à la maison de Lillia, et je vais les afficher dans tout le lycée.

Lillia éclate de rire et la félicite.

— Kat, je savais que tu trouverais un truc vraiment génial.

Je me penche en avant et les interromps :

— Attendez, on fait quoi de la Retin-A ?

Kat arrête la voiture, et Lillia en sort.

— Eh bien, il aura son sac de sport avec lui demain, pour l'entraînement de foot. Ils ont le droit à deux séances par jour cette semaine. Il faut juste que je trouve le moyen d'entrer en douce dans les vestiaires des gars.

— Il va ressembler à un lépreux ! se réjouit Kat à l'avance.

Lillia glousse et court vers chez elle.

— Bonne nuit, les filles !

— Bonne nuit !

C'est exactement ce que je pense. En fait, non. Cette nuit n'est pas bonne, elle est carrément incroyable.

XVI

LILLIA

Lorsque la sonnerie retentit, je dis à Ashlin que je dois rester pour parler à M. Franklin à propos de l'interro, et qu'elle peut aller déjeuner sans moi. J'attends qu'elle ait descendu le couloir avant de filer jusqu'au gymnase.

Les vestiaires des garçons sont vides, mais la chose à laquelle je ne m'attendais pas, c'est qu'il n'y a pas d'endroit réservé aux footballeurs. J'aurais pensé que leurs casiers seraient regroupés, et peut-être même que leurs noms seraient indiqués. C'est comme ça chez les cheerleaders. Mais là, je n'ai aucun moyen de savoir lequel est celui d'Alex.

Je commence à ouvrir au hasard ceux qui ne sont pas cadenassés, mais ils sont vides. J'aurais cru que les garçons n'utilisaient pas de cadenas : qu'est-ce qu'ils peuvent bien avoir qui mérite d'être mis sous clé ? Du gel pour les cheveux ? Mon cœur bat si vite que j'ai peur qu'il éclate. Et si quelqu'un entrait et me voyait ? Rien ne peut justifier ma présence dans les vestiaires des garçons.

Ça me fait drôle d'agir seule. En fait, c'est bien plus effrayant.

Nerveusement, j'ouvre quelques casiers supplémentaires avant d'abandonner.

Pendant l'entraînement des cheerleaders, je suis assise sur les gradins du bas et je me démène avec les lacets de mes baskets. Je me sens mal à l'idée d'avoir foiré ma partie du plan.

Rennie se tient devant avec son bloc-notes, prête à annoncer la liste des affectations pour notre premier match vendredi soir.

— La plupart d'entre vous savent déjà comment ça marche. Chacune se voit attribuer un joueur qu'elle doit encourager. Vous devez décorer son casier le jour du match, lui préparer ses biscuits préférés, bref, le mettre en condition. J'ai eu le quarterback titulaire Joe Blackman de ma première année jusqu'à son diplôme, parce qu'il me réclamait tous les ans. Vous voulez savoir pourquoi ?

Deux élèves de troisième année, Teresa Cruz et Lynn McMannis, chuchotent entre elles et ricanent. Je sais ce qu'elles pensent, mais ce n'est pas vrai.

Rennie leur jette un regard glacial qui les incite à se taire.

— Je vais vous dire pourquoi. Parce que je suis la meilleure. Je me suis donnée à mille pour cent chaque jour de match. J'ai anticipé les besoins de Joe Blackman sans qu'il ait eu besoin de demander quoi que ce soit. Des cookies au beurre de cacahuète sans sucre cuits du matin, des encouragements spéciaux quand il avait besoin d'être boosté. Et franchement, je suis fière de dire que Joe joue en division trois dans le championnat universitaire, parce que je sais que je l'ai aidé à en arriver là. (Rennie commence à faire les cent pas.) Être cheerleader, ce n'est pas seulement trémousser son cul et se faire belle. Ça implique de viser l'excellence. Au fait, Paige, tes *toetouches* étaient plus que moyens à l'entraînement d'hier. Quand tu tends tes mains pour atteindre tes orteils, tu dois vraiment les toucher, pas faire semblant.

À partir de là, je décroche. Quand Rennie se lance dans ses discours « charismatiques », il y en a pour des plombes.

Une fois son sermon terminé, Rennie commence à lire la liste. Je redresse la tête en entendant le nom de Nadia.

— Nadia, tu as Diego Antunes, annonce-t-elle.

Je me retourne et regarde Nadia, qui se mord la lèvre inférieure et semble déçue.

Je me lève et déclare :

— Histoire que tout le monde le sache, soutenir un joueur d'une classe supérieure est un immense honneur pour une première année.

Je le dis afin que Nadia se sente mieux, mais je pense que ça ne sert à rien.

Les choses se sont calmées du côté de Nadia et Alex. Elle est toujours privée de sorties. Elle peut seulement traîner chez Janelle ou chez nous. Je laisse la porte de ma chambre ouverte la nuit pour l'entendre si jamais elle tentait de refaire le mur. En plus, j'ai vérifié son téléphone portable hier matin, alors qu'elle était sous la douche, et elle n'avait ni SMS ni appel d'Alex. Avec un peu de chance, ils ne sont sortis ensemble qu'une seule fois. Dans le cas contraire, ils ne se reverront pas après cette semaine.

Rennie continue d'égrener sa liste. J'attends le nom de Teresa, parce que je suis sûre que Rennie lui a refourgué un tocard.

— Teresa, tu es avec Lee Freddington.

Oups. Lee Freddington est en deuxième année, et c'est notre quarterback remplaçant. Il ne va pas jouer une seule minute, pas avec Reeve comme titulaire. Teresa regarde Rennie de haut et, pendant une seconde, je me demande si elle va vraiment dire quelque chose. Mais bien évidemment, elle ne le fait pas. Personne ne bronche jamais.

Rennie me tend son bloc-notes.

— Venez toutes voir Lillia, elle va vous donner les infos sur votre joueur. Nous ne vous les donnerons qu'une seule fois, alors pensez à les noter quelque part où vous ne les perdrez pas.

Puis elle me dit :

— Je vais me chercher une bouteille d'eau. Je reviens tout de suite.

Je jette un coup d'œil à la liste des joueurs de l'équipe de foot, avec leur anniversaire, leur gâteau préféré, leur adresse personnelle, leurs numéros de téléphone... ainsi que leurs combinaisons de casiers de cours et de vestiaire.

Je pourrais embrasser cette feuille de papier. Alex Kudjak, tu es mort de chez mort.

MARDI, LA PEAU d'Alex avait l'air rose et douce. Aujourd'hui, c'est mercredi, et elle commence à se fendiller. Il ressemble au lézard que Nadia a trouvé lors de nos vacances en famille à Hawaii il y a quelques Noëls de cela. Il me fait presque de la peine. J'ai du mal à le regarder dans les yeux. Ses globes oculaires paraissent si blancs par rapport à sa peau. Tout comme ses lèvres. Elles sont gercées et cloquées.

Nous sommes assis à notre table de déjeuner. Rennie se penche vers moi et murmure :

— La peau d'Alex me coupe l'appétit.

Je prends une bouchée de mon sandwich et opte pour le mensonge.

— C'est pas si moche que ça.

— Dans ce cas, assieds-toi en face de lui.

Il a l'air si malheureux, on dirait qu'il a mal quand il mange. Je ne m'étais pas imaginé que ça serait si douloureux. Je pensais que ça serait seulement inesthétique. Alex me surprend en train de le fixer, et je détourne vivement les yeux.

Dès qu'Alex se lève pour aller se chercher un soda, je demande à Rennie et Ashlin :

— Vous pensez que c'est contagieux ?

Ashlin semble horrifiée, et Rennie manque de s'étouffer avec son bâtonnet de céleri.

— Oh mon Dieu, je bouge tout de suite, annonce-t-elle.

Elle repousse ses affaires deux places plus loin, près de PJ. Ashlin se décale avec elle.

Lorsqu'Alex revient avec son Coca, il ne reste plus que moi et Reeve à ce bout de la table, et Alex s'en rend bien compte. Reeve doit l'avoir remarqué également, parce qu'il le questionne :

— Eh mec, qu'est-ce qu'elle a, ta peau ?

Alex lève difficilement les yeux.

— C'est le soleil. Le coach devrait se calmer avec ses deux entraînements par jour.

— Je suis resté dehors aussi longtemps que toi, remarque Reeve après avoir descendu sa brique de lait d'un trait. Tu devrais peut-être aller voir le médecin, qu'il jette un œil.

— Ma mère m'a déjà pris un rendez-vous pour demain. C'est probablement une simple réaction allergique. Je crois que notre femme de ménage vient de changer de lessive. Ça pourrait venir de là.

— Tu devrais mettre de l'aloe dessus, lui conseille Reeve.

Gentiment, je lui propose :

— Mon père a un aloe vera. Je peux t'en couper un morceau.

— Merci, Lillia, soupire Alex. D'abord, je me fais casser la vitre de ma voiture, et maintenant ça. C'est vraiment une semaine de merde.

— Mon pote, c'est un mal pour un bien. Maintenant tu vas pouvoir avoir tes vitres teintées. (Reeve jette son bras autour de l'épaule d'Alex.) Tu sais quoi ? Peut-être que tu ne devrais pas aller chez le médecin pour ta peau. Peut-être que tu devrais aller chez le gynéco. DeBrassio t'a peut-être refilé un herpès mutant, qui sait ?

Il éclate de rire.

Alex lève brusquement la tête. Il me regarde avant de grommeler :

— La ferme, Reeve.

— Hé, je dois reconnaître que cette fille sait y faire, tout comme moi.

Je me retourne vers Reeve et lui lance :

— Alors comme ça, tu veux dire que tu as de l'herpès, toi aussi ?

Reeve se contente de rire encore plus fort.

— Kat n'est pas comme ça, s'oppose Alex avec un regard féroce.

Puis il se lève et jette son déjeuner dans la poubelle.

— Je plaisantais ! lui crie Reeve.

Je regarde Reeve se lever et suivre Alex hors de la cafétéria. Je suis étonnée qu'Alex ait défendu Kat. C'est plutôt mignon. Mais ensuite, je me souviens que ce Don Juan de pacotille a trompé Kat en se servant de ma petite sœur, alors franchement, de quel droit peut-il défendre qui que ce soit ? Je ne me laisserai pas duper. Pas deux fois.

XVII

KAT

LE MERCREDI APRÈS l'école, je prends le ferry pour aller voir Kim au magasin de disques. Lorsque j'ai appelé pour demander si je pouvais utiliser la photocopieuse, Kim m'a mise en attente pour s'assurer que le propriétaire, Paul, ne serait pas dans les parages. Lorsqu'elle a repris le combiné, elle a dit qu'ils n'avaient presque plus de papier et qu'il fallait que j'amène le mien. J'en ai volé une rame entière à la bibliothèque. Cinq cents feuilles pour humilier Alex.

Même si je suis excitée à cette perspective, la tâche me semble plutôt pénible. Je veux dire, je vais passer la nuit entière à faire ces foutues copies. En temps normal, je m'en foutrais, mais Mary n'a pas fait grand-chose jusqu'ici. Je ne lui en veux pas de ne pas avoir d'idées pour le moment : elle ne connaît pas Alex. Mais elle va devoir se bouger et mériter sa place. À mon avis, Lillia s'en tire bien. Même si ses idées manquent d'ambition. Le coup de la Retin-A, c'était bien vu, mais à sa place, j'aurais mélangé de la crème dépilatoire au shampooing d'Alex ou un truc dans le genre. Soit on voit grand, soit on s'abstient.

Bref, on ne fait que commencer. Avec un peu de chance, quand mon tour sera venu et que nous aurons Rennie en ligne de mire, notre machine à revanche sera bien huilée.

Kim se redresse quand je passe la porte. Même si un client attend de se faire encaisser, elle m'attire derrière le comptoir et me serre vigoureusement dans ses bras. Le type est un punk avec une méga-crête ; Kim doit donc penser qu'il se fout pas mal du service client.

— Kat ! s'exclame-t-elle. Tu m'as manqué, enfoirée !

— Toi aussi.

Au fond de moi, je pense que non. J'étais trop occupée par mes histoires de vengeance.

L'été précédant ma troisième année au lycée, j'ai passé des heures et des heures à fouiller dans les bacs de Paul's Boutique, à la recherche de groupes dont je n'avais jamais entendu parler. Il y avait un point d'écoute où les écouteurs avaient un très long fil me permettant de m'asseoir par terre. Je n'écoutais pas un titre ici ou là, mais des albums entiers. Cinq, six, sept parfois.

Kim m'a virée plusieurs fois. Elle était prête à fermer pour la nuit, et j'étais encore assise sur le sol, les yeux fermés, le volume à fond, sans la moindre idée de l'heure qu'il était. Ne croyez pas que je n'avais rien d'autre à faire. J'étais toujours la bienvenue pour traîner avec Pat et ses potes. C'est juste que je ne pouvais pas supporter les conversations de ces fondus de motocross bien longtemps avant d'avoir envie de fermer les portes du garage, de mettre tous les moteurs en marche et de mourir d'une intoxication au monoxyde de carbone.

Du coup, Kim n'aimait pas trop me voir ici, à juste titre, parce que j'étais une mauvaise cliente. La plupart du temps, je me contentais de rester toute la journée sans rien acheter. À sa place, je me serais collé une interdiction d'entrer dans le magasin comme les voleurs à la tire.

Je ne sais pas trop ce qui l'a incitée à avoir pitié de moi, mais ça s'est passé comme ça : j'essayais de lui acheter un billet pour voir le groupe Monsoon dans le garage, même si le concert était réservé aux plus de vingt et un ans.

Kim m'a immédiatement interpellée. Elle s'est penchée au-dessus du comptoir et m'a détaillée de la tête aux pieds.

— Tu as quoi, treize ans ?

— Seize ans, ai-je répondu en me balançant d'un pied sur l'autre.

Elle m'a ri au nez en me tendant le billet.

— Je ne suis pas sûre de t'avoir bien entendue. Quel âge tu as déjà ?

Il m'a fallu une seconde pour comprendre. Je me suis éclairci la gorge et ai annoncé :

— Vingt et un ans.

Elle a haussé un sourcil broussailleux.

— Où est ta carte d'identité ? (Je me suis mordu la lèvre, sans lui donner de réponse. Heureusement, Kim m'en a fourni une.) Tu l'as oubliée dans ta voiture, c'est ça ?

— Ouais, ai-je confirmé en hochant la tête.

Elle m'a donné le billet. J'ai essayé de lui filer dix dollars, mais elle ne les a pas acceptés.

— J'ai un billet gratuit en trop.

— Wow. Merci.

— Ne me remercie pas. Aucun des autres employés n'a envie de les voir, alors je vais devoir m'occuper du concert toute seule. Monsoon craint, si tu ne le sais pas encore. Et tu devras m'aider à démonter la scène quand ce sera terminé.

Elle avait raison, évidemment. Monsoon craignait vraiment. Mais ça reste l'une des meilleures nuits de ma vie.

Kim me relâche pour pouvoir me regarder dans les yeux.

— Au fait, désolée d'avoir été si expéditive au téléphone la semaine dernière. Le concert a été un vrai carnage. Le dernier groupe s'est pointé en retard, et ils étaient tellement bourrés qu'ils pouvaient à peine assurer le spectacle. En plus, Paul est vraiment chiant en ce moment. Tu m'as appelée au pire moment. J'ai…

Je l'interromps :

— T'inquiète, tout va bien. (Apparemment, la journée de Kim a été bien moins pire que la mienne, et en plus, je dois finir les photocopies avant le départ du dernier ferry pour Jar Island.) Est-ce que je peux mettre la clim dans le bureau ?

C'est là que se trouvent la photocopieuse et l'ordinateur du magasin. Ils ont installé des logiciels dessus afin de créer des flyers pour les concerts. J'ai aidé Kim à en imprimer plusieurs fois. Je vais faire une super mise en page. Mais pas suffisamment belle pour qu'elle permette de remonter jusqu'à moi. Je réfléchis à un scan de l'écriture d'Alex avec des images ringardes de deux licornes croisant leurs cornes ou un truc dans le genre.

— Ouais, bien sûr ! (Kim encaisse le type à la crête, qui sort ensuite). Il parle de quoi ton exposé ?

— Euh, en fait, c'est plutôt un projet artistique.

— Oh, cool ! Alors, comment ça va avec ton copain Alex ? Vous vous promenez au coucher du soleil dans une voiturette de golf ?

En entendant son nom, je ressens un pincement au cœur, mais je tente de faire bonne figure.

— Arrête, je vais vomir !

Pendant la partie de pêche d'Alex, je suis venue au magasin tous les jours ou presque. Et je sais que j'ai beaucoup parlé de lui. Putain, c'est fou comme les choses peuvent changer en seulement quelques semaines. Je commence à m'éloigner de Kim parce que je n'ai vraiment pas le temps de discuter.

— Mais il était si gentil, Kat ! Tu as besoin d'un mec gentil. Et il t'appréciait, je peux te le dire. Vous feriez un beau couple.

Je lève les yeux au ciel.

— Vivement que cette année se termine et que j'aille à l'université d'Oberlin. Je suis prête à vivre ma vie, tu vois ce que je veux dire ? Si je dois rester ici une année de plus, je jure que je me suicide.

Kim pince les lèvres.

— Oh oui, je vois parfaitement.

Elle m'a l'air en colère, mais je ne parlais pas d'elle. Bien sûr que non. Kim est la personne la plus cool que je connaisse.

— Kim, je ne voulais pas dire que…

— Je ne sais pas si tu l'as deviné, mais Paul et moi, on baise ensemble. Enfin, on baisait, jusqu'à ce que sa femme s'en rende compte. Alors depuis, il se conduit en gros con et me fait chier pour des conneries, du style il manque un dollar dans la caisse ou il n'y a plus de papier dans les toilettes du magasin. Ce mec essaye de me virer et de me foutre à la porte de l'appart. J'en suis persuadée.

— La vache, ça craint.

Je le pense vraiment. J'ai croisé Paul une fois. Il est plutôt vieux. Et dégueu.

— Ouaip, répond-elle en faisant claquer le P. Tu sais où est la photocopieuse. Essaye juste de ne pas foutre trop de bordel.

Je me sens conne. Mais je suis pressée. Et lorsque Kim est de mauvais poil, il vaut mieux la laisser tranquille.

Tandis que l'ordinateur démarre, je sors le carnet d'Alex et le feuillette, parce qu'il contient peut-être un poème encore plus crétin que *Le Long Couloir.* Même si ça m'étonnerait. Celui-là atteint des sommets.

Au début du carnet, je vois un truc nommé *Ruban rouge.* Putain, il est vraiment pas net, ce mec.

Les étoiles filent dans le ciel d'hiver, et je peux faire un vœu.

Comme tu es belle dans ton pull.

On peut se faire des bisous esquimaux toute la nuit ?

Parce que je suis prisonnier de ton ruban rouge.

UN RUBAN ROUGE ? C'est quoi, ce truc ? Une métaphore pour les règles ?

Ouais, ça doit être ça.

XVIII

LILLIA

On est samedi soir. Reeve a les clés d'une des résidences de vacances inoccupées que gère la société de son père. Tout le monde s'entasse dans les voitures, et nous nous retrouvons dans la maison d'un inconnu à Middlebury. Reeve nous a juste demandé d'enlever nos chaussures pour ne pas salir la moquette, mais ensuite, il est allé chercher une bouteille de gin même pas entamée dans le bar et l'a mélangée à une bouteille de Sprite. Trop aimable de sa part ! Il nous a tous servis, sauf lui, parce qu'il doit rester en forme pour le foot du lundi. Il met un point d'honneur à ne pas boire pendant la saison.

Je suis assise sur le sol du salon, les jambes étendues devant moi. Je suis crevée après ma semaine d'entraînement de cheerleader. Rennie a créé une chorégraphie pour la mi-temps et nous l'a fait répéter un million de fois. Quelques membres de l'équipe de foot sont également allongés par terre et discutent d'une nouvelle stratégie défensive.

Je me suis à moitié endormie quand Rennie surgit dans la pièce, suivie de Reeve.

— On vient d'avoir une idée géniale, annonce-t-elle. (Elle brandit une bouteille de bière vide et exécute une petite danse.) Qui est partant pour le jeu de la bouteille ?

Les garçons se redressent. Je suis totalement réveillée, moi aussi. Je n'ai aucune envie de participer. Je me lève rapidement et dis à Ashlin :

— Je te téléphone demain.

— Tous en cercle, un gars, une fille, un gars, une fille, ordonne Rennie. Ash, va chercher les autres dans le jacuzzi.

Ashlin se couvre la bouche en gloussant.

— T'es sérieuse, Ren ? J'ai l'impression de retourner au collège, là.

Rennie la foudroie du regard.

— Primo, c'est une séquence nostalgie et deuzio, on est en dernière année. Il faut bien ça pour se fabriquer des souvenirs.

D'une voix plus basse, mais pas vraiment discrète, elle ajoute :

— C'est l'occasion rêvée pour embrasser Derek, Ash.

Ashlin rougit et se lève d'un bond. De l'autre côté de la porte coulissante, je l'entends appeler le reste du groupe à l'intérieur.

Je fais signe à Rennie que je m'en vais, en espérant qu'elle ne me remarque pas, mais avant que je ne me faufile hors de la pièce, elle m'attrape par le bras.

— Lil, faut que tu restes, siffle-t-elle avec un regard éloquent qui alterne entre Reeve et moi. S'il te plaît, j'ai besoin de toi.

— Je dois rentrer avant mon couvre-feu.

— Mais c'est samedi soir ! Ta mère te laisse toujours sortir un peu plus tard le samedi. (Rennie me prend la main, et je sais qu'elle ne me laissera pas partir.) Seulement jusqu'à minuit, O.K ?

Je soupire.

— Bon, d'accord. Mais je regarde seulement. Je ne joue pas.

Elle me fait une bise sur la joue pour me remercier et me pousse vers le groupe déjà installé par terre. Alex est là, à côté d'Ashlin, les cheveux trempés après le jacuzzi. Jenn Barnes et Wendy Kamnikar, deux élèves de troisième année amies avec Derek, viennent se placer en face d'eux. Je m'assois près de Tyler Klask et PJ, plus ou moins dans le cercle, mais pas complètement. J'inspecte les fourches de mes cheveux quand Rennie dit « Lillia, toi d'abord ! » et me jette la bouteille.

J'en reste bouche bée.

— Rennie !

— Fais pas ta rabat-joie, Lil, me reproche Rennie en me souriant. Tout le monde doit jouer. (Je lui fais les gros yeux, mais elle continue comme si de rien n'était.) Allez, dépêche-toi ! Fais tourner la bouteille.

— Allez, Lil, dis oui, sinon elle ne te lâchera jamais la grappe, me conseille PJ à voix basse en me donnant un coup de coude.

Reeve, qui me regarde d'un air déconcerté, commence à taper des poings sur la moquette.

— Lil-lia ! Lil-lia ! Lil-lia !

Tout le groupe l'imite. Je jette des regards furieux à travers la pièce.

— Franchement, les gars, ce que vous pouvez être immatures !

Ashlin fait tourner la bouteille et hurle :

— Celui-là, c'est pour Lil !

Et la bouteille s'arrête… sur Reeve.

Quand nos regards se croisent, le rouge me monte aux joues. Je suis sur le point de dire « Plutôt crever », mais Reeve tend le bras et déplace la bouteille afin qu'elle indique Alex.

— Je pense qu'elle pointait plus vers lui, se moque-t-il avec un sourire désinvolte.

Je proteste :

— Eh, il y a interférence là !

Alex s'éclaircit la gorge et me lance en rigolant :

— Écoute, je ne sais pas ce que tu as entendu dire, mais contrairement à l'opinion publique, je ne suis pas contagieux.

— Je… Je sais ! C'est juste que les règles ne sont pas respectées.

Je ne veux pas embrasser Reeve, et encore moins Alex. En fait, je ne veux embrasser personne. Peut-être même que je ne voudrai plus jamais embrasser qui que ce soit. Pendant un bon bout de temps, en tout cas.

Reeve hausse un sourcil.

— Je ne savais pas que tu avais autant envie de moi. Je suis flatté, Cho.

— Je… Je n'ai jamais dit ça, et tu le sais.

Je sens que je perds les pédales. Reeve fait toujours ça. Il adore déformer mes paroles.

— Allez, Reeve, embrasse-la ! crie Derek.

— Les gars, arrêtez de mettre la pression à Lillia, s'empresse de critiquer Rennie.

Oh, alors comme ça, maintenant, elle veut me protéger ? Trop fort. Juste pour ça, je décide de le faire.

Tandis que je progresse vers le centre du cercle, j'ai du mal à trouver mon souffle. Je me mets à genoux en appuyant les paumes de main contre le sol pour me stabiliser. Reeve se penche vers moi tout doucement et fait durer l'instant le plus longtemps possible. Il me sourit, de ce sourire autosatisfait que je déteste. Je commence à flipper, mais j'essaye de toutes mes forces de ne pas reculer devant lui. Si je panique maintenant, toute l'assistance va se demander pourquoi, et je ne peux pas me le permettre. Je dois me comporter normalement. Je dois faire semblant d'être toujours la même.

Reeve me relève le menton, et c'est là que son expression change. Il perd son sourire et me fixe droit dans les yeux, comme s'il cherchait à deviner quelque chose. Au dernier moment, au lieu de m'embrasser sur les lèvres, il dépose un baiser sur mon front, comme le faisait mon père lorsqu'il rentrait dans ma chambre pour me souhaiter bonne nuit. Je ne sais pas si je dois me sentir soulagée ou insultée.

— C'est pas juste ! s'offusque Ashlin en pointant Reeve du doigt. Tu dois l'embrasser sur la bouche ! C'est la règle !

PJ hoche sagement la tête et confirme :

— Ash a raison. C'est la règle.

— Arrêtez, s'oppose Alex. Il l'a embrassée.

Je recule jusqu'à ma place. J'ai juste envie de rentrer chez moi.

Reeve tape dans ses mains.

— À qui le tour ?

— Au tour de Reeve, s'exclame Rennie.

— Ça me va !

Reeve se frotte les mains et fait tourner la bouteille. Une partie de moi espère qu'elle va s'arrêter sur Rennie de façon à ce que je me barre d'ici le plus vite possible, mais une autre espère le contraire, afin qu'elle n'obtienne pas ce qu'elle veut. La bouteille ne s'arrête pas sur elle. Elle désigne Josh Fletcher, et tout le monde éclate de rire.

— Viens par ici, Fletch, n'aie pas peur ! appelle Reeve. Je ferai comme avec Lillia.

— Tu ferais mieux de relancer la bouteille, mec, l'avertit Josh. Je ne sais pas où tu as laissé traîner tes lèvres.

Reeve choisit de relancer, et cette fois-ci, la bouteille s'arrête sur Rennie. En souriant, il se penche pour un petit bisou. Mais Rennie en veut davantage. Elle se met à genoux et traverse le cercle jusqu'à se retrouver face à lui. Elle agrippe le tee-shirt de Reeve et l'attire tout contre elle. Ensuite, elle l'embrasse comme si elle allait lui dévorer le visage. Elle commence bouche contre bouche, mais une seconde plus tard, ils s'embrassent pour de vrai. Elle enroule même son bras autour du cou de Reeve.

Tous les témoins de la scène se mettent à pousser des cris et à s'agiter. Comme c'est triste et vulgaire. Rennie se donne en spectacle devant tout le monde. Et surtout devant Reeve. Il l'a déjà repoussée à plusieurs reprises. C'est clair qu'il n'a pas envie de sortir avec elle, et c'est pour ça que Rennie a encore plus envie de lui. C'est pathétique.

XIX

MARY

S*EÑOR* TREMONT ALIGNE un tas de légumes en plastique sur son bureau et demande des volontaires pour un jeu de rôles sur un marché espagnol. Tout ce que je peux faire, c'est sourire en regardant la chaise vide d'Alex.

Cette nuit a probablement été la plus fun de toute ma vie. Faire le mur avec Lillia et Kat, nous prendre des barres de rire, rouler à fond la caisse dans l'obscurité. Lorsque je suis rentrée à la maison, je me suis glissée dans mon lit et j'ai essayé de dormir, mais c'était carrément impossible. Je suis juste restée allongée dans la pénombre, à dessiner le contour des fleurs du papier peint du bout du doigt et à me dire que ce plan était encore meilleur que celui que j'avais imaginé le premier jour. Ce n'est pas juste à cause de Reeve. Ça a à voir avec moi ; on dirait que c'est le destin, ou de la magie. Les filles qui entrent dans ma vie juste au moment où j'ai le plus besoin d'elles.

Par la fenêtre, je vois Alex sortir d'une voiture. Une femme (sa mère, j'imagine) le salue de la main et redémarre. Il remonte l'allée en courant jusqu'à la porte principale. J'entends Alex traîner les pieds dans le couloir, par-dessus la voix de *señor* Tremont demandant à la fille assise derrière moi combien de piments il peut acheter pour trois euros.

— Désolé pour le retard, *señor,* dit-il en entrant en trombe dans la classe. J'avais rendez-vous chez le médecin.

Señor Tremont fronce les sourcils, puis fait mine de ne pas l'entendre, une main sur l'oreille.

— *En español, señor* Kudjak. *Por favor.*

Alex n'est pas encore arrivé à sa place. Il s'arrête, les épaules avachies, et lève les yeux au ciel. Je me retiens de rire, la main sur la bouche.

— *Yo... Yo soy...* balbutie-t-il.

Je m'appuie sur les coudes et m'enfouis le menton entre les mains. Je regrette vraiment, vraiment, que Lillia et Kat ne soient pas là pour assister à la scène.

Alors qu'Alex tente de conjuguer le verbe « s'excuser » pour la troisième fois, l'alarme incendie retentit.

XX

KAT

Lorsque l'alarme se déclenche, je rabats vivement le capot de mon briquet. Juste à temps, parce que je pense que je suis presque à court d'essence, sans compter que le métal est brûlant. Je souffle dessus, saute du radiateur des toilettes des filles, puis m'accroupis près de la porte. Le haut est en bois plein, mais le bas est ajouré. À travers les fines lamelles de la grille d'aération, j'aperçois des paires et des paires de jambes qui se ruent vers la sortie la plus proche. Un professeur demande :

— Aucun exercice d'évacuation incendie n'était prévu aujourd'hui, n'est-ce pas ?

Un autre lui répond :

— Je pense que c'est pour de vrai.

Ils ordonnent à leurs étudiants de se dépêcher en expliquant que ce n'est pas un exercice.

Ouais, c'est ça, magnez-vous le cul. J'ai du boulot.

Je soulève mon sac de cours, le suspends devant moi par les bretelles, puis ouvre la fermeture Éclair. À l'intérieur se trouvent les photocopies que j'ai faites la semaine dernière. J'ai aussi un rouleau de bande adhésive en papier que j'ai volé dans la salle de dessin. Je le sors, déchire quelques morceaux, puis les colle sur mon avant-bras pour gagner du temps.

Puisque Jar Island n'a qu'une seule caserne de pompiers volontaires, il leur faudra au moins dix minutes pour arriver jusqu'ici. Une minute, une minute et demie est nécessaire pour évacuer l'école. Dès que l'horizon est dégagé, j'ouvre la porte et commence à courir.

C'est dans le couloir des quatrième année que mes photocopies auront le plus d'impact, et c'est donc là que je commence à en afficher tous les deux-trois mètres. Sur les portes de classe, les casiers, le robinet de la fontaine à eau.

Même si ça devrait être la vengeance de Lillia, je dois admettre que je trouve ça franchement génial. Alex a essayé de m'appeler plusieurs fois la semaine passée. Je ne me suis même pas donné la peine de répondre, ou de le rappeler. Il ne mérite pas que je lui adresse la parole. Je suis comme ça : tu me fais du mal, tu dégages de ma vie.

Sauf pour Lillia. Je fais une exception temporaire pour elle.

Au bout du couloir, j'ouvre la porte de l'escalier d'un coup de pied et monte les marches deux par deux en posant des affiches dans mon sillage. L'alarme est si bruyante que mes tympans saignent presque. L'éclairage d'urgence diffuse de grands flashs lumineux. Je me souviens que Luke, le copain de mon frère, a tiré le signal d'alarme lors de ma première année. Il a été exclu pendant une semaine et a dû payer une grosse amende pour avoir fait perdre leur temps aux volontaires de la caserne. J'active le mouvement.

Lorsque j'atteins le palier, je me penche pour qu'on ne m'aperçoive pas par la fenêtre, puis je bondis jusqu'au deuxième étage où se trouvent les casiers des première année. L'adrénaline fuse dans mes veines, et j'ai l'impression de pouvoir courir éternellement.

J'imagine Nadia en train de se diriger vers sa classe, de regarder la tronche d'Alex sur les affiches en lisant son stupide poème et de se décomposer totalement. Ça m'étonnerait qu'elle ait envie de faire un tour dans son 4x4 après ça. J'adore l'idée. Je me réjouis à l'avance qu'Alex se fasse larguer par une première année et que tous les élèves se moquent de sa face de naze.

Je tapisse une autre partie du couloir, et ça me prend bien plus longtemps cette fois-ci, car je dois m'arrêter pour déchirer des morceaux d'adhésif.

C'est à ce moment que j'entends les sirènes.

Je n'ai plus beaucoup de temps. Ça me soûle, parce qu'il me reste encore plus de la moitié du lycée à couvrir. Je décide donc de laisser tomber l'adhésif et je me mets à jeter des feuilles partout comme si c'était des confettis. C'est bien plus rapide ainsi. Je parcours l'aile des labos de sciences et des salles d'anglais. Je m'assois sur la rampe d'escalier et glisse jusqu'en bas en balançant des papiers par-dessus mon épaule.

Je viens à peine d'arriver au rez-de-chaussée quand une équipe de pompiers s'engouffre à travers les portes. Ils ont enfilé leurs casques, leurs lampes torches sont allumées et leurs talkies-walkies crépitent.

Heureusement pour moi, je suis juste devant l'auditorium. Je me faufile à l'intérieur en me baissant, puis me cache dans les plis de l'immense drapeau américain. Une seconde plus tard, deux pompiers bondissent dans la pièce. Je retiens mon souffle et, par une petite ouverture, je regarde leurs lampes scruter les murs, les plafonds, la scène.

Ils hurlent « Vide ! » et reculent dans le couloir, à la recherche de l'incendie.

Ils ne trouveront rien, mais c'est pour Alex que ça va chauffer.

XXI

LILLIA

JE N'AI MÊME pas eu le temps de récupérer ma veste dans mon casier. Les profs étaient complètement flippés et nous poussaient dans les couloirs comme si le bâtiment était vraiment en feu. Il fait super beau dehors, mais il pèle, surtout pour un début septembre. Je grelotte, blottie contre Ashlin, qui passe le bras autour de moi.

— Tu veux ma veste, Cho ? me propose PJ.

— Oui, s'il te plaît !

PJ l'enlève et me la tend. Je l'enfile, et Ashlin remonte la fermeture Éclair en sautillant d'un pied sur l'autre. Cette veste sent le moisi comme le sous-sol de PJ, mais c'est mieux que rien.

— Tu penses franchement qu'il y a le feu ? m'interroge Ashlin, les yeux pleins d'espoir. Peut-être qu'on n'aura pas le temps de terminer l'interro ?

On a eu un exercice d'évacuation la semaine dernière. Ça n'y ressemble pas. Les profs n'ont pas l'air d'être au courant. Je me demande si... Et si c'était Kat ? Elle a dit qu'elle allait mettre des affiches partout, mais même de sa part, je trouve ça hyper gonflé.

— Peut-être, réponds-je alors que le camion des pompiers entre à fond la caisse sur le parking.

Quelques première année commencent à applaudir et à chantonner : « Au feu, les pompiers, la maison qui brû-leuh ! »

Quels gamins...

Nous restons sur le parking pendant une demi-heure supplémentaire, tandis que les pompiers inspectent le bâtiment. Je ne sens plus mes orteils. Les pompiers finissent par ressortir et nous donnent le feu vert pour rentrer, et les profs nous pressent à l'intérieur.

Alors que je traverse le couloir des dernière année, je les vois. Nos affiches, avec le visage souriant d'Alex à côté de son poème. Sur les casiers, sur les murs. Il y en a partout.

Alex les a vues, lui aussi. Il s'est arrêté devant un mur d'affiches qui tapisse quelques casiers.

Lentement, il articule :

— C'est quoi ce b...

Reeve en arrache une et lit à voix haute, plié de rire :

— « Les étoiles filent dans le ciel d'hiver, et je peux faire un vœu. Comme tu es belle dans ton pull. On peut se faire des bisous esquimaux toute la nuit ? Parce que je suis prisonnier de ton ruban rouge. »

Ça ne ressemble pas au poème que Kat nous a lu dans la voiture, *Le Long Couloir.*

Je ramasse une feuille et la parcours des yeux.

Attendez.

Un ruban rouge ?

C'ÉTAIT À NOËL, lors de ma première année au lycée. Toute ma famille était rassemblée chez les Kudjak pour leur fête de fin d'année habituelle. Depuis que nous avions emménagé sur l'île pour de bon, ma mère et celle d'Alex étaient devenues grandes copines. Elles sortaient déjeuner ensemble, faisaient du shopping sur le continent, ce genre de trucs.

Les parents étaient au rez-de-chaussée, en train de boire et de discuter près de la cheminée. La chaîne stéréo diffusait du Elvis Presley. Tous les enfants étaient rassemblés dans la chambre d'Alex en haut. C'était avant qu'il ne déménage dans le pool house. Il avait le deuxième étage pour lui tout seul. En fait, c'était une grande salle de jeu avec des poufs, un baby-foot et une cible de fléchettes. Avant la fête, la mère d'Alex avait installé une table avec de quoi grignoter, du genre nuggets de poulet, beignets de crevette et mini-pizzas. Elle souhaitait probablement qu'on ne vienne pas les embêter.

Les plus petits, dont ma sœur, se battaient pour savoir qui serait le suivant à lancer une fléchette. Nadia en est presque venue aux mains avec un garçon de huit ans, un cousin d'Alex, il me semble, et j'ai dû les séparer. Puisque nous étions les plus vieux, Alex et moi étions chargés de les surveiller. Sachant que Rennie ne serait pas là, j'aurais préféré rester chez moi, mais ma mère avait insisté pour que nous venions en famille.

Alex a mis un DVD pour les plus jeunes, et la plupart d'entre eux se sont calmés. J'étais assise à son bureau et surfais sur son ordinateur en mangeant un biscuit de Noël. C'était un renne avec un bonbon rouge à la place du nez. Alex était allongé dans son hamac tout près de là à grattouiller sa guitare. Il se débrouillait plutôt pas mal. Soudain, il a lancé :

— Eh, sympa ton bandeau.

Étonnée, j'ai levé les yeux vers lui. En me touchant la tête, j'ai précisé :

— Oh, merci. En fait, c'est un ruban.

Ma mère aurait préféré que je mette une robe, mais je me serais sentie cruche à me pointer chez Alex tout endimanchée. Alors, j'avais opté pour un pull vert vif et une jupe plissée à carreaux, ainsi qu'un ruban rouge pour la touche festive.

— Cool, a-t-il répondu en rebaissant les yeux sur sa guitare. Le rouge te va bien. Comme ce haut que tu portes parfois.

— Quel haut ?

— Je ne me souviens plus. (Son visage constellé de taches de rousseur a rosi. Il a continué de gratter sa guitare.) Je crois que tu le portais lundi dernier.

Le seul vêtement rouge que j'avais porté le lundi précédent, c'était ma tenue de sport.

— C'était l'uniforme d'éducation physique de mon ancienne école, ai-je expliqué à Alex.

— Il est chouette. (Son visage était alors aussi rouge que mon ruban.) Ici, on ne porte pas d'uniformes.

— Ouais, je sais.

Un silence gêné s'est installé pendant une seconde ou deux. Puis, Alex s'est levé pour aller aux toilettes, et je me suis remise à surfer sur Internet.

OH, MON DIEU.

Cette fête de Noël remonte à ma première année de lycée, et il s'en était souvenu ? Tout ce temps ? Non, impossible.

Je le regarde, et il en fait autant. Il baisse immédiatement les yeux. Alors comme ça, le poème parle bien de moi.

À côté de moi, Ashlin se couvre la bouche de la main.

— Oh, la vache, je ne savais pas qu'Alex était poète ! glousse-t-elle.

Je me sens tout étourdie.

— Qui a fait ça ? crie Alex.

Son visage est écarlate. Il a vraiment les nerfs.

Reeve se roule quasiment par terre tellement il rit.

— Mon pote, c'est la chanson sur laquelle tu bosses, c'est ça ? Allez, n'aie pas honte. C'est plutôt bon. Tu as du talent.

— La ferme, Reeve.

Alex se met à arracher d'autres affiches. Je me demande comment Kat a réussi à les coller si haut.

— Alex, on peut se faire des bisous esquimaux toute la nuit, dis ? demande Reeve en éclatant à nouveau de rire. Il passe son bras autour des épaules d'Alex, mais celui-ci le repousse.

— C'est toi qui as fait ça ?

En secouant la tête, Reeve se défend :

— Certainement pas ! Je le jure sur ton ruban rouge !

Alex décolle le reste des affiches, s'éloigne d'un pas raide et les jette dans la poubelle au passage.

Reeve commence à chanter le poème, et tout le monde se marre. J'avance vers lui et lui arrache l'affiche des mains.

— T'es vraiment trop con, lui dis-je à voix haute, avant de me tourner vers Ashlin. On file en classe.

Ashlin et moi nous éloignons, quand Reeve me lance :

— Faut que tu travailles ton sens de l'humour, Cho.

Je ne me retourne pas et me contente de marcher. Ashlin me parle du texte d'Alex, mais je lui prête à peine attention. Je n'arrête pas de penser à l'expression d'Alex quand nos regards se sont croisés. Je compte tant que ça pour lui ? Dans ce cas, qu'est-ce qu'il fout avec ma sœur ? Ça ne tient pas debout.

XXII

MARY

J'ai l'impression d'être une tout autre personne. Lorsque j'aperçois Reeve dans le couloir, je ne dévie pas de mon chemin pour l'éviter. Je marche droit devant, la tête haute, parce que je me fous pas mal qu'il me remarque ou pas. Quand bien même il me reconnaîtrait subitement comme je l'aurais souhaité le jour de la rentrée et m'avouerait à quel point je suis différente maintenant, ça ne changerait rien. Même s'il s'excusait, il y passerait quand même. La machine est déjà lancée.

Je me suis retenue bien trop longtemps. C'est terminé. Dans le couloir, je veille à sourire aux personnes que je ne connais pas. En cours de bio, lorsque James Turnshek règle le bec Bunsen trop fort et fait voler notre bécher en éclats, je ris avec les autres. Ça m'est même égal de devoir recommencer l'expérience.

Alors que la fin de la journée approche, je croise Lillia en allant à mon cours de maths. Elle est près de la fontaine à eau. Retenant ses longs cheveux bruns d'une main, elle est penchée pour boire. J'ai l'intention de continuer d'avancer, mais elle me regarde bizarrement. Elle ouvre de grands yeux et secoue doucement la tête, comme si elle voulait que je m'arrête.

J'essaye de revenir sur mes pas le plus discrètement possible. Mes livres serrés contre ma poitrine, je flâne et fais mine d'examiner une annonce du conseil des lycéens scotchée au mur.

Dès que je suis à côté d'elle, Lillia relâche ses cheveux. En retombant, ils lui couvrent le visage ; quelques mèches viennent tremper dans la vasque de la fontaine. Elle doit sans doute faire ça pour que personne ne la voie me parler. Elle murmure :

— On se retrouve près de la piscine après l'école, O.K, Mary ?

Sa voix est si faible que je dois tendre l'oreille pour la comprendre.

Je hoche la tête, puis nous repartons dans des directions opposées.

LA PISCINE SE trouve dans un bâtiment distinct, et en ce moment, elle est fermée pour travaux. Ils font des réparations en prévision de l'hiver, lorsque la saison de natation commencera. La porte est maintenue ouverte par une cale, et j'en profite pour me faufiler à l'intérieur.

Je suis la dernière arrivée. Lillia et Kat sont assises ensemble sur le siège du maître-nageur. Elles sont toutes les deux penchées et concentrées sur le téléphone portable de Kat. Lillia a une sucette dans la bouche. Kat triture les fils d'un accroc de son jean.

— Salut les filles ! Qu'est-ce que vous regardez ?

Lillia saute de son perchoir, et sa jupe plissée se soulève légèrement. Elle tourne sa sucette pour caler le bâton au coin de sa bouche.

— Kat a filmé quelques élèves en train de chanter la chanson d'Alex dans la cafét aujourd'hui.

Kat descend également et ses bottes heurtent bruyamment le sol en ciment. Elle me tend son téléphone pour que je regarde.

— Ces gamins en ont fait un rap. Mais j'en ai entendu d'autres la chanter façon jazz, ou façon heavy metal.

J'y vais de mon commentaire :

— La vache. Peut-être qu'Alex est un bon compositeur ? Je veux dire, tout le monde a sa chanson dans la tête.

Kat éclate d'un rire qui résonne dans tout le bâtiment et rebondit sur les murs et les parois carrelées.

— Cette merde reste en tête, c'est clair.

Puis elle sort une cigarette de sa poche et l'allume.

Je suis inquiète, car Kat ne devrait pas fumer ici, mais je ne compte pas lui dire de l'éteindre.

À la place, je lui lance :

— Tu penses que quelqu'un se doute qu'on est derrière tout ça ?

Kat lève les yeux au ciel.

— Personne ne nous soupçonne. Personne ne sait qui tu es de toute manière.

Je dois avoir l'air vexée, ce qui est le cas, puisque Lillia précise :

— Ouaip, et c'est pour ça que tu es notre arme secrète.

— Ouais, je ne fais pas de bruit, mais je suis mortelle, dis-je en plaisantant.

— Comme un pet ! ajoute Kat, hilare.

Je ris également, puis je lui fais un doigt d'honneur. Je pense que c'est la première fois que j'ose un tel geste.

Kat sourit.

— Oh, voyez-vous ça ! La douce Mary s'est transformée en créature satanique.

— Non, c'est faux !

J'ai protesté plus fort que je ne l'aurais voulu et me cache la bouche derrière la main.

— Je déconne, me rassure Kat. Mais franchement, on est sacrément douées pour échafauder des plans de vengeance.

— Plus que douées, même, corrige Lillia en sortant sa sucette de sa bouche, la langue rouge cerise. On est des pros !

Elle baisse les yeux sur son téléphone portable et tape sur l'écran en ajoutant :

— D'ailleurs, on pourrait même s'en tenir là, si on le voulait.

Kat et moi la regardons.

— Tu délires ?

Lillia glisse son téléphone dans son sac à main.

— Je veux juste dire que… on pourrait arrêter là avec Alex et passer à Rennie ou Reeve.

Sa voix est un peu plus faible qu'auparavant.

— Même pas en rêve, ma vieille ! proteste Kat. Demain, ça va être le grand jour. Le premier match de foot de la saison. Tout le monde va assister à l'exécution de notre stratagème. Ça va être le clou du spectacle. Je parie que je ne vais pas en dormir de la nuit, comme la veille de Noël.

Kat ne prend pas Lillia au sérieux, j'en suis sûre. Elle se réjouit en songeant à demain. Mais je peux voir l'éclat dans les yeux de Lillia. Il a quelque chose de différent.

Je lui demande :

— Qu'est-ce qui a changé ?

Elle se mord la lèvre.

— Je sais pas. Rien.

— Le match de foot, c'est demain, dis-je. On a déjà tout préparé.

Impatiente, Kat lance :

— Lil, arrête de culpabiliser.

— Je pensais que c'était ma vengeance, lui reproche Lillia en enfonçant les mains dans les poches. Je devrais décider quand c'est terminé, non ?

— Mais pourquoi tu veux te débiner maintenant ? s'enquiert Kat. Tu en as parlé à quelqu'un ? Tu as dit quelque chose à Rennie ?

— Non ! Je ne suis pas comme ça. Écoute, je suis presque sûre que ce qui s'est passé entre ma sœur et Alex est terminé. Du coup, Kat, tu peux te remettre avec Alex. Tant qu'il reste loin de ma sœur, ça me va parfaitement.

— Ne m'implique pas là-dedans ! grogne Kat en faisant les cent pas. C'est ton problème, pas le mien.

— Oh, je t'en prie. Ne fais pas comme si tu n'en tirais aucun avantage. Tu aimes Alex, il est sorti avec ma sœur, et maintenant, il est de nouveau libre. Félicitations.

Kat jette un regard furieux à Lillia.

— Ne me la fais pas à l'envers, Lil. C'est TA frangine qui m'a piqué MON mec, pas l'inverse.

Je m'interpose entre elles deux.

— Eh, de quoi vous parlez ? Alex et Kat ? Y'a eu quelque chose entre vous ? Pourquoi vous ne m'avez rien dit ? (Je secoue la tête.) Ça, ça fout tout en l'air. On ne peut pas avoir de secrets les unes pour les autres !

— Tu as raison, Mary.

Lillia se retourne vers Kat si vite que ses cheveux passent d'une épaule à l'autre.

— Kat, vous étiez quoi au juste l'un pour l'autre ? Vous sortiez ensemble ? Vous vous envoyiez des JTM par SMS toutes les nuits ? Ou c'était qu'une erreur d'un soir ?

Les yeux de Kat étincellent de rage. Mais avant qu'elle ne puisse dire quoi que ce soit, la porte de la piscine claque.

Une grosse voix appelle :

— Eh oh ? Qui est là ?

Je retiens mon souffle, tout comme Lillia.

Kat écrase sa cigarette par terre. Elle lève le menton et le pointe vers une autre porte. Nous courons dans sa direction et elle l'ouvre, révélant une petite armoire électrique. Nous nous y entassons, puis Kat referme derrière elle, ne laissant qu'un petit jour afin que nous puissions voir dehors.

— C'est qui ? murmure Lillia.

Kat lève un doigt. Je pense que nous retenons toutes notre respiration.

À travers l'interstice, nous apercevons l'un des ouvriers faire un tour d'inspection. C'est un grand type avec un jean sale, des bottes de sécurité, un casque de chantier jaune sur la tête et un trousseau de clés cliquetantes à la main.

— Eh ! Qui est là ! lance-t-il de nouveau.

Puis il commence à humer l'air.

L'odeur de cigarette.

À côté de moi, Kat ferme les yeux.

Nous ne bougeons pas d'un poil et observons l'ouvrier arpenter la piscine avec un regard suspicieux. Il s'approche de notre cachette, puis pousse la porte, nous piégeant dans l'obscurité.

Il me faut une seconde pour que mes yeux s'y habituent. Lentement, je commence à distinguer Lillia debout à mes côtés. Elle a l'air sur le point de tomber dans les pommes. Ses yeux sont clos et ses mains tremblent très fort. Kat s'en rend également compte et lui prend la main pour essayer de la calmer. Lillia ne réagit pas.

Au bout de quelques minutes, nous entendons la porte de la piscine pivoter sur ses gonds. Nous patientons encore un instant, puis nous quittons notre cachette.

— Putain, lâche Kat, on n'est pas passées loin.

Lillia ne semble pas soulagée. Elle tremble toujours autant.

— Tu n'aurais pas dû fumer ici, Kat.

Kat lève les mains.

— Peu importe. C'est pas comme si on s'était fait prendre. En plus, c'est pas moi qui ai crié.

Lillia se braque et lui lance :

— Tu vois, tu recommences !

Je suis sûre que dans deux secondes, elles vont remettre ça sur le tapis. L'idée que je n'obtienne pas ma revanche, que tout tombe à l'eau avant qu'on se soit occupées de Reeve, m'est intolérable. Et si c'est si dur pour Lillia, je sais que ça le sera encore plus pour moi. Il va juste falloir que je me répète en permanence que Reeve le mérite. Il mérite tout ce qui va lui tomber dessus, et plus encore.

— Arrêtez, les filles, dis-je d'une voix ferme. (Surprises, elles me regardent toutes les deux.) Je crois à ce que nous essayons de faire. Rien qu'en me disant que Reeve finira par avoir ce qu'il mérite, je me sens plus apaisée que je ne l'ai été depuis des années. (Je reprends brièvement mon souffle, au cas où elles tenteraient de m'interrompre, mais non, elles m'écoutent.) Je sais que vous avez un passé commun plus que chargé, mais on s'en fout maintenant. On est toutes là parce que quelqu'un nous a fait du mal. (Je me retourne vers Lillia.) Si j'avais une sœur et que quelqu'un se servait d'elle, je lui rendrais la monnaie de sa pièce, en dix fois pire. Il n'y a rien de mal à ça. C'est le rôle des grandes sœurs. Tu ne fais que la protéger. J'aurais aimé que… que quelqu'un fasse ça pour moi.

Le menton de Lillia se met à trembler.

— C'est tout ce que je veux. Protéger Nadia.

Kat claque la langue d'un air réprobateur.

— Mais qu'est-ce que tu racontes ? T'es une grande sœur sensas, Lil. Tu l'as toujours été.

Lillia sort une sucette de son sac et se tapote les lèvres avec.

— Faut qu'on peaufine notre plan pour le match de demain. On a encore du pain sur la planche.

Aussitôt dit, nous retournons comploter.

XXIII

KAT

On est vendredi, et il est un peu plus de dix-neuf heures. Au départ, on voulait passer récupérer une pièce pour la moto de Ricky au garage, mais il était déjà fermé et du coup, on se promène en voiture. Moi, Ricky et Joe dans le break de Joe. Je connais Ricky et Joe grâce à mon frère, Pat. Ils étaient dans la classe supérieure à l'école. Joe n'est pas encore diplômé, parce qu'il ne va jamais en cours, et Ricky est à la fac du coin maintenant. Lillia les considérerait sans doute comme des losers, mais ce sont des mecs bien.

Je suis assise sur le siège passager, et Ricky somnole à l'arrière.

Je demande à Joe :

— On va où ?

— Au même endroit que d'habitude, me sort-il, à moitié endormi. Nulle part.

— C'est pour ça qu'elle ne traîne plus avec nous depuis cet été, marmonne Ricky.

Je réplique :

— La ferme. C'est pas vrai. (Mais il a raison. J'étais avec Alex la plupart du temps. Je me retourne et frappe Ricky à l'épaule.) Allez, réveille-toi ! C'est vendredi soir ! On se fait un truc.

— Tu ne tiens vraiment pas en place, Kat, se lamente Joe. Faut te calmer.

Je ne tiens pas en place, parce que le match va bientôt débuter. Je martèle le tableau de bord du bout des doigts.

— Eh, j'ai une idée ! Il y a un match ce soir. Et si on allait se foutre de la gueule des gens ?

Joe me regarde comme si j'étais complètement dingue.

Rick s'assoit et proteste :

— Un match de foot ? Ah non alors !

Je prends mon ton le plus enjôleur.

— Allez les gars ! Vous avez une meilleure idée ? Vous préférez traîner en voiture toute la nuit ? (J'ouvre mon sac et en sors un sachet d'herbe que j'ai piqué à mon frère.) Vous fumez, je conduis.

C'est une offre qu'ils ne peuvent pas refuser.

UNE DEMI-HEURE PLUS tard, nous sommes debout sous les gradins près de la zone d'en-but. Le match est sur le point de commencer. Lillia s'échauffe près de la ligne de touche, elle fait des sauts et des jetés. Je croise son regard, et elle hoche la tête, avant de se pencher pour terminer ses étirements. Ça veut dire qu'elle a tout préparé. Parfait. J'avais un peu peur après notre conversation d'hier à la piscine. Il faut que j'arrête de lui mettre la pression. Si Lillia décidait de se retirer, je ne pourrais rien faire pour l'en empêcher. Même si je racontais à tout le monde à l'école ce qu'elle a fait à Alex, ils s'en foutraient pas mal, une fois qu'ils connaîtraient la véritable raison de son geste. Ça me fait mal de l'admettre, mais j'ai plus besoin d'elle qu'elle de moi. Sans l'intervention de Mary, on aurait implosé hier, et je serais bien avancée maintenant…

Je tire une latte sur la clope de Joe, et c'est à ce moment-là que je remarque Mary dans les gradins. Elle me fait de grands signes impatients. Je détourne le regard, mais j'ai tout de même le temps de me rendre compte que ça la vexe.

Je me sens mal. Elle est assise toute seule là-haut. Mais je ne peux pas lui demander de se joindre à nous. Joe et Ricky poseraient des questions ; ils voudraient savoir qui c'est. Et Mary tournerait sûrement de l'œil à la simple vue d'un joint. C'est bien mieux comme ça.

XXIV

MARY

MINCE.

Je baisse les yeux et me fais toute petite dans les gradins. Je suis vraiment idiote d'avoir fait signe à Kat avec tout ce monde autour. Rien de mieux pour se faire remarquer. En plus, saluer quelqu'un qui vous ignore, c'est carrément la honte. J'espère que personne ne m'a remarquée.

Je pense vraiment que Kat et moi, on pourrait être amies, une fois tout ce cirque terminé. Pour Lillia, c'est moins sûr. Je veux dire qu'avec un peu de chance, on s'adressera la parole de temps à autre. Mais elle est tellement populaire. Elle n'a pas besoin d'une autre copine. Le mieux que je puisse espérer, c'est que nous arrêtions de faire semblant de ne pas nous connaître lorsque nous sommes en public.

En bas, près des gradins, la fanfare de Jar Island entame un hymne d'encouragement. D'où je suis assise, la dernière rangée tout en haut, il m'est impossible de voir les musiciens. Je n'aperçois que le bord des cuivres étincelants qui passent de gauche à droite à l'unisson et les plumes blanches fichées sur les chapeaux.

Tout le monde autour de moi reprend l'air en chœur. Ils battent des bras comme des mouettes et tapent du pied sur les gradins pour faire le maximum de bruit.

Je ne connais pas cette chanson.

Lillia et Rennie sont sur le terrain de foot, dans leurs uniformes de cheerleaders. Rennie tient un mégaphone sur lequel est peint un grand C. Je suppose que c'est parce qu'elle est la capitaine. Les autres filles de l'équipe sont parfaitement alignées, le bout de leurs tennis au ras de la ligne de touche. Lillia, Rennie et Ashlin inspectent chacune des filles dans les moindres détails. Elles ajustent le nœud des rubans en satin blanc qui retiennent leurs queues de cheval, lissent leurs hauts et passent un peu de gloss sur les lèvres de celles qui en ont besoin. Une fois arrivées au bout de la rangée, Rennie et Lillia se concertent. Ensuite, Lillia se met à courir, ramasse les gros pompons blancs de Rennie, les lui tend et, ensemble, elles se mettent à les agiter avec le reste de l'équipe pour booster les spectateurs.

Lillia et Rennie effectuent une rapide chorégraphie, souriant et riant de concert. Je comprends de plus en plus à quel point ça doit être difficile pour elle de se comporter comme si elle était l'amie de Rennie, alors qu'elle est sur le point d'aider Kat à la poignarder dans le dos. Je veux dire, franchement, tous ceux dont nous nous vengeons sont des amis de Lillia.

L'équipe de foot adverse fait son entrée sur le stade de l'autre côté du terrain. Ils ont leurs cheerleaders et leur fanfare, mais ils ont moitié moins de fans que nous. Probablement parce qu'ils ont dû prendre le ferry pour arriver jusqu'ici. C'est pénible pour eux, mais nous, ça nous arrange. C'est sans doute pour cela qu'on parle de l'avantage de jouer à domicile.

Notre fanfare entame un nouveau morceau et nos cheerleaders changent de formation pour venir se placer sur deux colonnes près des grilles. Ensuite, à travers la zone d'en-but, Lillia et Rennie déroulent une banderole en papier kraft sur laquelle elles ont écrit « Allez, les Mouettes, allez ! » en grosses lettres brillantes.

Quelques secondes plus tard, les portes du vestiaire des garçons s'ouvrent à la volée, et notre équipe déferle sur le terrain, les casques vissés sur la tête. Reeve mène la charge à grandes foulées, le reste des joueurs de dernière année sur les talons, et il est le premier à traverser la bande de papier, qui se déchire bruyamment.

Reeve a des peintures de guerre noires sous les yeux et ses cheveux rabattus en arrière sont trempés. Tous les spectateurs de notre côté donnent du pied et l'encouragent. Il sourit en pointant l'index vers la tribune, comme s'il désignait une connaissance dans la foule. Son père ou sa mère, par exemple, à qui il dédierait le match. Sauf qu'il le fait sur toute la longueur des gradins pour saluer tout le monde. Chaque spectateur crie comme si Reeve s'adressait juste à lui.

Reeve Tabatsky, vénéré de tous.

IL PLEUVAIT FORT ce jour-là. La traversée vers Jar Island a été agitée, car le ferry tanguait dans tous les sens. Lorsque nous avons rejoint le quai, le père de Reeve n'était pas venu le chercher. Il ne le faisait jamais, mais j'aurais pensé qu'il le ferait cette fois-ci à cause de la pluie.

J'ai immédiatement repéré la voiture de ma mère, à l'endroit où elle se garait toujours. Timidement, j'ai demandé à Reeve s'il voulait qu'on le dépose chez lui, mais il a répondu que non. Il attendrait juste la fin de l'averse. Alors que je courais en direction de la voiture de ma mère, j'ai regardé par-dessus mon épaule. Reeve essayait de se tenir sous l'auvent du guichet du voyagiste de Jar Island, mais son cartable prenait l'eau. Lui aussi était trempé. Lorsque je suis arrivée à la voiture, j'ai proposé à ma mère de ramener Reeve chez lui. Elle a accepté.

Il a semblé reconnaissant lorsque nous nous sommes arrêtées, et s'est assis à l'arrière.

— Vous êtes sûre que ça ne vous dérange pas ? a-t-il demandé à ma mère.

— Pas le moins du monde, Reeve. Je suis juste contente d'avoir enfin l'occasion de te rencontrer.

Je n'ai pas osé me retourner pour le regarder. J'avais peur qu'il pense que j'avais tout raconté à mes parents : mon surnom, les méchancetés qu'il m'infligeait… Ils n'étaient au courant de rien. Seulement des aspects positifs.

— Et si on s'arrêtait chez *Scoops* en chemin pour acheter une glace ? a suggéré ma mère.

J'ai trouvé le courage de m'adresser à Reeve.

— Il faut que tu rentres tout de suite ?

Reeve a secoué la tête en murmurant :

— Je n'ai pas d'argent.

— T'inquiète, ai-je chuchoté en retour en souriant, parce que je savais que ma mère ne le laisserait pas payer, de toute manière.

Maman a pris sa préférée aux pépites de chocolat, et Reeve a choisi une boule de stracciatella dans un cornet. Habituellement, je prenais une boule de menthe et une boule de cacahuète, mais cette fois-ci, j'ai opté pour un sorbet, parce que le panneau disait qu'il y avait moins de calories.

Lorsque nous l'avons déposé devant chez lui, Reeve ne s'est pas précipité à la porte, alors qu'il pleuvait des cordes. Il est venu jusqu'à ma vitre, a remercié ma mère et a lancé :

— On se voit demain !

Ensuite, il a remonté l'allée en courant.

Nous avons patienté jusqu'à ce qu'il rentre, puis nous avons pris le chemin de la maison.

Je n'ai pas pu m'empêcher de sourire tout le long du chemin. Reeve m'appréciait. Il était mon ami. Tout allait changer.

Les choses avaient en effet changé après ce jour. Reeve avait arrêté de quitter le ferry à toute allure en me laissant loin derrière. Il m'attendait désormais, et nous discutions sur le chemin de l'école.

Trois filles portant les couleurs du lycée de Jar Island sont assises devant moi. Je regarde l'une d'elles se pencher vers les autres et leur dire :

— Mon Dieu, Reeve est trop mignon.

— Il est célibataire ? se renseigne une deuxième. Ou est-ce qu'il sort encore avec Teresa Cruz ?

Je retiens mon souffle.

— Ils ont cassé il y a longtemps, précise la troisième. Rennie et Reeve sont ensemble maintenant. Enfin, je crois qu'ils le sont. J'ai entendu dire qu'ils étaient sortis ensemble plusieurs fois.

Le jour de la rentrée, Reeve a consolé Rennie quand Kat lui a craché à la figure. Il lui a même donné sa chemise pour s'essuyer.

Et s'ils étaient vraiment en couple ?

Je regarde le terrain. Rennie est en train de se hisser tout en haut de la pyramide. Elle est si fluette. Elle doit peser dans les quarante-cinq kilos, grand maximum. Ses tennis s'enfoncent dans le dos de ses camarades, tandis qu'elle s'élève toujours plus haut. Certaines font la grimace.

Les filles comme Rennie obtiennent tout ce qu'elles veulent. Elles se foutent pas mal de qui elles piétinent pour y arriver. Ce n'est pas juste.

Je souffle un bon coup. Au dernier moment, Rennie trébuche, alors qu'elle est presque au sommet. Toute la foule la voit faire. Certains retiennent leur respiration. Elle tombe en arrière et atterrit dans les bras des autres cheerleaders qui la posent délicatement sur le sol, saine et sauve. Rennie semble enragée d'avoir échoué. Enragée et surprise. Les filles de la pyramide descendent les unes après les autres, et Rennie leur crie dessus pour ne pas avoir tenu leur position.

Mon cœur s'emballe, et j'ai du mal à respirer. Je ne suis pas responsable. Impossible.

Même si Rennie l'a mérité. Même si pendant une seconde, j'ai eu envie qu'elle tombe. Il ne suffit pas de vouloir quelque chose pour que ça se produise.

Ou est-ce que je me trompe ? L'autre jour dans le couloir, lorsque je courais après Reeve, j'ai voulu attirer son attention à tout prix. Les casiers… Est-ce que c'est moi qui les ai tous fait claquer ?

Je me recroqueville sur mon siège. Non. Impossible. Ça ne tient pas la route.

Alors que tout le monde fixe le terrain, je me retourne face à la cabine qui se trouve tout en haut des gradins. Un vieil homme s'assoit derrière un micro. Le fil de ce dernier est branché à une table de mixage, elle-même reliée aux haut-parleurs montés sous le bord du toit. Il prend une gorgée d'eau, se racle la gorge, puis annonce :

— Mesdames et messieurs, veuillez acclamer les Mouettes frondeuses de Jar Island !

Il ouvre le dossier face à lui et passe son doigt sur la liste des noms. Celle que Kat et moi avons échangée contre la liste officielle de bonne heure ce matin, avant que quiconque arrive au stade.

— Accueillons chaleureusement nos dernière année, qui arpentent le terrain pour leur ultime saison !

Alors que ses paroles résonnent dans les haut-parleurs, Reeve, Alex et le reste des joueurs de leur promotion se séparent et s'alignent devant les gradins. Les cheerleaders s'avancent également et viennent se placer derrière eux.

— Portant le numéro soixante-trois, notre quarterback et capitaine, REEVE TABATSKY !

À l'annonce de son nom, Reeve saute sur le banc de l'équipe et salue la foule. Tout le monde crie comme s'il s'agissait d'une rock star. Rennie effectue des flips arrière sur toute la longueur du banc.

— Portant le numéro vingt-sept, notre kicker, PJ MOORE !

La foule acclame PJ, tandis qu'il monte sur le banc avec Reeve. Il jette le pied en arrière, puis le balance en avant, comme pour botter. Lillia bondit et effectue un *toetouch*.

Les applaudissements retombent et je retiens mon souffle, car je sais qui vient ensuite.

— Portant le numéro quarante-six, notre receveur écarté, ALEX KUDJAT.

Quelques personnes applaudissent, mais la plupart se contentent de murmurer « Comment il l'a appelé ? Alex Cul-de-jatte ? »

Alex penche la tête sur le côté, comme s'il n'avait pas bien entendu. Il vire au rouge, encore plus qu'après son problème de peau. Plus rouge que je n'ai jamais vu un visage. La blonde qui est sa cheerleader a levé ses pompons au-dessus de sa tête et s'élance pour faire l'équilibre, mais elle s'arrête tout net.

Comme Alex ne monte pas sur le banc, le commentateur répète son nom :

— ALEX KUDJAT !

Cette fois-ci, tout le monde entend.

Reeve se plie en deux de rire. PJ également. L'un des joueurs derrière Alex lui décoche une tape dans le dos. Lorsqu'Alex se retourne, tous les spectateurs peuvent voir que son maillot indique « Kudjat » au lieu de « Kudjak »

Lillia a eu une idée de génie. Elle a échangé son maillot avec celui-ci, acheté dans une boutique en ligne qui vend des maillots aux couleurs de notre équipe. Elle leur a envoyé un mandat cash pour que la commande ne permette pas de remonter jusqu'à elle et l'a reçu le lendemain.

— Oh mon Dieu ! crient les filles devant moi. Alex Cul-de-jatte ? C'est carrément immonde.

Je regarde Lillia. Elle se couvre le visage des deux mains pour faire semblant d'être sous le choc. Sa sœur, qui avait commencé à sauter et à applaudir à l'annonce du nom d'Alex, a maintenant les bras ballants. Elle recule de quelques pas, puis se cache derrière les autres cheerleaders qui se tiennent autour du banc.

Alex sautille en cercles comme un chien courant après sa queue, tentant de voir ou de poser les mains sur l'arrière de son maillot. J'explose de rire, parce que c'est vraiment trop drôle.

Reeve finit par sauter du banc pour aider Alex, bien qu'il soit mort de rire. En fait, il veut probablement lui rendre service. Mais Alex ne doit voir que son ami en train de se moquer de lui, parce qu'il baisse la tête, jette son casque, se rue sur Reeve, le ceinture et le plaque au sol dans un grand *boum*.

Plus personne dans les gradins n'applaudit. Toute l'équipe se masse autour des garçons qui luttent au sol. Le coach porte son sifflet à la bouche et siffle à plusieurs reprises, rapidement. Le commentateur continue d'annoncer les noms des autres membres de l'équipe, mais plus personne ne monte sur le banc.

Ils essayent tous de séparer Alex de Reeve, de l'empêcher de le boxer. Alex décoche un bon direct du droit en plein dans la mâchoire de Reeve. Je me cache derrière mes mains.

Kat et ses amis se ruent jusqu'au grillage en

criant « Cogne-le ! Cogne-le ! Cogne-le ! » Elle y grimpe même pour avoir une meilleure vue.

Enfin, Alex est tiré en arrière. Reeve reste allongé dans l'herbe, sur le dos. L'un de ses coéquipiers lui tend la main pour le remettre sur pieds, mais Reeve la repousse et se relève de lui-même. Il lui faut un bon moment pour le faire, toutefois. Sa mâchoire est rouge et enflée, et son maillot est sale.

Alex se tient à quelques pas de lui, et Derek fait tout ce qu'il peut pour l'empêcher de se jeter à nouveau sur Reeve. Alex crie quelque chose, mais je ne comprends pas car ils sont trop loin, et il menace Reeve du doigt. Reeve ne l'écoute même pas. Il lui tourne le dos et longe la ligne de touche. Rennie tente de s'approcher de Reeve pour s'assurer qu'il va bien, j'imagine, mais Ashlin la retient par le bras. Elle ne compte pas la lâcher. Deux des entraîneurs accourent, soucieux, et examinent le bras de Reeve. Personne ne s'approche d'Alex pour voir s'il va bien. En revanche, le coach principal surgit comme une furie et crie sur Alex tellement fort qu'il en postillonne. Derek oblige Alex à s'asseoir sur le banc de l'équipe, avant de s'éloigner lui aussi.

— Mais il se prend pour qui, Alex ? s'indigne une des filles devant moi. Reeve est notre quarterback. Alex aurait pu ruiner toute la saison !

— Je parie qu'il en veut encore à Reeve pour cette histoire de ruban rouge.

— Pauvre Alex Cul-de-jatte, dit la troisième fille.

Et toutes se mettent à rire.

Le match commence peu de temps après, et si Reeve a été ébranlé par la bagarre avec Alex, il ne laisse rien paraître. Il ne lui faut pas plus de deux à trois tentatives avant de marquer un *touchdown* dans la zone d'en-but. Tout le monde s'est remis à encourager Reeve entre-temps, comme si rien ne s'était passé. Alex est assis sur le banc, l'air furieux.

À la mi-temps, je me lève pour acheter un Coca Light, mais la file d'attente est trop longue. Kat n'est plus là. Je l'ai vue s'en aller avec ses amis après la baston. Je me demande si je ne devrais pas partir moi aussi.

Je longe le banc des cheerleaders. La fille censée encourager Alex se tient à quelques pas du reste de l'équipe et parlemente avec Rennie et Lillia.

— Allez, les filles, se lamente-t-elle. Vous ne pouvez pas me trouver quelqu'un d'autre à encourager ?

— Tu plaisantes ? s'offusque Lillia, les bras croisés.

— Oh, s'il vous plaît ! À chaque fois que je fais ma chorégraphie, tout le monde hurle « Alleeeeeez, cul-de-jaaaaaaaaaatte ! »

— T'inquiète, la rassure Rennie, ça m'étonnerait qu'il joue ce soir.

La fille en a le souffle coupé.

— Et s'il se fait virer de l'équipe ? Je n'aurais plus personne à encourager !

À ce moment précis, Nadia s'avance. Doucement, elle dit à Rennie :

— Si Wendy ne veut plus encourager Alex, je m'en charge. On peut échanger. Ça m'est égal.

Lillia en reste bouche bée.

— Personne ne va changer de joueur. Rennie a passé beaucoup de temps à réfléchir aux assignations.

En hochant la tête, Rennie poursuit :

— Lillia a raison. Ce que je dis ne peut pas être remis en cause. Wendy, tu as hérité d'Alex. Tu dois respecter mon choix. Si tu n'es pas d'accord, tu dégages. (Elle sort un miroir de son sac posé sur le banc et commence à se recoiffer.) Il y a cinq recruteurs de la fac dans le public pour Reeve ce soir et je dois continuer à faire le show coûte que coûte, malgré tout ce bordel. La conversation est terminée.

Rennie se retourne, puis s'éloigne de Nadia et de l'autre fille. Lillia la suit, mais m'adresse un hochement de tête en passant devant moi.

J'en fais autant. Mission accomplie. Il était temps, je dois dire, parce que je n'en peux plus d'attendre qu'on passe à Rennie.

XXV

KAT

Rick, Joe et moi quittons le match à la mi-temps. Je ne connais rien de plus chiant que le foot. Nous passons prendre des frites au fromage et du café au *Surf Diner,* traînons un peu en voiture, puis je demande aux garçons de me déposer chez moi.

Alors qu'on est vendredi soir, je me retrouve à faire mes devoirs pour me changer les idées. Je pense beaucoup à Alex également.

Je parie qu'il a eu des problèmes après la bagarre avec Reeve. Sa mère l'a probablement envoyé dans son antre sans dîner, lui a confisqué son téléphone ou a tenté n'importe quelle autre punition débile.

À la manière dont elle couve Alex et lui achète des fringues, c'est clair qu'elle voulait une fille. Cette histoire doit la rendre malade, j'en suis sûre.

Elle qui pensait avoir une petite famille parfaite, la voilà qui se retrouve avec une bête sauvage.

Je n'aurais jamais cru Alex capable d'être aussi brutal. Et je ne m'attendais carrément pas à ce qu'il cogne Reeve. Son direct n'avait rien de gracieux, mais il a atterri pile au bon endroit. Un moment, j'ai hésité à appeler Alex pour lui dire de se pencher un peu plus avant de frapper la prochaine fois. S'il l'avait fait, je parie qu'il aurait mis Reeve K.-O.

Mais je ne vais pas l'appeler. Je ne vais pas non plus répondre à ses SMS, ni à ses e-mails. Pas tant que je ne serai pas sûre qu'il a compris la leçon. Qu'il a pigé qu'il ne faut pas me chercher des noises. Qu'il a compris qu'il s'est conduit comme un crétin en sortant avec Nadia, alors qu'il pouvait sortir avec moi.

Cette nuit-là, l'idée me vient de demander à Ricky de me déposer à l'école le lundi sur sa moto. Parce qu'il n'y a rien de mieux qu'un autre mec dans les parages pour donner envie à un garçon de vous reconquérir. Même si la relation est imaginaire.

C'est comme ça que ma mère a conquis mon père. Ils sont sortis ensemble quelques mois, et comme il ne voulait pas que ça devienne plus sérieux, elle s'est pointée dans son bar préféré avec son pote gay, Albert, et une poignée de pièces pour le juke-box. Il n'a fallu qu'un seul slow pour que mon père vienne taper sur l'épaule d'Albert pour les interrompre. Ma mère était du genre maligne.

Je n'ai pas l'intention de tester ça sur Alex. Je vais juste continuer tranquillement mon petit bout de chemin pendant qu'il se contente de sa vie minable.

Je n'ai pas de mal à m'imaginer Alex seul sur le parking. Personne à qui parler, tous ses amis qui lui tournent le dos après la baston avec Reeve. Quelles que soient les circonstances, Rennie se mettra toujours du côté de Reeve plutôt que celui d'Alex. Je le sais. Il ne sera plus qu'un chiot abandonné, un gamin sans ami. Et c'est là que j'arriverai, sur la moto rugissante de Ricky. Je retirerai mon casque et secouerai mes cheveux, au ralenti.

Là, il sera désolé, et pas qu'un peu.

Je parie qu'il viendra me voir. Tout de suite, ou un peu plus tard lorsque je serai devant mon casier. Il implorera mon pardon, me dira que Nadia n'était rien pour lui, qu'il n'y a pas deux filles comme Kat DeBrassio dans toute l'école. Et lorsqu'on a la chance d'avoir Kat, on ne la laisse pas tomber.

Le lundi matin, Rick passe me prendre sur sa moto. Je suis contente qu'il ait sorti sa japonaise importée à laquelle il a ajouté des amortisseurs de course pour pouvoir franchir les dunes. Je lui ai dit que c'est celle-là que je voulais, et pas sa Vespa vert menthe. Personne ne me trouvera sexy si je descends d'une Vespa vert menthe.

Il relève la visière de son casque, alors que je sors par la porte d'entrée.

— La vache, Kat !

Je sautille en descendant l'allée, et mes cheveux rebondissent avec moi comme dans les pubs pour shampooing. Je les ai bouclés ce matin, mais pas assez pour qu'on dise que j'essaye de faire ma belle, plutôt comme si je m'étais couchée avec les cheveux mouillés et que je m'étais réveillée avec cette tête sexy. Je porte mon jean noir le plus moulant, un top de la même couleur, et les talons aiguilles de ma mère. Les talons font peut-être un peu beaucoup, mais on s'en fout. En plus, il y a une réunion des dernière année aujourd'hui avec des conseillers d'orientation de la fac. Je pourrais toujours dire que je me suis habillée pour l'occasion, si quelqu'un me fait la remarque.

— Merci d'être passé me chercher, dis-je en grimpant à l'arrière de la selle.

Je passe d'abord les bras autour de la taille de Rick, mais il vaut mieux que je me penche en arrière et me tienne à la selle. Ça me donne un air plus cool.

— Pas de problème. J'ai pas cours avant neuf heures trente. Tiens, m'ordonne Ricky en me tendant son casque. (C'est un modèle de course profilé, avec des bandes rouges et une visière fumée.) Mets ça. J'ai oublié d'en prendre un pour toi.

Je refuse d'un geste.

— Ça me va comme ça.

Après tout, le lycée est à moins de deux kilomètres de là. En plus, je ne veux pas aplatir mes cheveux.

— Allez, Kat !

À son ton, je sais qu'il n'ira nulle part tant que je ne l'aurai pas enfilé.

Je m'exécute, et il descend ma rue. Sa moto est bruyante. Hyper bruyante, même. C'est la conception du silencieux qui veut ça. Je souris, parce que je sais que tout le monde va nous entendre arriver.

Je crie à Ricky d'aller plus vite en passant mes bras autour de sa taille.

Il serait craquant s'il n'était pas aussi accro à l'herbe. Je sens Ricky se contracter, puis il accélère. Il change de voie et se faufile dans la circulation afin de doubler un bus qui se traîne sur le chemin du lycée. Plus vite. Les garçons adorent qu'on leur dise ça.

Ricky rentre sur le parking et me confie :

— J'arrive pas à croire que je t'ai laissée me convaincre de venir ici deux fois en seulement trois jours.

J'aperçois le 4x4 d'Alex.

— Par ici, Ricky.

Je descends de moto exactement comme je l'avais prévu. Un petit saut, puis je retire mon casque et secoue mes cheveux.

C'est là que je vois Alex, appuyé à la portière de sa voiture. Il n'est pas seul, par contre. Il discute avec Reeve et Rennie. En fait, on dirait que c'est Rennie qui mène la conversation. Elle parle beaucoup avec les mains et n'arrête pas de pointer Reeve du doigt et de lui caresser tendrement l'épaule. Je parie qu'elle essaye de convaincre Alex que Reeve n'a rien à voir avec les blagues que nous lui avons faites. Franchement, il faut toujours qu'elle se mêle de ce qui ne la regarde pas.

Je ne suis pas sûre qu'Alex soit convaincu. Il ne cherche pas à croiser leurs regards, mais dès que Rennie a terminé, il tope dans la main de Reeve, et ils se dirigent ensemble vers l'école.

Reeve n'a pas d'ecchymose sur le visage là où Alex l'a cogné, ce qui me laisse sans voix. Mais pas autant que le fait qu'ils soient encore amis ou qu'Alex ait manqué mon entrée de bombe atomique.

— Bon, annonce Ricky, faut que je file.

Je lui tends son casque en le remerciant.

Il me regarde et me sourit :

— Quand tu veux.

Ensuite, il s'éloigne.

— J'adore ta tenue, Kat ! me lance Rennie, les mains en porte-voix. Le look pute de biker te va à merveille !

Rien ne m'empêcherait de me jeter de nouveau sur Rennie et de lui cracher à la gueule. Au point où j'en suis, je me fous même de ce qu'Alex pourrait en penser. Mais je n'ai pas besoin de ça. Tôt ou tard, Rennie va avoir ce qu'elle mérite. Il faut seulement que je fasse confiance à Lillia et Mary, qui m'épauleront comme je le fais pour elles.

Sur le chemin de l'école, je passe devant la Jeep de Rennie qui est garée sur une place privilégiée. Je ne peux pas m'en empêcher. Je m'en approche en douce, m'accroupis derrière le pneu avant, puis dévisse l'embout. J'ai vu Pat faire ça une fois, vider l'air d'un pneu alors que nous étions coincés dans la neige.

Mais il avait un outil pour le faire, un truc pour appuyer sur la petite valve. Eh merde.

C'est là que je me souviens que j'ai mes putains de talons aiguilles. J'en enlève un et enfonce la pointe dans la valve. Il me faut quelques essais, mais bientôt, j'entends l'air qui s'échappe. Le pneu ne se dégonfle pas aussi vite que je le voudrais pour autant, comme s'il n'y avait qu'une minuscule fuite. La sonnerie du lycée retentit, mais je me sens bien, accroupie sur le sol. Je peux arriver en retard, pas de souci.

XXVI

LILLIA

Avec Rennie, on décide d'aller acheter des robes de bal sur le continent. Je ne dis rien à ma mère, parce que je sais qu'elle me demandera d'emmener Nadia avec nous sinon. À la place, je lui prends sa carte Platinum dans son portefeuille, alors qu'elle est sous la douche. Je ne vole rien du tout. Elle m'a déjà proposé de commander une robe sur Internet.

Je voulais également demander à Ashlin de venir, mais Rennie a insisté pour qu'on y aille seulement toutes les deux.

Nous quittons l'entraînement suffisamment tôt pour attraper le ferry de dix-sept heures. Nous laissons Ashlin codiriger la fin de l'entraînement avec la coach Christy. Rennie a expliqué à la coach que nous devions aider sa mère à la galerie. Ash nous a adressé un regard suspicieux, mais n'a rien ajouté.

Les billets de ferry ordinaires ne sont pas très chers, mais ça coûte plus de cent dollars pour un aller-retour avec une voiture. Rennie ouvre son portefeuille. Il est rempli de vieux billets froissés. Pour se payer sa robe de bal, elle s'est constitué une cagnotte qu'elle alimente à chaque fois qu'elle touche sa paye d'hôtesse.

— T'inquiète pas pour ça, lui dis-je en tendant du liquide au gars.

Je suis sûre que Kat m'en voudrait à mort de faire ça, mais bon, elle ne risque pas de le savoir. Rennie me remercie une centaine de fois, ce qui est gentil de sa part.

Nous embarquons sa Jeep sur le ferry et la garons sur le pont réservé au fret. La plupart des touristes sortent de leur voiture et profitent de la traversée sur le pont supérieur, mais pas nous. Rennie et moi restons dans sa caisse à écouter la radio et à regarder les magazines que j'ai emportés pour nous donner des idées de tenues. Rennie veut quelque chose de moulant, si possible avec des paillettes. Je préférerais une robe bustier blanche avec un décolleté en cœur. Ou peut-être rose pâle.

Rennie a un don inné pour se repérer dans les centres commerciaux. Moi, je me perds facilement. Même si nous venons rarement ici, Rennie a l'adresse des meilleurs magasins gravée dans la tête et passe rapidement de l'un à l'autre. Nous n'avons que quelques heures pour choisir nos robes, manger un morceau, revenir au quai et prendre un ferry pas trop tard direction Jar Island.

La première boutique où nous nous rendons est pourrie, et la deuxième n'est guère mieux. Elles ont toutes les deux des tonnes de pulls et de vêtements en velours maintenant qu'on est en automne, mais pas beaucoup de robes. Ou du moins, pas de modèles suffisamment chics pour le bal des étudiants de Jar Island. Pour les élèves des autres classes, à la rigueur. Mais les filles de dernière année ont toujours les plus belles tenues. Après tout, c'est plus ou moins la répétition du bal de promo.

Dans la troisième boutique, nous avons plus de chance, et Rennie et moi entrons dans des cabines d'essayage voisines les bras chargés.

— Tu sais qui c'est, la nouvelle troisième année ? me demande Rennie.

Je suis en train d'enfiler une robe, mais je m'arrête net. Mary. Un million de pensées me traversent l'esprit. Est-ce que Rennie nous a aperçues en train de discuter dans le couloir ? J'en doute, parce que je fais hyper gaffe. Mais peut-être qu'elle m'a vue la saluer de la tête lors du match de foot. Ce serait le pompon que tout m'explose à la tronche maintenant que nous en avons terminé avec Alex.

Je baisse les yeux sur la moquette beige. Sous la séparation entre nos deux cabines, j'aperçois ses pieds dont les ongles sont recouverts de vernis rouge. D'après leur position, je sais qu'elle me fait face.

— Qui ça ?

— Je suis sûre que tu l'as déjà vue, Lil. Le bahut n'est pas si grand. Bref, j'ai entendu certains gars de troisième année dire qu'elle est hypeeeeer canon. (À la manière dont Rennie insiste sur le hypeeeeer, je sais qu'elle est sarcastique.) Ils vont tous voter pour elle lors du bal des étudiants. Moi, je trouve qu'elle n'est pas si mignonne que ça, si tu veux mon avis. En tout cas, certainement pas assez pour être élue reine du bal. Je parie que c'est une fausse blonde. À tous les coups, elle se teint les cheveux.

Même si, bien évidemment, je suis soulagée que Rennie n'ait rien remarqué, ses remarques me font tiquer. Mary est jolie. Un peu bizarre, peut-être, mais vraiment jolie. Cette fille n'a pas eu une vie facile. Je ne sais toujours pas précisément ce que Reeve lui a fait, mais ça a carrément bousillé son existence.

J'entends le froissement du tissu, alors que Rennie enfile une robe.

— Oh, celle-ci est vraiment classe. Prête pour le défilé ?

La porte de sa cabine s'ouvre, puis se referme.

Je me dépêche de revêtir ma robe. Je ne l'aime pas. La couleur ne me va pas au teint. Mais je sors malgré tout de ma cabine.

Rennie est debout sur la plate-forme d'essayage, dressée sur la pointe des pieds, en train de s'admirer dans le miroir à trois pans. Elle détourne le regard de son reflet pour le poser sur moi.

— Le champagne ne te va pas, annonce-t-elle.

— Je sais.

Je m'assois sur un des fauteuils capitonnés, parce que je n'ai subitement plus envie d'essayer de robes.

— Celle-là est vraiment super sexy, mais je me tâte. Si seulement je l'avais essayée en dernier, déplore-t-elle d'une voix triste.

La robe est moulante, argentée et couverte de paillettes. Exactement comme Rennie en rêvait. Quand je disais que Rennie obtient toujours ce qu'elle veut.

— Comment ça ?

— C'est la première que j'essaye et j'ai l'impression que si je l'achète, je vais le regretter. Tu vois ce que je veux dire ? La première n'est jamais la bonne.

Je ne lui réponds pas et me contente de fixer mes mains.

— Lillia ! gémit-elle. Tu en penses quoi ? C'est la bonne ou pas ?

Je fais semblant de réfléchir, puis soupire « Oui, bien sûr. J'imagine », alors qu'en fait, elle est divine.

Rennie bougonne, déçue par mon manque d'enthousiasme. Elle se regarde dans le miroir et retrouve le sourire. Elle sait à quel point elle est belle. Elle n'a pas besoin de me l'entendre lui confirmer. Ce que je dis, ce que je pense, n'a pas la moindre importance.

Elle se retourne et regarde ses fesses.

— En fait, je voudrais surtout savoir ce que Reeve en pensera. Comme c'est mon cavalier, c'est son opinion qui compte le plus.

Je me redresse sur mon fauteuil.

— Attends, on n'y va pas tous ensemble ?

On a toujours fait comme ça depuis notre première année. Il n'y a pas de couples. Personne ne demande à personne d'être son cavalier ou sa cavalière. Pour le bal de promo, passe encore, mais pas pour le bal annuel des étudiants. La bande y va au grand complet.

— Plus maintenant. Ashlin y va avec Derek, PJ accompagne Allie, la petite mignonne de deuxième année. Et moi, j'y vais avec Reeve.

— Tu lui as déjà demandé ? Quand ça ? Depuis quand est-ce que tout le monde se choisit un cavalier sans me le dire ?

— C'est pas encore fait. Mais bon, je pars du principe qu'il dira oui. (Rennie se débat avec son soutif sans bretelles pour essayer d'obtenir un décolleté plus pigeonnant.) Je te le dis, Lil, ça va être notre nuit. Il aura l'air canon, j'aurai l'air canon. Tu as vu ce qui s'est passé pendant le jeu de la bouteille. On a fait des étincelles.

Je commence à transpirer.

— Et moi, je vais y aller avec qui alors ?

Elle saute de la plate-forme et me dit : « Vas-y avec Skud ! » avant de disparaître dans sa cabine.

Oh mon Dieu, elle est sérieuse ? C'est du Rennie tout craché. Elle se moque pas mal que Nadia soit sortie avec Alex, alors qu'elle le sait pertinemment et qu'elle ne me l'a toujours pas avoué ! Bonjour la délicatesse. En plus, jamais je n'irai au bal avec Alex s'il y a ne serait-ce qu'une infime chance qu'il m'apprécie. Surtout après tout ce que je lui ai fait. Ce serait vraiment trop gênant.

— Je n'irai pas avec Alex. Je profiterai juste de la limousine avec vous tous.

De l'autre côté de la porte, elle insiste :

— On y va tous en couples. Ce serait bizarre que tu sois seule avec nous. En plus, Alex n'a pas encore de cavalière. On dirait bien que vous allez vous retrouver tous les deux quoi qu'il en soit.

Je me fous pas mal de son avis.

J'élève la voix :

— J'ai dit non, un point c'est tout.

— Très bien, comme tu voudras. J'essayais juste de trouver une solution. Fais comme tu le sens, princesse.

Je retourne dans ma cabine et me force à essayer les robes que j'ai choisies. La dernière est peut-être sympa. Elle est noire, couleur à laquelle je n'aurais pas pensé, mais la coupe est impeccable. Un bustier avec un décolleté en cœur et une jupe courte bouffante. Elle est sophistiquée. Je sors de la cabine et demande à Rennie ce qu'elle en pense.

— Et si je la portais avec des escarpins couleur pêche ?

Rennie se tapote les lèvres du doigt en réfléchissant. En temps normal, j'aurais attendu que Rennie tranche à ma place. Toutefois, j'annonce :

— Je pense que je vais la prendre.

Je compte me relever les cheveux. Je descends de la plate-forme et retourne dans la cabine.

Je retire la robe et la repose sur le portant. Elle est chère, plus chère que je ne l'aurais pensé pour une robe noire toute simple. Je suis debout, en sous-vêtements, à me demander si ma mère va me tuer, lorsque je vois Rennie me faire signe sous la séparation.

— Eh, laisse-moi essayer la dernière robe.

Je m'apprête à dire qu'elle a déjà trouvé la sienne et qu'elle n'est pas dans ses moyens, mais au lieu de cela, je lui passe la robe sous la porte, me rhabille et attends que Rennie termine son essayage.

À contrecœur, je dois admettre qu'elle lui va très bien, à elle aussi, et je me convaincs aussitôt de l'acheter.

— Elle est trop belle, s'extasie-t-elle en s'admirant. Laquelle tu préfères, Lil ?

J'ai envie de crier, mais je me retiens, évidemment. Je préfère changer de sujet.

— Au fait, tu as entendu que Melanie Renfro fait campagne comme une malade pour être élue reine du bal ? Je l'ai vue discuter avec les gars de l'équipe d'athlé.

Rennie lève les yeux au ciel.

— Je ne m'inquiète pas pour Melanie Renfro. Je te le dis, Lil, c'est dans la poche.

Elle penche la tête sur le côté, puis la hoche pour indiquer que son choix est fait.

— L'argentée. Celle-là, c'est vraiment une robe de reine du bal des étudiants.

Sa remarque fait mouche. Je viens de trouver la revanche idéale contre Rennie.

PENDANT TOUTE LA durée de la traversée vers Jar Island, je suis impatiente de parler à Kat de mon plan parfait : on va empêcher Rennie d'être élue reine du bal des étudiants.

Une fois de retour sur l'île, je suis plus que pressée que Rennie me dépose. Mais au lieu de cela, elle passe devant chez moi sans s'arrêter. Je me retourne sur mon siège, et elle me lance :

— Je passe chez Alex. Je veux parler à Reeve du bal des étudiants.

— Maintenant ? Tu ne peux pas me déposer avant ?

— Non, répond-elle, la main sur le cœur. J'ai l'impression qu'il faut que je le fasse ce soir. Ça ne prendra pas plus de cinq minutes.

Comme d'habitude, elle se fiche pas mal de mon avis.

— Je t'attendrai dans la voiture.

— Viens avec moi plutôt. Tu tiendras compagnie à Alex pendant que je discute avec Reeve.

Nous nous garons, et Rennie prend une minute pour se remettre du gloss. Sa main tremble tellement elle est nerveuse. Je la suis dans le pool house, les bras croisés. Je n'ai pas l'air contente, et j'ai de bonnes raisons. En fait, j'espère qu'elle va se prendre une veste avec Reeve.

Reeve et Alex sont assis sur le canapé et jouent à la console. L'incident lors du match semble déjà appartenir au passé. C'est drôle. C'est à se demander si les garçons savent ce qu'est la rancune. Je suis sûre que Reeve a nié avoir quelque chose à voir avec le coup du maillot ou la chanson, et qu'Alex le croit sur parole. Avec un peu de chance, Alex ne cherchera même pas à savoir qui était derrière tout ça.

Je reste près de la porte, tandis que Rennie s'avance et vient se planter devant la télé.

— Reevie, demande-t-elle d'une voix mielleuse, je peux te parler une minute en privé ?

Reeve tente d'apercevoir l'écran derrière Rennie, et comme il ne le peut pas, il met le jeu en pause.

— Bien sûr.

Rennie glisse son bras sous celui de Reeve et l'entraîne dans la chambre d'Alex.

— Je reviens tout de suite, Lillia !

Alex se retourne et m'aperçoit.

— Salut, Lillia.

— Salut, Skud.

Je m'assois à l'autre bout du canapé. Le visage d'Alex n'est presque plus rouge. Il a enfin dû arrêter d'utiliser cette crème.

— Ta peau a l'air d'aller beaucoup mieux.

Alex me fait face.

— Rennie demande à Reeve de l'accompagner au bal, c'est bien ça ?

Je suis surprise par sa question.

— Comment tu le sais ?

— En fait, Ashlin a demandé à Derek aujourd'hui. Et je pense que PJ va venir avec cette fille de deuxième année.

Alex rougit. Ça commence par sa poitrine, puis remonte le long de son cou.

— Personne ne te l'a encore demandé, je me trompe ?

Oh non, pas ça. Rennie a probablement déjà suggéré à Alex de m'inviter ! Je me lève rapidement et me dirige vers la fenêtre.

— Je ne comprends pas pourquoi on ne peut pas y aller en groupe comme d'habitude. Pourquoi tout changer maintenant ? C'est débile. Je veux dire, on y va tous de toute manière.

Alex se rapproche de moi. Pas trop près, mais suffisamment. Il hoche la tête, comme si je venais de marquer un point.

— Ouais, je pense que tu as raison.

Mais je vois bien qu'il est déçu.

Rennie sort de la chambre et sautille jusqu'à la porte vitrée contre laquelle je suis appuyée. Ses joues sont rouges, et son sourire remonte pratiquement d'une oreille à l'autre.

— C'est bon, Lil, on y va ! chantonne-t-elle.

Rennie obtient toujours ce qu'elle veut. Mais cette fois-ci, ça va changer. La chose qui compte le plus à ses yeux va lui filer entre les doigts.

XXVII

KAT

JE SUIS ASSISE dans mon lit à regarder un film sur mon ordinateur portable, lorsque j'entends frapper à ma fenêtre. Pendant une seconde d'égarement, je me dis que c'est peut-être Alex. Shep, qui est roulé en boule sur une pile de linge sale, dresse à peine la tête. Ce chien est vraiment con. Je saute de mon lit et m'approche de la fenêtre. Ce n'est pas Alex. C'est Lillia.

J'ouvre la fenêtre pour lui demander :

— Qu'est-ce qu'il y a ? J'ai une porte d'entrée, tu sais !

Elle grimpe à l'intérieur, les joues roses.

— Il est une heure du mat, me rappelle-t-elle. Je ne voulais pas réveiller ton père. Mais je savais que tu ne serais pas couchée.

Lillia porte une doudoune courte, alors qu'il fait à peine froid dehors. Elle s'extasie lorsqu'elle voit mon chien.

— Shep ! (L'intéressé se lève d'un bond et lui fait la fête. Elle se penche, le serre dans ses bras et lui caresse le dos et les oreilles.) Shep, tu m'as manqué !

— Il pue sûrement du bec, il vient de ronger un os.

Lillia m'ignore.

— Shep, tu te souviens de moi ! Ça se voit.

Mon débile de chien bave partout sur elle en haletant et en remuant la queue.

Elle lui fait une dernière caresse, puis s'avance tout droit jusqu'à mon armoire, comme si elle était chez elle.

— Je me souviens de ça ! dit-elle en prenant la poupée de porcelaine que ma mère m'a offerte pour mes sept ans. Elle s'appelle Nelly, c'est bien ça ?

Ouais, elle s'appelle Nelly. Et alors ? Je me rassois sur mon lit, les bras croisés.

— Qu'est-ce qui t'amène ici ?

— Tu veux bien fermer la fenêtre d'abord ? Il fait froid.

J'ai envie de lui dire d'aller voir le doc, parce qu'elle a manifestement des problèmes d'hypothermie. Mais il faut que je me montre plus gentille, alors je m'exécute poliment.

— Merci, ajoute-t-elle en soufflant sur ses doigts

pour les réchauffer. Bon, j'ai une idée pour te venger de Rennie, et elle est parfaite !

J'ai des flash-back en l'observant toucher mes affaires, humer mes bougies et remonter la boîte à musique qui me sert de coffret à bijoux. Lillia aimait fouiner dans ma chambre et celle de Rennie lorsqu'elle revenait l'été. Comme si elle voulait savoir quels chapitres de nos vies elle loupait quand sa famille repartait avant chaque rentrée scolaire.

Elle se retourne, une chaîne dorée scintillante suspendue au bout des doigts.

— Tu l'as toujours, s'étonne-t-elle, les yeux écarquillés.

C'est ce stupide collier avec une clé qu'elle m'a offert le jour de notre rentrée en première année de lycée.

Je me lève d'un bond et le lui arrache de la main.

— Arrête de tripoter mes affaires !

— Je suis juste surprise que tu l'aies gardé, avance Lillia en agitant la tête.

— T'emballe pas. C'est juste que je n'ai pas eu le temps de le mettre en gage, dis-je en le balançant dans mon coffret à bijoux, avant de refermer le couvercle d'un coup sec.

Dans sa barbe, Lillia marmonne :

— Depuis trois ans ?

La mère de *Lillia a appelé celle de Rennie pour nous inviter à venir jouer avec sa fille un après-midi.* Et puis quoi encore ? On avait onze ans, pas six. La mère de Rennie a accepté, et Rennie m'a suppliée de venir avec elle. Elle voulait y aller à vélo, comme ça on aurait pu partir si on s'était ennuyées, mais ma mère a refusé, parce que White Haven était bien trop loin. La maison de Lillia se trouvait de l'autre côté de l'île, à seulement dix minutes en voiture, mais tout de même. Nos amis vivaient tous dans le quartier ; on pouvait aller chez les uns et les autres à pied quand on voulait pendant l'été. La maison de Lillia nous semblait être à un monde de là.

Le premier jour, nous avons joué dans la piscine. Rennie et moi, on s'entraînait à faire le saut de l'ange et la bombe, tandis que Lillia barbotait et nous éclaboussait dans la partie peu profonde en jouant à la sirène. Sa mère est sortie avec sa petite sœur, Nadia, qui portait des brassards. Elle nous a alors indiqué :

— Je vais préparer le goûter, les filles. Je reviens tout de suite. Lillia, tu surveilles ta sœur.

Peu de temps après qu'elle est rentrée dans la maison, Nadia s'est un peu trop approchée de la partie profonde, et Lillia s'est mise à crier. Nadia a pris peur et a fondu en larmes, et j'ai nagé jusqu'à elle pour la renvoyer vers Lillia, qui était à deux doigts de pleurer.

— Merci beaucoup, m'a-t-elle chuchoté.

Ensuite, Mme Cho est ressortie avec un plateau chargé de brie, de crackers et d'Orangina. Ça m'a ragaillardie. Ma mère n'achetait jamais de brie, uniquement du fromage américain pour les sandwiches et du râpé pour les pâtes.

Dès qu'elle a vu sa mère, Lillia a sauté hors de la piscine, couru vers elle et jeté ses bras autour de sa taille.

— Nadia est allée où elle n'avait pas pied, et Kat lui a sauvé la vie !

Ensuite, Mme Cho s'est répandue en compliments sur la merveilleuse nageuse que je devais être, et je me suis sentie gênée, mais un peu fière, bien que je n'aie rien fait de spécial.

Pendant que nous nagions dans la partie profonde et que Lillia était encore assise près de sa mère, Rennie a murmuré :

— Faudrait qu'on appelle ton père. Je crois que le frère de Reeve emmène les garçons sur son bateau pour faire de la plongée aujourd'hui.

— On ne peut pas partir maintenant, ça serait pas poli, lui ai-je répondu à voix basse.

Plus tard, alors que Mme Cho et Nadia étaient rentrées et qu'il ne restait plus que nous trois, Rennie a confié qu'elle était trop pressée que l'école recommence.

— J'espère qu'on aura toutes les deux Mlle Harper en sciences. En plus, PJ m'a dit que sa sœur lui a dit que M. Lopez est le prof de maths le plus sympa.

Je me souviens m'être sentie mal à l'aise, parce que Lillia restait silencieuse. Elle ne savait rien de ces personnes. Je lui ai alors demandé :

— Et ton école, elle est comment ?

Elle m'a répondu qu'elle allait dans une école de filles privée, qu'elle devait porter un uniforme et que c'était chiant.

Rennie a grimacé et ajouté :

— Je m'ennuierais vraiment s'il n'y avait pas de garçons à l'école.

Lorsque le soleil a commencé à décliner, la mère de Lillia nous a demandé si nous voulions rester dîner. Elle préparait un poisson nommé mahi-mahi avec une espèce de sauce à l'ananas. Elle a dit qu'on pourrait faire griller des chamallows sur le barbecue pour le dessert. J'étais prête à répondre par un grand « oui », mais Rennie m'a devancée et a menti en prétextant qu'elle devait rentrer chez elle.

Dans la voiture de mon père, Rennie m'a dit qu'elle avait envie de dîner chez moi. Nous n'avions rien d'aussi bon que du mahi-mahi et des chamallows à nous mettre sous la dent. Maman était malade, et c'est mon père qui s'occupait de faire la cuisine depuis quelques jours. Une pizza surgelée, des hot-dogs ou du chili. J'aurais pu tuer Rennie pour m'avoir fait manquer un vrai repas chez Lillia.

Plus tard, Rennie était allongée sur mon lit à battre un paquet de cartes de Uno. Shep roupillait sur ses genoux. Ce n'était qu'un chiot à l'époque, et Rennie adorait jouer avec lui. Les animaux étaient interdits dans sa résidence.

— Franchement, comment on peut avoir besoin de trois frigos ? Sa famille n'est pas si grande ! En plus, ils ne vivent ici que trois mois par an !

— Il y en a un pour la bouffe coréenne, ai-je précisé depuis mon hamac. (Un autre cadeau de mon père, comme si un hamac et un chien allaient me faire oublier que ma mère était en train de mourir. Mais peu importe. Il était vraiment confortable.) Le deuxième est réservé aux boissons, tu te rappelles ? La mère de Lillia nous a dit qu'on pouvait se servir.

— N'empêche, je trouve ça bizarre.

— Elle est riche. Les riches achètent plein de trucs débiles.

— Exactement. Tu ne trouves pas qu'elle se vante beaucoup ? C'est bon, on a compris qu'elle est millionnaire.

— Je ne trouve pas qu'elle se vante. C'est toi qui voulais regarder dans son armoire.

— Bon, c'est vrai. (Rennie se gratte une piqûre d'insecte sur le mollet. Ses jambes en étaient toujours couvertes.) Mais pourquoi est-ce qu'il faut qu'on enlève nos chaussures pour entrer ?

— Ça doit être un truc d'Asiats. En plus, toute leur maison est blanche. Ils ne veulent probablement pas qu'on ramène de la poussière ou de la terre de l'extérieur.

— Mais honnêtement, trois frigos ?

J'ai coupé court à la conversation en sautant du hamac.

— Arrête avec tes frigos, Ren. Contente-toi de distribuer les cartes.

Lorsque Lillia nous a de nouveau invitées chez elle quelques jours plus tard, j'ai forcé Rennie à m'accompagner.

— Laisse-lui sa chance, au moins, lui ai-je demandé.

J'espérais que nous pourrions regarder la télé sur son immense écran plat dans la salle de jeux. Peut-être que la mère de Lillia nous resservirait du brie et nous réinviterait à dîner. En plus, j'aimais bien Lillia. C'est sûr, elle faisait un peu sa crâneuse, mais ce n'était pas de sa faute si elle était riche et jolie. Au moins, elle était généreuse et prêtait ses affaires, contrairement à Rennie. Elle avait un coffret de maquillage avec toutes les couleurs de vernis à ongles dont on aurait pu rêver, rangés en demi-cercle et triés par couleur. Lorsque j'en ai choisi un violet pailleté appelé Beauté sombre, elle m'a dit que je pouvais le garder. J'ai poliment refusé, chose que j'ai immédiatement regrettée. D'autant plus que Rennie a jeté son dévolu sur un vernis rose fluo, que Lillia lui a dit qu'elle n'aimait pas la couleur et qu'elle pouvait le garder si elle le voulait. J'aurais pensé que Rennie aurait refusé comme moi, mais non. Son regard s'est éclairé, et elle l'a remerciée en le fourrant dans sa poche, comme si elle craignait que Lillia change d'avis.

Tout s'est passé petit à petit. Le rapprochement. Entre Rennie et Lillia. La plupart des personnes ne l'auraient même pas remarqué. Je ne suis même pas sûre que Rennie s'en soit aperçue. Mais lorsqu'on connaît quelqu'un aussi bien que je la connaissais, ce sont des choses qui se ressentent. Lorsque nous allions chez *Scoops* prendre une glace, Rennie partageait toujours un énorme sundae au caramel chaud avec moi, mais après l'arrivée de Lillia, elle a commencé à partager un sundae fraise avec elle. Autre exemple, lorsque nous prenions le bus pour aller au ciné, il y avait des sièges pour deux. Elle s'asseyait à côté de Lillia, et je m'installais devant elles. Lillia me faisait la conversation pour s'assurer de ne pas me laisser à part, mais ça ne pouvait que renforcer mon malaise. Je n'avais pas besoin de sa pitié. C'est moi qui l'avais invitée à se joindre à nous, pas l'inverse.

À la fin de ce premier été, lorsque Lillia est retournée à sa vraie vie, j'étais sûre que les choses allaient revenir à la normale. Et c'est ce qui s'est passé. Mais lorsque Lillia est revenue l'été suivant, Rennie a recommencé à la suivre comme son ombre. Comme elle le faisait avec moi avant. Je lui en voulais vraiment, mais à cette époque, ma mère était très malade, et j'avais besoin de ma meilleure copine, peu importe ce qu'elle avait à m'apporter. Lorsque Lillia a emménagé à Jar Island pour de bon et que Rennie et moi avons eu cette stupide dispute avant la rentrée, ça a été la fin de tout. Nous n'étions plus amies.

Le plus drôle, c'est que je suis à l'origine de tout. Après cette première fois chez Lillia où Rennie m'avait dit se méfier d'elle, j'aurais pu laisser tomber, mais non. C'est moi qui ai proposé de lui laisser sa chance, et Rennie a accepté. Avant tout ça, j'étais la seule que Rennie écoutait.

Le jour de notre rentrée en première année au lycée, Lillia a laissé un collier dans mon casier. Il venait de la boutique huppée de White Haven, celle avec un carillon quand on ouvre la porte. Elle en avait acheté un pour Rennie, et un autre pour elle. Ça devait être des colliers d'amitié. Dommage, l'amitié était déjà brisée.

Franchement, je ne sais pas pourquoi je l'ai gardé.

— C'est quoi, ton idée pour Rennie ?

J'ai l'air à peine intéressée, parce que je doute que son idée soit bonne. Je veux dire, tout ce qu'on a fait à Alex était cool, parce qu'Alex est un grand sensible et qu'il est facile à berner. Avec Rennie, je vais devoir passer à la vitesse supérieure et me montrer plus ambitieuse, plus cruelle.

Lillia frappe dans ses mains, en bonne cheerleader.

— Mon plan est tout simplement parfait. Dis-moi, c'est quoi le truc dont Rennie a toujours rêvé ?

— Des seins ? dis-je en haussant les épaules.

— Euh, ça aussi oui, répond-elle en gloussant. Mais ce n'est pas à ça que je pensais. (Elle fait une pause pour renforcer son effet.) Elle a toujours rêvé d'être élue reine du bal des étudiants, tu te souviens ?

Je hoche lentement la tête.

— Ouais.

Lorsque nous étions au collège, Rennie parlait de ça vingt-quatre heures sur vingt-quatre, sept jours sur sept. Être couronnée reine du bal des étudiants comme sa mère. Et reine du bal de promo, aussi. Rennie voulait tout.

— Ren se présente tous les ans. Elle pense que cette année, la couronne lui reviendra d'office. Elle n'admettra jamais à quel point elle crève de l'avoir. Mais je peux te dire qu'elle la veut vraiment. Tout ce que nous avons à faire, c'est nous débrouiller pour qu'elle ne l'obtienne pas. (Lillia me tape amicalement sur l'épaule.) Remercie-moi, Katherine. Celle-là, elle est pour toi.

J'éclate de rire. C'est du Lillia tout craché, ça, vouloir être remerciée pour le moindre truc qu'elle fait.

Je lui suggère d'en parler à Mary le lendemain au bahut.

— On ferait mieux d'aller chez elle dès maintenant, propose-t-elle.

Elle se penche pour caresser Shep et lui murmurer quelque chose à l'oreille.

— Sérieux ?

— Bah ouais, pourquoi pas ?

Lillia commence à escalader ma fenêtre, puis se retourne et me demande :

— Est-ce que ton père est toujours membre du club du pop-corn du mois ?

Elle se souvient des trucs les plus bizarres. Shep, ensuite Nelly, et maintenant la gourmandise préférée de mon père.

— Ouais.

— Et c'est quoi, ce mois-ci ?

— Caramel salé.

Son visage s'éclaire.

— C'est mon préféré ! On peut en emporter un peu ?

— Tu sais que tu ne pourras plus manger ce genre de truc à la fac, n'est-ce pas ? Sinon, gare aux kilos dès la première année, ma grande !

Lillia renifle et se défend :

— Toutes les femmes de la famille Cho ont un métabolisme très rapide. (Comme si c'était quelque chose dont on peut être fier.) Personne n'est en surpoids dans ma famille. Des deux côtés.

— Bon, d'accord ! Je vais voir s'il en reste.

Pat s'est enfilé pétard sur pétard dans le garage ce soir et il a toujours la dalle. Si on n'a plus de pop-corn, je prendrai des Oreo ou autre chose.

Nous sommes presque sorties quand je me souviens d'un truc et me retourne.

— Attends, Lil.

Je tends le bras sous mon lit et récupère ce que je cherchais. Le carnet d'Alex.

Lillia hésite, alors je le lui colle dans la main.

— Considère-le comme un trophée, lui dis-je. Tu l'as mérité.

XXVIII

MARY

JE N'AI AUCUNE idée de l'heure qu'il est, mais ça fait une éternité que je suis dans le noir.

Je suis allongée sur mon lit, les yeux grands ouverts, en short et caraco. Même si je suis fatiguée et que j'ai l'impression de ne pas avoir fait une bonne nuit depuis des années, je n'arrive pas à m'endormir. C'est comme si j'avais oublié comment faire.

Je pense donc à ma mère et à mon père, me demande pourquoi Kat se met autant de maquillage, alors qu'elle a de très jolis yeux, et ce que Lillia peut bien appliquer sur ses cheveux pour qu'ils soient si brillants. Je réfléchis au test de géométrie de vendredi et à ce que je vais porter à l'école demain. Je pense à tout et n'importe quoi pour me sortir Reeve de la tête. Mais rien ne marche. C'est comme s'il était là avec moi dans ma chambre, en train de me hanter.

Je roule sur le dos et fixe les poutres du plafond à travers l'obscurité. Je devrais demander à tante Bette si elle peut me conseiller une bougie à base de sauge ou d'encens à brûler pour me débarrasser de cette énergie négative. Tante Bette est à fond dans le New Age : lecture dans le marc de café, cartes de tarot, boules de cristal. Maman trouve que c'est débile, mais elle porte toujours la bague en pierre de lune que tante Bette lui a offerte pour son quarantième anniversaire. La pierre de lune est censée apporter des ondes positives et du bien-être dans votre vie. Je pourrais bien en avoir besoin également.

Quelque chose rebondit contre ma fenêtre et interrompt ma quiétude. Je soulève la tête de l'oreiller et regarde la vitre en retenant mon souffle. Ça recommence et, cette fois-ci, je vois quelque chose. Un petit caillou heurte le carreau.

Je me dirige nerveusement vers la fenêtre en jetant un œil à travers les rideaux d'un blanc immaculé. Lillia et Kat me font signe en bas.

Je pousse un grand soupir de soulagement, sors de ma cachette en souriant et les salue de la main.

— Rejoins-nous, Mary, me chuchote Lillia.

Soudain, j'entends la porte de la chambre de tante Bette s'ouvrir en grinçant au rez-de-chaussée. Je lève rapidement un doigt devant ma bouche face aux filles, saute dans mon lit, puis fais semblant de dormir.

J'entrouvre légèrement les paupières et vois tante Bette pousser ma porte de son pied nu et inspecter ma chambre du regard. Elle est en chemise de nuit et ses longs cheveux épais sont emmêlés et ébouriffés.

Sur la pointe des pieds, elle passe à côté de mon lit et s'avance jusqu'à la fenêtre. Avec un peu de chance, Lillia et Kat se sont cachées. Je préférerais qu'elles ne rencontrent pas tante Bette dans ces circonstances. J'aimerais mieux lui laisser une chance de se coiffer et de mettre du rouge à lèvres. En plus, c'est un soir d'école. Tante Bette s'est toujours montrée très cool, mais je ne veux pas trop tirer sur la corde.

Tante Bette regarde par la fenêtre ; son souffle chaud dessine un petit nuage sur la vitre. Ensuite, elle referme mes rideaux et retourne dans sa chambre.

Je sais que je ferais mieux d'attendre un peu qu'elle se soit rendormie, mais je ne veux pas que Kat et Lillia s'en aillent. Au bout d'une minute ou deux, j'attrape un pull et me faufile sans bruit en bas des escaliers.

Kat et Lillia sont assises sous notre immense pin dans le jardin. Elles sont toutes les deux adossées au tronc. Kat a les jambes étendues devant elle, Lillia serre ses genoux contre sa poitrine.

— Salut, les filles. Désolée d'avoir mis si longtemps. Ma tante...

Lillia bâille.

— C'était elle, là-haut ? Elle a un peu l'air d'une... sorcière. (Kat pousse un soupir réprobateur.) Désolée, ajoute-t-elle rapidement.

Je suis triste d'entendre Lillia dire ça, mais je sais qu'elle a raison. Je me laisse tomber sur le sol. Tante Bette a beau être ma tante préférée, elle a toujours eu des problèmes de dépression, à en croire ma mère. Je ne comprends pas vraiment pourquoi, parce qu'elle a le type de vie qu'on lit dans les bouquins. Elle a parcouru le monde, vendant ses peintures et rencontrant toutes sortes de gens intéressants. Elle était belle autrefois, et elle savait jouer à tous les jeux de cartes possibles et imaginables. Mais lorsque la déprime la rattrapait, elle devenait une tout autre personne. Elle avait même du mal à se lever de son lit certains jours. C'est pour ça qu'elle est venue vivre avec nous dans la maison pendant tout un été.

— Ma mère m'a raconté que quand elles allaient à la plage pendant leurs années de lycée, tante Bette savait s'y prendre pour se faire offrir une glace par n'importe quel garçon, si bien qu'elles n'avaient jamais besoin d'emmener de monnaie.

Je rejette mes cheveux derrière mes oreilles.

Kat colle une cigarette entre ses lèvres.

— Sans déconner ! dit-elle, et les mots font danser la flamme de son briquet.

Un long silence un peu gêné s'ensuit.

Lillia se frotte les mains et affiche un large sourire.

— Bon, Kat et moi on a trouvé un moyen de nous venger de Rennie lors du bal des étudiants.

— Oh, génial ! (Je m'oblige à déglutir.) Est-ce qu'elle sort avec Reeve ? J'ai entendu des filles qui en parlaient pendant le match de foot.

Lillia secoue la tête.

— Non. Je veux dire, elle a bien Reeve en ligne de mire, mais pas sûre qu'il voit les choses comme elle.

Je me redresse et ajoute :

— O.K. Simple curiosité.

— Très bien, revenons à nos moutons, annonce Kat. Les bulletins de vote pour le bal des étudiants sont distribués la semaine juste avant. Tout le monde vote, puis les bulletins sont conservés dans l'urne verrouillée qu'ils utilisent pour les élections du bureau des élèves. C'est vraiment ridicule, à mon avis. Ce qu'on va faire, c'est forcer cette urne et échanger suffisamment de bulletins pour que Rennie perde l'élection et ne soit jamais reine. Ce sera la plus grande déception de sa pauvre petite vie.

Lillia pose les mains sur ses joues et s'écrie :

— Je suis trop impatiente de voir sa tronche !

— C'est Lillia qui va gagner, c'est ça ?

— Non, répond Lillia en secouant la tête. J'ai pas envie de gagner.

— Pourquoi ? demande Kat, surprise. Rennie va péter un câble, tellement elle sera verte de jalousie.

Lillia se mord la lèvre.

— Je pense que ce sera encore pire pour elle si une autre lui prend sa couronne. Une fille à laquelle elle ne s'attend pas du tout. Comme Ashlin.

— Oh oui, Ashlin ! s'exclame Kat. Ma remplaçante. Je l'oublie toujours, celle-là. Est-ce qu'elle a la moindre personnalité ?

— C'est une gentille fille, réplique Lillia avec un regard noir à l'attention de Kat, et elle sera contente de gagner.

Kat hausse les épaules et tire une bouffée sur sa cigarette.

— Très bien, peu importe. Mais il nous faut encore un plan pour Reeve. (Elle recrache la fumée en un fin panache.) Tu as des idées, Mary ?

Je secoue la tête pour lui signifier que non.

— O.K, conclut Lillia patiemment. Qu'est-ce que vous voudriez qu'il lui arrive ? Commençons par là.

Je me ronge les ongles et réfléchis. Toute ma colère commence à bouillir à l'intérieur. C'est en partie pour ça que dans la mesure du possible, j'essaye de ne pas penser à Reeve. C'est une vraie boîte de Pandore. J'ai peur de soulever le couvercle et de revivre exactement ce qui m'est déjà arrivé. Mais peut-être qu'il faut en passer par là pour choisir la vengeance qui me satisfera.

Je prends une profonde inspiration et explique :

— Peu importe ce qu'on fait, ça doit être du lourd. Ça doit être cruel. Il doit souffrir autant que j'ai souffert.

Pour peu que ce soit possible.

Kat et Lillia se regardent, surprises par ma hargne, j'imagine. Je sais ce qui va suivre avant même que Lillia ouvre la bouche.

— Qu'est-ce qu'il t'a fait ? m'interroge-t-elle en chuchotant presque.

— Tu peux nous faire confiance, promet Kat. On ne dira rien à personne.

Lillia rejette ses cheveux sur une épaule et dessine une petite croix sur son cœur.

— Promis juré.

Je baisse la tête et laisse mes cheveux retomber sur mon visage. Je sais qu'il faut que je le fasse. Je dois raconter toute l'histoire à quelqu'un.

Je relève la tête et m'humecte les lèvres.

— Reeve m'avait donné un surnom très spécial. (Je sens les mots remonter jusqu'à ma bouche, brûlants et acides.) Grosse Pomme.

À la manière dont Kat plisse le front, je peux voir qu'elle s'attendait à quelque chose de pire.

— C'est quoi, l'histoire derrière tout ça ?

— J'étais très différente au collège. J'étais grosse. Et on étudiait New York en cours de géo.

— Sérieux ? Tu étais ronde ?

La surprise de Lillia résonne comme un compliment.

Je hoche la tête et retrousse mes manches.

— Carrément obèse, même.

— Du coup, il faisait des blagues bien grasses sur toi, dit Kat d'un ton sarcastique. C'est tout Reeve, ça.

Je me tords le cou pour regarder la fenêtre de ma chambre et m'assurer que tante Bette ne nous espionne pas. Les rideaux sont toujours tirés. Je retourne la tête et poursuis à voix basse :

— Vous vous souvenez que Reeve et moi, on allait à l'école Montessori de Belle Harbor ? En fait, on était les deux seuls élèves de Jar Island, et on prenait le ferry tous les jours. J'ai essayé de rester à distance, parce qu'on n'était pas partis du bon pied le jour de la rentrée.

Ensuite, je leur parle de l'incident de la cafétéria, lorsque Reeve a blagué sur le fait que j'allais finir son plateau. Je leur explique comment il a fait en sorte que personne ne veuille être vu avec moi en public. Kat et Lillia ne m'interrompent pas, mais de temps à autre, elles soufflent ou secouent la tête en signe de mécontentement. Chaque réaction est un encouragement qui m'incite à continuer mon récit. Je leur raconte le coup du couteau suisse et la fois où on est allés manger une glace.

— Après ça, on a développé cette espèce d'… (Il me faut une seconde pour choisir le bon mot.) Cette espèce d'amitié. (Ce n'est pas exactement le terme, mais rien ne semble convenir.) La traversée en ferry, c'était en quelque sorte notre moment à nous. Reeve disait « Nous les insulaires, on doit se serrer les coudes, pas vrai, Grosse Pomme ? ».

— Ouah, ouah, ouah, me coupe subitement Kat. Attends. Tu le laissais t'appeler Grosse Pomme quand il s'adressait à toi ?

Elle allume une cigarette, se met à genoux et se penche en avant.

J'ai du mal à la regarder.

— C'était différent quand on était sur le ferry, juste tous les deux. Bizarrement, ça n'avait pas l'air aussi méchant. (Je tire sur mon pull.) Mais une fois qu'on accostait, les choses changeaient. Il ne me parlait plus en public. Sauf... pour se moquer de moi.

— Quel salopard avec son double jeu, bougonne Kat. Il est pire que Rennie !

Elle écrase sa cigarette par terre et en allume aussitôt une autre.

Lillia me fixe du regard sans ciller.

— Mais pourquoi tu le laissais te traiter comme ça, Mary ?

— Parce qu'il se confiait à moi. Il se plaignait de son père, qui était un sacré pochtron, je pense. Il me disait que son père buvait, et qu'il hurlait sur lui et ses frères. J'avais de la peine pour lui.

— Tu avais de la peine pour lui ? répète Kat, incrédule.

— Il détestait son père. Il disait que son rêve était d'obtenir une bourse pour aller dans une grande université loin de Jar Island et ne jamais remettre les pieds ici.

Lillia s'esclaffe.

— Une bourse ? Reeve a des B et des C ! Son seul A, c'est en sport.

Kat secoue la tête.

— Tu ne peux pas savoir, parce que tu n'as pas grandi ici, explique-t-elle à Lillia. Autrefois, Reeve était le gamin le plus intelligent de notre classe. Je me souviens qu'il est allé dans cette école huppée grâce à une bourse. Ce n'était pas rien, parce que sans bourse, sa famille n'aurait jamais eu les moyens de l'y envoyer. Notre prof avait même organisé une fête d'adieu avec des cupcakes et tout le tralala.

Je poursuis mes explications.

— Je n'étais pas quelqu'un de spécial pour lui. Nous passions juste un peu de temps ensemble. Je savais à quel point les autres filles de l'école se donnaient du mal pour attirer son attention. Elles étaient toutes un peu amoureuses de lui. Mais si ça paraît dingue, je pense que j'étais fière de pouvoir passer du temps avec lui tous les jours.

Lillia grommelle, mais Kat confirme :

— Lil, il faut admettre que Reeve peut être le plus charmant des enfoirés quand il le veut.

— C'est vrai, concède Lillia. On peut voir les choses comme ça.

Je fixe le sol et reprends timidement :

— J'ai fini par me persuader qu'il y avait quelque chose entre Reeve et moi, que je le connaissais comme personne. Mais en réalité, le Reeve que je pensais connaître n'existait pas. Il ne faisait que me manipuler, me piéger pour que je baisse ma garde afin de pouvoir me faire encore plus de mal.

Je me rends compte que je suis en train de pleurer. C'est sans doute parce que je sais ce qui vient ensuite. L'histoire que je n'ai jamais racontée à personne.

Le vent se lève brusquement, comme si un orage se formait au-dessus de nos têtes. Mes cheveux me balayent le visage, me piquant les joues. Lillia remonte la fermeture Éclair de sa veste. Kat rentre ses mains dans ses manches. Aucune d'elles ne bouge.

En mon for intérieur, une voix m'ordonne d'arrêter de parler, parce qu'une fois que j'aurais tout dit à Kat et Lillia, je ne pourrai plus faire machine arrière et prétendre qu'il ne s'est rien passé. Malgré tout, je ravale ma peur et continue, parce que j'ai l'impression que je vais mourir si je garde ce secret une seconde de plus.

Je ne m'attendais pas à voir Reeve cet après-midi-là. Mme Penske avait gardé quelques élèves après la classe, dont moi, pour discuter de la fresque que nous devions peindre dans le gymnase. J'avais manqué le ferry de quinze heures et je pensais prendre celui de quinze heures trente. Mais Reeve s'était attardé lui aussi pour jouer au basket avec quelques amis. Lorsque j'ai franchi la barrière, Reeve a mis un dernier panier, et tout le monde a commencé à ramasser ses livres et à renfiler son blouson. Reeve m'a vue. J'ai continué de marcher vers l'embarcadère, mais plus lentement, afin qu'il puisse me rattraper.

Nous avions presque atteint le quai quand quelques garçons avec lesquels il jouait au basket ont couru derrière nous. L'un d'eux avait un carnet à la main, que Reeve avait apparemment oublié sur le terrain. Lorsqu'ils nous ont vus, ils n'en ont pas cru leurs yeux. Reeve et Grosse Pomme ensemble ? Ça ne rimait à rien.

Reeve ne m'a rien dit et a seulement accéléré le pas. J'ai fait la même chose pour rester à sa hauteur. Les garçons ont crié « Eh Reeve, tu oublies ton livre ! », mais Reeve a fait mine de ne pas les entendre. Il a quasiment sprinté sur les derniers mètres jusqu'au ferry, comme s'il avait peur de le louper.

Les voitures et les camions étaient déjà sur le pont réservé au fret, et il ne restait plus que les passagers qui attendaient de franchir la passerelle pour embarquer. Reeve et moi avons pris place au bout de la file, lui devant et moi juste derrière. Ensuite, les garçons de la classe se sont arrêtés à quelques mètres de nous. Ils ont tendu à Reeve son carnet et celui-ci a marmonné un « merci ». Puis, ils ont commencé à s'éloigner.

Je ne sais pas d'où ce courage soudain m'est venu. Peut-être était-ce parce que les choses allaient bien entre nous. Peut-être que je voulais mettre Reeve au pied du mur pour le forcer à reconnaître ce qui se passait. Peut-être que je me disais qu'il se fichait pas mal de ce que ces types pensaient de nous, de nos conversations.

Il y avait une chose dont j'étais sûre, toutefois. Reeve avait lancé le surnom de Grosse Pomme, et il s'était propagé comme un incendie. Mais s'il montrait à qui que ce soit de la classe que nous nous entendions bien, je savais que les moqueries cesseraient aussi vite. C'est dire s'il avait de l'influence.

Je me suis avancée à côté de Reeve et j'ai crié aux garçons « Et alors ? On est amis ! » aussi fort que possible. Ensuite, j'ai passé mon bras autour de l'épaule de Reeve et je lui ai souri.

Reeve m'a alors jeté un regard stupéfait. Il a cligné des yeux et semblait furieux. Il a hurlé « Dégage de là ! », puis s'est jeté sur moi, les paumes en avant, et m'a poussée vers les garçons de toutes ses forces.

Je n'avais pas la moindre chance. Mes tennis ont dérapé sur le gravier. Les garçons m'ont esquivée rapidement, dévoilant le bord de la passerelle. J'ai essayé de ne pas tomber à l'eau, mais peine perdue. À la dernière seconde, j'ai jeté les bras en avant pour tenter d'éviter de passer par-dessus le pont, et de minuscules échardes se sont plantées dans mes mains. La douleur m'a coupé le souffle, juste avant que je ne plonge dans l'eau.

Elle était si froide que j'avais du mal à bouger. Je savais que mes mains saignaient, parce que ma peau me brûlait malgré l'eau glacée. J'entendais leurs rires déformés au-dessus de moi.

— Oh l'autre ! On dirait un lamantin !

— Eh, le lamantin, tu as besoin d'un filet ?

— Nage, nage jusqu'à la rive, petit lamantin !

J'ai battu des bras et des jambes pour essayer de rester à la surface. Mais mes vêtements pesaient une tonne, et j'avais du mal à garder la tête hors de l'eau. J'essayais de respirer, mais j'avalais des litres d'eau salée.

Les dockers ont accouru, et l'un d'eux m'a jeté une bouée. Ils ont dû s'y mettre à deux pour me tirer sur la rive. Les passagers du ferry se sont penchés par-dessus bord pour me regarder.

Dès que j'ai atteint la terre ferme, j'ai vomi plusieurs litres d'eau de mer. C'est là que les garçons ont arrêté de rire et ont reculé pour échapper à ce triste spectacle. Le seul qui n'était pas présent, c'était Reeve.

Mes mains saignaient, mes vêtements étaient complètement trempés et couverts de graviers, et j'avais du vomi sur mes chaussures. Il m'a fallu une minute pour comprendre que mon tee-shirt était complètement transparent et collait à tous mes bourrelets. J'ai commencé à trembler, mais je n'avais pas froid. J'étais sur le point de craquer. Et c'est ce que j'ai fait. Je me suis mise à pleurer sans pouvoir m'arrêter.

Un employé du ferry m'a aidée à monter à bord, puis m'a laissée pour aller me chercher une couverture. Il est revenu avec une pile de serviettes en papier recyclé provenant des distributeurs des toilettes. J'ai essayé de me sécher avec, mais dès qu'elles étaient imbibées, elles se désintégraient, formant une pâte à papier immonde.

Pendant toute la traversée, je n'ai pas arrêté de sangloter.

Reeve était également à bord. Il avait pris place sur la première rangée de sièges près des fenêtres du pont, là où il avait gravé son nom. Il regardait droit devant par la fenêtre, en direction de Jar Island qui s'étendait à l'horizon. Il ne m'a pas accordé un seul coup d'œil et n'a pas reconnu ce qu'il avait fait. Il ne s'est même pas retourné une seule seconde, alors que je pleurais toutes les larmes de mon corps.

Lorsque nous avons atteint Jar Island, Reeve est descendu immédiatement. J'ai attendu que les autres passagers débarquent, puis je me suis faufilée hors du ferry et me suis cachée derrière un camion de livraison qui attendait d'embarquer pour le continent. Je pouvais voir ma mère qui m'attendait. Lorsque Reeve a couru hors du bateau, elle l'a salué de la main, mais il l'a ignorée, faisant semblant de ne pas la voir.

En mon absence, je savais que ma mère allait attendre le ferry suivant. Je ne pouvais pas supporter l'idée qu'elle me voie dans cet état. Je ne voulais pas qu'elle sache que le garçon dont je lui avais tellement parlé, celui que nous avions emmené manger une glace ce jour de pluie, m'avait fait ça.

J'ai décidé de rentrer chez moi en douce, de me changer et de faire comme si j'étais rentrée par le ferry suivant. Elle ne saurait jamais ce qui était arrivé, et mon père non plus.

Je me suis accroupie et cachée derrière les voitures. Une fois sortie du parking, j'ai gravi péniblement la colline jusqu'à la maison. Mes tennis trempées faisaient *sploch* à chaque pas. Je n'avais qu'une chose en tête: la manière dont il s'était conduit toutes les fois où nous étions ensemble. Comme si nous étions amis. Comme s'il s'intéressait à moi. Je ne pouvais pas m'imaginer lui faire face le lendemain matin, d'une part en raison de ce qu'il venait de me faire, d'autre part parce que je savais que je ne retrouverais jamais notre complicité. Aussi pathétique que ça puisse paraître, Reeve était le seul ami qu'il me restait.

Je suis montée dans ma chambre et ai ouvert mon armoire pour me changer. J'en avais vraiment l'intention. Mais au lieu de cela, je me suis retrouvée à fixer les poutres du plafond. Ensuite, j'ai récupéré une corde au sous-sol et, après quelques tentatives, je l'ai lancée au-dessus d'une poutre et ai fait un nœud coulant. J'ai traîné ma chaise de bureau, je suis montée dessus et j'ai glissé la corde autour de mon cou. Puis, j'ai fait un grand pas en avant et je me suis laissé tomber.

Mais au même moment, j'ai compris que je ne voulais pas mourir. J'ai commencé à lutter, à battre des jambes pour essayer d'atteindre ma chaise de bureau. La corde était si serrée que je ne pouvais pas respirer. Mon poids me faisait osciller comme un pendule, et mes pieds cognaient contre le mur. Je n'étais pas loin de perdre connaissance.

Heureusement, ma mère est rentrée à la maison. Elle a entendu mes pieds frapper contre la cloison. Elle est entrée et a hurlé en me voyant. Elle m'a fait descendre, a détaché la corde et m'a allongée par terre en appelant les secours. Elle m'a caressé les cheveux en attendant l'arrivée de l'ambulance.

KAT ET LILLIA me regardent, horrifiées.

— Dès que mon état a été stable, mes parents m'ont fait transférer dans un autre hôpital, loin de Jar Island. J'ai manqué l'école pendant une année, j'ai fait une thérapie, tout ça. J'ai passé plusieurs mois dans un service psychiatrique à essayer de convaincre les médecins et les infirmières que je n'allais plus essayer de me suicider. Et je n'en avais vraiment pas l'intention. La seule chose qui me permettait de tenir le coup, c'était l'idée que j'allais revenir ici un jour et faire payer Reeve pour tout ce qu'il m'avait fait.

Je soupire et je me sens déjà plus légère, un petit peu plus.

— Eh bien voilà, annonce Kat, nous devons tuer Reeve.

Je ne sais pas si elle plaisante ou pas. En tout cas, je l'espère.

— Je ne veux pas le tuer, dis-je pour être claire. Je veux juste qu'il ressente toute la douleur qu'il m'a fait endurer.

Je ne suis même pas sûre que ce soit possible.

— On va t'aider, Mary. On le fera payer pour ce qu'il t'a fait.

Des larmes roulent sur les joues de Lillia, mais ses yeux lancent des éclairs.

Je murmure un « merci ».

Kat a les jambes qui flageolent.

— J'ai envie de filer chez Reeve dès maintenant et de lui coller mon poing dans la gueule. Mais je sais qu'on peut faire mieux et le blesser encore plus à condition d'être patientes et de réfléchir à un plan. Il faut qu'on mette Reeve Tabatsky à terre et qu'il ne se relève pas.

Lillia s'essuie les yeux.

— On fait quoi, alors ?

— C'est toi qui le connais le mieux, ajoute Kat. Qu'est-ce qui compte le plus pour lui ?

— Le foot, répond machinalement Lillia. Le foot compte plus que tout pour lui.

Je m'exclame :

— Bah voilà ! Déjà, à l'école Montessori, il n'arrêtait pas de dire qu'il serait une grande star du foot lorsqu'il serait au lycée !

— Adjugé vendu, poursuit Kat. On va le faire virer de l'équipe.

Je lui demande comment elle compte s'y prendre. Je ne suis même pas sûre que ça soit possible. Reeve est notre quarterback star. Il n'y a pas d'équipe sans lui. Même moi, je le sais.

Le visage de Lillia s'illumine.

— La drogue ! Jar Island a une politique hyper stricte en la matière. Du style tolérance zéro. Depuis que ce type du lycée de Menlow s'est fait pincer à fumer de l'herbe, nos entraîneurs nous ont à l'œil pour s'assurer qu'on ne fait pas de conneries. Si on arrive à planquer de la drogue dans le casier de Reeve, il se fera sûrement virer de l'équipe, quarterback ou pas.

Je m'interroge.

— Mais s'il dit que la drogue n'est pas à lui et que l'école le croit ? Il pourrait se soumettre à un dépistage volontaire pour le prouver.

— Il faudrait lui faire prendre de la drogue à son insu, précise Kat. De l'acide, de l'ecstasy ou un truc qui le fasse triper.

C'est une chose de mettre de la drogue dans le casier d'un garçon, c'en est une autre de le droguer. Je lève les yeux vers Lillia et espère qu'elle va protester.

Mais elle n'en fait rien. Au lieu de cela, elle hoche la tête et dit :

— On n'a qu'à le faire pendant le bal des étudiants, quand tout le monde pourra profiter du spectacle. Il sera vraiment le roi du bal. On pourrait très bien le mettre hors circuit en même temps que Rennie. (Elle enroule une mèche de ses cheveux autour de son doigt.) Il pourrait même se faire renvoyer du bahut. Comme ça, tu n'aurais plus jamais à te préoccuper de lui, Mary.

— Tu en penses quoi ? me demande Kat. C'est ta revanche, après tout.

— Je vous suis.

Je me pince la main hyper fort pour m'assurer que je ne rêve pas.

XXVIII

KAT

On est vendredi soir. Tout le monde est sur le continent pour le premier match à l'extérieur, et je suis près du quai à attendre le dealer de mon frère qui doit arriver par le ferry de vingt heures.

Tout se déroule à merveille. Si seulement quelqu'un pouvait prendre une photo pour l'album du lycée. Je vois déjà le titre : Kat DeBrassio soupçonnée d'avoir drogué le quarterback.

Je suis adossée à un pilier du quai. Je fume une cigarette, alors que le ferry s'approche en soulevant des vagues noires. Pile à l'heure.

Je palpe la liasse de billets dans ma poche de devant. Soixante dollars en billets de cinq et de un, assez pour deux cachets d'ecstasy.

Je n'ai pas osé demander l'argent à Mary, parce qu'après l'histoire qu'elle nous a racontée, ce ne serait pas juste de la faire payer. À la place, j'ai taxé Lillia. Nous nous sommes retrouvées dans les toilettes des filles ce matin. Elle a défait la fermeture Éclair de son petit sac à main rose et en a sorti un minuscule porte-monnaie de la même couleur qu'elle a également ouvert. Tout ce qu'elle avait à l'intérieur, c'était son baume à lèvres, un tube de gloss irisé de chez Chanel (la couleur préférée de Rennie), son permis de conduire, un bonbon rouge et deux cartes de crédit.

Je lui ai dit que les dealers n'acceptaient que le cash.

Lillia s'est sentie mal et m'a promis de me rembourser. Je lui ai suggéré de m'acheter une cartouche de cigarettes ou peut-être quelque chose pour mon bateau, mais elle a commencé à se plaindre que sa mère surveillait ses comptes tous les mois, alors je lui ai dit de laisser tomber. J'ai pioché dans les économies que je me suis constituées en bossant cet été. Peu importe. C'est pas comme si soixante billets allaient ruiner mon plan d'épargne pour la fac.

Lorsque Lillia est entrée dans les toilettes pour pisser, j'ai ouvert son sac à main et en ai sorti le précieux gloss de Rennie. Quelle m'as-tu-vu. Il lui a probablement coûté une demi-nuit de salaire. En sifflotant, je le balance dans la poubelle.

Les voitures garées sur le pont allument leurs phares et débarquent du ferry. Je regarde les autres passagers, des hommes en costume, des femmes de ménage, des personnes en uniforme de supermarché qui franchissent à la queue leu leu la passerelle éclairée par de minuscules guirlandes de Noël.

Je commence à m'énerver parce que je ne vois pas Kevin, mais il est le dernier à descendre. Il porte la même veste en jean déchirée que d'habitude. Il a dû commencer à la porter quand il avait mon âge. Il flâne, s'arrête à mi-chemin pour s'allumer une clope, puis se remet en route.

Je me redresse et viens à sa rencontre. Il observe d'abord mes seins, puis mon visage. Typique de Kevin.

— Kat ? demande-t-il en plissant les yeux dans l'obscurité. C'est bien toi ?

— Salut ! (J'enfonce les mains dans mes poches arrière.) Pat m'a envoyée pour récupérer sa came.

— Oh, vraiment ?

Kevin coince sa cigarette entre ses dents et s'esclaffe.

L'air de rien, pour essayer de cacher que je mens comme un arracheur de dents, je lâche un simple « ouais ».

Tandis que Pat était sous la douche, je me suis servie de son téléphone pour envoyer un SMS à Kevin lui demandant de la drogue. Les amis de Pat, qui sont aussi les miens, font appel à Kevin. La plupart du temps pour de l'herbe. Il fait la traversée jusqu'à l'île tous les vendredis pour livrer ses clients. Même si Pat me laisse fumer avec lui de temps en temps, il me tuerait s'il apprenait que j'ai appelé Kevin pour commander des trucs plus costauds.

— Pat est au garage, il bosse sur sa moto. Il a acheté un starter bas de gamme et il n'arrive pas à le démarrer. Je lui ai dit de retourner cette merde et d'en commander un nouveau, mais tu sais comment il est. Bref, il m'a envoyée ici à sa place. (À la manière dont je le dis, je lui donne l'impression de me plaindre.) C'est vraiment un sale con.

— Pat ne m'a pas vraiment l'air d'un type qui touche à l'ecstasy.

Je ne sais pas si Kevin a des doutes ou s'il essaye seulement de faire la conversation. Dans les deux cas, il faut que je réfléchisse vite, parce que Kevin a raison. Pat est complètement accro à la fumette, mais c'est tout.

— Il sort enfin avec une fille, mais elle est pas terrible. Alors, peut-être qu'il a besoin d'aide ?

Kevin explose de rire au point de se mettre à tousser. Ensuite, il lève les bras au-dessus de sa tête et s'étire.

— Au fait, j'ai pas réussi à avoir de l'ecsta classique auprès de mon fournisseur. Alors j'en ai amené de la liquide. Je ferais mieux d'appeler ton connard de frère pour m'assurer que ça lui va.

De l'ecstasy liquide ? Ça va être plus facile pour Lillia de la glisser dans le verre de Reeve.

— Ça fait le même effet que l'ecsta ordinaire ?

— En fait, c'est plus fort.

Kevin tend la main vers son téléphone portable.

— Impec. Je suis sûre que Pat sera d'accord.

Je sors rapidement l'argent de ma poche et le tends à Kevin avant qu'il ne puisse composer le numéro.

Il me fusille du regard.

— Pas ici ! aboie-t-il en jetant un regard par-dessus son épaule. Viens avec moi.

Je reglisse donc l'argent dans ma poche et le suis en ville. Je me sens vraiment conne. Nous marchons jusqu'au *Bow Tie*, le restaurant où Rennie travaille, et nous dirigeons vers la porte qui donne sur les cuisines. On peut entendre toutes sortes de bruits de restaurant à l'intérieur : des gens qui font la vaisselle, des casseroles et des poêles qui s'entrechoquent, des types qui beuglent les commandes. Kevin doit vouloir faire la transaction ici parce que c'est à l'abri des regards. Je tends à nouveau la main vers mes billets, mais il me fait signe d'arrêter :

— C'est quoi ton poison, Kitty Kat ?

Trop subtil, le mec.

— Comme s'ils allaient me servir ici.

— Je suis en affaires avec les barmaids, t'inquiète. Laisse-moi deviner… (Il me reluque de la tête aux pieds.) Toi, t'es du genre à carburer au Sex on the Beach.

Je lève les yeux au ciel.

— Au whisky, plutôt.

Son visage s'éclaire.

— Bouge pas, je reviens.

— Attends. On peut faire la transaction ici ? Faut que je retourne voir Pat. Je veux pas qu'il s'inquiète.

— Accompagne-moi dans mes tournées ce soir, et je ne dirai pas à ton frangin que tu m'achètes de l'ecsta en prétendant que c'est pour lui. (Il soupire et regarde autour de lui.) On s'emmerde comme des rats morts sur cette île. Je ne sais pas comment les gens font pour vivre ici. Allez, tiens-moi compagnie. T'es la petite sœur de mon pote, je vais rien tenter. Je vais même te faire une réduc de cinq dollars. Allez, Kitty Kat. Je suis sûr que tu n'as rien de mieux à faire ce soir.

Je n'ai rien de prévu ce soir, mais peu importe. Je veux juste récupérer mon ecstasy et rentrer chez moi le plus vite possible, plutôt que de tenir compagnie à Kevin pendant ses livraisons. Mais je suis prête à me sacrifier pour l'équipe. Pour Mary.

— O.K, marché conclu.

Je patiente pendant que Kevin palabre dans la cuisine. Il revient quelques minutes plus tard avec deux verres. Une bière pour lui et un whisky pour moi. Le verre est petit, mais il est rempli à ras bord d'un liquide brun. Ça m'étonnerait que ce soit du premier choix. Ça doit plutôt être du tord-boyaux bon marché.

— Je le préfère *on the rocks,* dis-je, juste pour faire ma chieuse.

Quand je soulève le verre, un peu de whisky me coule sur les doigts. Je les lèche pour les nettoyer.

Kevin m'adresse un petit sourire en coin.

— Tu manques pas de culot, ma petite Kitty Kat, pas vrai ?

Flirter avec Kevin me donne envie de dégueuler, mais je sais ce que j'ai à faire pour arriver à mes fins. Peu importe. Je suis douée pour ça. Je ronronne et fais semblant de vouloir lui griffer le visage.

Je m'attends à ce que Kevin s'asseye avec sa bière, mais il sort du restaurant et s'éloigne, son verre dissimulé dans sa manche.

— Prochain arrêt, la maison de retraite de Jar Island.

Je fais probablement la grimace, parce qu'il ajoute :

— J'ai quelques clients atteints de glaucome là-bas qui ont besoin d'herbe.

J'imagine que c'est une sorte d'acte de charité pour lui d'aider les malades à se procurer de quoi fumer. C'est presque noble de sa part.

— O.K. (J'avale une gorgée de mon whisky et allonge le pas.) Je ne voudrais pas faire attendre les petits vieux.

Je passe deux heures avec Kevin, puis je le raccompagne au ferry. Tout est mort sur l'île, et je n'ai rien à faire, alors je décide de filer en voiture jusqu'à Middlebury pour rendre visite à Mary.

Je n'arrête pas de penser à elle après l'histoire qu'elle nous a racontée. La pauvre. C'est vraiment un miracle qu'elle ne souffre pas de stress post-traumatique ou d'une autre merde du même genre.

Je me gare devant chez elle et m'avance jusqu'aux marches du perron. Le salon est éclairé, et je peux voir les flashs intermittents d'une télévision. J'appuie sur la sonnette et attends.

Le volume sonore baisse, mais personne ne s'approche de la porte. Je sonne à nouveau, puis me penche au-dessus de la balustrade pour regarder à l'intérieur.

La maison n'a pas l'air habitée, on dirait qu'elle a été fermée à la hâte à la fin de l'été. Je vois un télescope en morceaux abandonné sur le sol. Une chaise recouverte d'un drap. Des piles de lettres non ouvertes, des journaux et des catalogues. Sans compter une dizaine de sacs-poubelles noirs remplis de je ne sais quoi.

C'est là que la tante de Mary passe à toute allure devant la fenêtre, comme si elle essayait de se cacher. Un frisson me parcourt l'échine lorsque je recule. Je me penche par-dessus la balustrade et jette un œil dans la chambre de Mary. Une lumière est allumée, mais elle s'éteint aussitôt.

Je dévale les marches à fond de train et cours jusqu'à ma voiture.

XXX

LILLIA

Le lundi matin, M. Peabody distribue les bulletins de vote pour le bal des étudiants pendant l'appel.

Pas de surprises ou presque. Rennie, la favorite absolue, figure sur la liste. Même si elle n'a pas mené de campagne acharnée, elle est sûre de l'emporter. Elle est la reine du lycée de Jar Island, comme elle en a toujours rêvé. Ensuite, il y a mon nom. Tous ceux susceptibles de voter pour moi voteront pour Rennie. Même ma propre sœur. Il y a Melanie Renfro également, qui est connue pour être une traînée, et récoltera donc les voix de certains garçons. Et Carrie Pierce, de la troupe de théâtre, qui n'a été nommée que parce que certains voulaient une reine « alternative » pour le bal des étudiants. La dernière de la liste est Ashlin, qui en a tout aussi envie que Rennie, mais ne le dira jamais, du moins pas à haute voix. Elle n'oserait pas. Ashlin va récolter un bon paquet de voix, parce qu'elle est gentille avec tout le monde, du moins en apparence. Elle n'a jamais battu Rennie à quoi que ce soit. Jusqu'à maintenant. Je suis vraiment contente de lui donner l'occasion de l'emporter sur Rennie cette fois-ci.

Je suis sur le point de cocher le nom de Rennie lorsque, à côté de moi, Rennie lève la main.

— Oui, mademoiselle Holtz ? demande M. Peabody.

Il a les bras croisés et semble déjà amusé. Les profs adorent Rennie. Ils pensent que c'est une fonceuse, une vraie boule d'énergie.

— Je peux dire quelque chose, monsieur Peabody ? (Elle n'attend même pas sa réponse et pivote sur son siège pour faire face au reste de la classe.) Avant que chacun vote, je voulais juste vous rappeler quelque chose. L'élection de la reine du bal des étudiants n'est pas un concours de beauté et ne désigne pas l'élève la plus populaire. Elle doit consacrer l'engagement, l'esprit de camaraderie et contribuer à faire de l'école un lieu plus agréable.

Comme si organiser des fêtes où tout le monde n'est pas invité contribuait à rendre le lycée plus agréable. C'est à vomir. Elle est tellement transparente que je me demande comment les autres font pour ne pas voir clair dans son jeu.

Rennie baisse les yeux d'un air faussement humble.

— Réfléchissez à ça lorsque vous voterez.

Dès qu'elle a terminé son petit speech, Rennie me chuchote :

— Le titre est à moi.

En lui montrant mon bulletin sur lequel j'ai coché son nom, je lui murmure :

— Personne ne le mérite autant que toi.

Elle se penche vers moi et me tapote le genou.

— T'es la meilleure, Lil.

Mes chaussettes n'arrêtent pas de glisser. Je préférerais porter un jogging ou un legging, mais Rennie répète en boucle que ça fait partie de la tradition du match des filles. Je lui ai demandé si on ne pouvait pas simplement attendre le jour J pour porter la tenue complète. Ce n'est qu'un entraînement, après tout. Mais non.

Comme toujours, le match des filles se déroule la veille du match officiel qui précède le bal des étudiants. Ce jour-là, les cheerleaders jouent au foot, et les footballeurs s'habillent en cheerleaders pour les encourager.

Dès qu'il a été annoncé que Reeve coacherait une équipe et Alex l'autre, Rennie s'est portée volontaire pour être la capitaine de l'équipe de Reeve. Ashlin est la capitaine de l'autre équipe, et elle a remporté le tirage à pile ou face l'autorisant à choisir ses coéquipières en premier. J'ai prié pour qu'elle me désigne, et c'est ce qu'elle a fait.

Évidemment, je déteste Alex, mais Reeve est à vomir. Avant, je pensais que son ego, son orgueil étaient une façade. Personne ne peut être aussi imbu de sa personne. Pourtant, désormais, je sais que c'est la vérité. Je me demande s'il a repensé à Mary depuis ce jour. S'il s'est rendu compte de l'enfer qu'il lui avait fait vivre. J'en doute. Je doute même qu'il se souvienne de son nom. Franchement, la mort serait un châtiment encore trop doux pour ce monstre.

De l'autre côté du terrain, Reeve ne lâche pas son sifflet. Je le regarde rejeter la tête en arrière et hurler :

— Je veux du sang, les filles, donnez tout !

Il adore son rôle. Forcément, son équipe va gagner, car Reeve est un dieu du football et que lui et Rennie sont des super compétiteurs.

Alex n'a même pas de sifflet. Notre équipe se contente de se faire des passes et de laisser tomber le ballon plus souvent qu'elle ne l'intercepte. Ashlin crie à chaque fois que le ballon lui frôle le visage, et je n'arrive même pas à tenir correctement ce truc énorme. Je me demande même pourquoi on n'utilise pas un ballon en mousse. Il pourrait y avoir des blessées.

— Les filles ! appelle Alex en tapant dans ses mains. Faites quelques tours de terrain pour vous échauffer, O.K ? Ensuite, on s'entraînera à faire quelques combinaisons.

Certaines filles obéissent, mais je fais semblant de ne pas l'avoir entendu et continue de jeter le ballon à Ashlin. Il atterrit loin d'elle, et elle court le ramasser.

Je lui crie « Désolée ! »

Je sens qu'on me tape sur l'épaule et me retourne. C'est Alex.

— Cho, faut que je te parle une seconde.

J'ai du mal à soutenir son regard. Hier, je l'ai vu discuter avec Nadia dans la cour, et je me suis presque sentie bête à l'idée d'avoir été à deux doigts de laisser tomber les filles pour le coup du maillot. En fait, je regrette qu'on n'en ait pas rajouté une couche avec Alex. Mais ce n'est plus mon tour.

Je lui réponds :

— Euh, j'essaye de m'entraîner, là.

— Tout de suite ! aboie-t-il en se dirigeant à grands pas vers les gradins.

Je fais la grimace à Ashlin, qui hausse les épaules et se met à trottiner derrière les autres filles autour du terrain.

Je suis Alex et croise les bras.

— Oui, coach ? dis-je, histoire de me la jouer garce.

D'une voix pressante, il me demande :

— C'est quoi ton problème avec moi ?

Je le dévisage. Je pensais qu'il allait me gueuler dessus parce que je ne faisais pas de tours de terrain.

Même si je suis ravie qu'il sache que je lui en veux, je me contente de répliquer :

— Je n'ai pas de problème avec vous, coach. Je peux y aller maintenant ?

— Arrête de m'appeler coach ! Je croyais qu'on était amis, mais ces derniers temps, on dirait que tu me détestes. Je ne pige pas pourquoi.

Alex est-il vraiment aussi con ? Je devrais certainement tenir ma langue, mais je ne peux pas m'empêcher de l'ouvrir. Je regarde autour de moi pour m'assurer que personne ne peut nous entendre, puis je lui lance :

— Tu veux être mon ami ? Je vais te dire comment faire. Arrête d'appeler ma sœur. En fait, ne lui adresse plus jamais la parole. (Alex ouvre la bouche comme s'il allait protester, mais je continue.) Ne viens plus chez nous en pleine nuit pour lui faire faire le mur, ne la fais pas boire à des fêtes, ne…

— Tu te plantes complètement ! Je ne l'ai pas fait boire !

— Bah voyons ! J'ai trouvé son haut. Et je sais qu'elle a dormi chez toi cette nuit-là. Elle n'a que quatorze ans, espèce de pervers !

Alex est tellement incrédule qu'il en reste bouche bée. Puis, il se braque et rétorque :

— Un pervers, moi ? Je vais te donner la vraie version des faits. Pour commencer, je ne l'ai jamais fait boire. Elle a piqué du rhum avec ses copines, et quand je les ai surprises, elle était déjà complètement faite. Pendant que tu étais à une autre fête, je nettoyais son vomi et je faisais en sorte qu'elle ne parte pas et ne se fasse pas choper par tes parents ! (Sa pomme d'Adam monte et descend dans sa gorge, et ses poings sont serrés.) Ses copines se sont barrées, alors elle a dû passer la nuit chez moi. Je suis resté debout jusqu'au matin pour m'assurer qu'elle ne s'étouffait pas dans son vomi. Alors, merci bien !

— Si c'est vrai, dans ce cas, pourquoi tu as filé en douce avec elle au milieu de la nuit le jour de la rentrée ? N'essaye même pas de nier. Je t'ai vu la déposer.

— Parce qu'elle m'avait appelé en pleurs ! Elle voulait s'assurer que tu n'apprendrais jamais qu'elle était soûle cette nuit-là. Elle m'a fait promettre de garder le silence. C'est dire si ce que tu penses d'elle compte à ses yeux. (Il pousse un soupir impatient en secouant la tête.) Je lui ai dit que tu avais parfaitement le droit d'être fâchée, et que j'allais l'avoir à l'œil, moi aussi. Et que si jamais elle rebuvait en ma présence, je ferais en sorte que tu sois mise au courant.

Je reste silencieuse, me contentant de regarder le terrain derrière nous où les autres filles enchaînent les tours. Je frissonne à présent.

— Je peux pas croire que tu aies pensé ça de moi, Lillia. Toi et moi, on est potes depuis le collège ! Nos familles sont amies : Nadia est quasiment ma petite sœur. Jamais je n'aurais de vues sur elle. (Il chasse une mèche devant ses yeux. Maintenant que le soleil ne tape plus aussi fort que pendant l'été, ses cheveux sont moins blonds et les reflets cuivrés se sont atténués. Ils sont plus longs également.) Ce serait carrément malsain.

— Je suis désolée.

Je ne sais pas quoi ajouter.

— Ne t'inquiète pas pour ça.

Je ressens soudain le besoin de tout lui avouer, de m'excuser platement comme il le mérite. Mais c'est impossible. Parce qu'il ne s'agit pas que de moi. Kat et Mary sont également impliquées. Je les ai mises en danger pour rien.

Je tremble, parce que j'ai froid et que je suis malade de ce que j'ai fait.

Alex s'avance d'un pas. Il descend la fermeture Éclair de son coupe-vent, l'enlève et le pose sur mes épaules. Il sent bon le linge propre.

— Ça va ? me demande-t-il, tout près de moi. (Si près que nous nous touchons presque.) Je ne peux pas m'imaginer qu'on ne soit plus amis.

Doucement, il ajoute :

— Tu comptes beaucoup pour moi. Tu as toujours compté et tu compteras toujours.

J'ouvre la bouche pour parler, mais avant que je ne puisse dire quoi que ce soit, il s'éloigne et retourne sur le terrain. En trottinant, il me lance :

— Ne crois pas que je vais te dispenser de tes tours de terrain, Cho !

Je m'exécute, jusqu'au dernier tour. Parce que si je m'arrête, je vais commencer à penser à ce qu'il a dit et à ce que j'ai ressenti en l'écoutant.

***

Le jeudi, jour du match, PJ me surprend en m'offrant un Tupperware rempli de cookies. Je suis sûre que c'est sa mère qui les a faits, parce qu'ils sont emballés dans du papier sulfurisé et qu'ils sont moelleux et parfaitement sucrés, mais ça me va. Tout ce qu'Ashlin reçoit de Derek, c'est un sachet de chips déjà entamé. Pourtant, elle est quand même ravie parce qu'elle l'adore et qu'elle accepterait tout ce qu'il pourrait bien lui offrir. Reeve a préparé des biscuits protéinés pour Rennie. Ils sont aussi durs que la brique et ressemblent à du crottin de cheval, mais pendant le déjeuner, Rennie les dévore jusqu'au dernier en faisant son cinéma habituel.

Des tas de gens viennent nous voir jouer. Pas autant que pour un match officiel, mais quand même. Les garçons de l'équipe portent des uniformes de cheerleaders et des perruques, et nous encouragent le long du terrain. C'est super drôle. PJ porte une longue perruque noire et il essaye de faire des *toetouches*, mon mouvement préféré.

Comme je l'avais prédit, l'équipe de Rennie et Reeve l'emporte. Rennie marque l'unique *touchdown* du match et elle assomme presque Teresa pour parvenir jusqu'à la zone d'en-but. Une fois le match terminé, Rennie saute sur le dos de Reeve qui la porte en dehors du terrain en s'égosillant. Comme s'ils avaient gagné la médaille d'or aux jeux Olympiques.

Ils feraient mieux de savourer leur victoire pendant qu'ils le peuvent. Parce que bientôt, ils vont goûter à la défaite, et pas qu'un peu.

XXXI

MARY

D'APRÈS LILLIA, LA coach Christy ferme toujours son bureau à clé. Il y a dix minutes et trente-trois secondes, elle y est entrée avec l'urne contenant les bulletins de vote du bal des étudiants. Sa porte est entrouverte. Elle tape sur son ordi depuis sept minutes et dix secondes. Je le sais, parce que je fixe l'horloge au bout du couloir depuis tout ce temps. Je suis adossée aux casiers, et Kat fait semblant d'envoyer des SMS près de la fontaine à eau.

À seize heures précises, Lillia passe devant Kat et moi, sa queue de cheval battant l'air.

— Coach Christy ! appelle-t-elle frénétiquement. Faut que vous veniez tout de suite ! Il y a une urgence dans le vestiaire des filles !

— Que se passe-t-il, Lillia ? l'interroge la coach Christy en sortant de son bureau.

— Vite, dépêchez-vous ! implore-t-elle en la tirant par la manche. Je pense qu'une des filles de première année fait une crise de nerfs ou un truc dans le genre. Elle est complètement flippée !

Puis, elles disparaissent toutes les deux dans le couloir.

Kat et moi échangeons un sourire et, après avoir jeté un rapide coup d'œil autour de nous pour nous assurer que personne ne regarde, nous entrons dans le bureau.

Je reste accroupie près de la porte pendant que Kat file tout droit vers l'urne. Elle a expliqué que Pat lui a appris à forcer les cadenas quand elle était gamine. Tout ce qu'il lui faut, c'est un morceau de canette. Même si ça me semble complètement dingue, elle l'ouvre en cinq secondes environ et en renverse le contenu sur le bureau de la coach Christy.

— On dirait que Reeve a gagné sans notre aide ! grogne Kat en parcourant les piles de bulletins.

— Je suis pas étonnée. C'est le plus beau gosse de tous les dernière année.

Kat m'adresse un regard étrange, mais c'est la vérité.

Elle fourre une partie des bulletins dans sa besace. Des voix pour Rennie, j'imagine. Rennie ne va pas se pavaner sur la scène avec lui. Dommage pour elle. Elle n'avait qu'à pas jouer les tyrans.

Je garde les yeux fixés sur le couloir. Lillia et la coach peuvent revenir d'une minute à l'autre.

Je murmure :

— T'as bientôt fini ?

— Je compte juste pour être sûre qu'Ashlin a suffisamment de voix, dit-elle, la tête baissée.

C'est là que j'entends Lillia crier dans le couloir : « Oh mon Dieu. Je pensais qu'elle pleurait, mais en fait, elle devait être en train de rire ! »

— Kat !

Kat lève brièvement les yeux.

— J'ai pas fini de compter !

— Faut qu'on se planque !

Kat fourre les bulletins dans l'urne, puis jette des regards affolés dans la pièce, avant d'apercevoir le coffre de rangement. Elle me fait signe de la suivre, mais lorsqu'elle l'ouvre, il est bien trop petit pour nous deux.

Lillia continue à bavasser, et elles sont juste derrière la porte.

— C'est dingue ! Je veux dire, je crois même avoir entendu dire qu'elle se tailladait, mais j'ai dû me tromper. Peut-être qu'elle souffre simplement de troubles de la personnalité. (Elle glousse nerveusement.) On est tous un peu sur les nerfs avec le bal des étudiants qui arrive.

Je me rue vers la porte du bureau et jette un coup d'œil dans le couloir par un interstice entre les gonds.

— Eh bien, j'apprécierais que tu me tiennes au courant, Lillia. Je veux savoir ce qui se passe dans mon équipe.

— Je n'y manquerai pas.

— Il y a autre chose ?

À travers l'interstice, le regard de Lillia croise le mien. Ses yeux sont exorbités. C'est là que le téléphone sur le bureau de la coach Christy se met à sonner.

— Il faut que je réponde, abrège-t-elle.

La coach Christy attrape la poignée de la porte. Je vois ses doigts s'enrouler autour. Elle va la fermer pour pouvoir discuter en privé. Si elle le fait, je suis foutue. Je m'efforce de ne pas respirer. Je recroqueville les orteils autant que possible et ferme les yeux. On va se faire pincer, et ce sera de ma faute.

— Attendez ! s'écrie Lillia.

— Je suis à toi dans une minute, Lillia.

La coach Christy cesse brutalement de parler, et mon cœur manque de s'arrêter. J'ouvre les yeux. Mais elle ne m'a pas vue, finalement. Elle hurle « Lillia ! » et se rue à l'extérieur.

Je jette un œil. Lillia semble s'être évanouie. Elle n'est plus qu'un petit tas sur le sol du couloir. La coach Christy la secoue pour essayer de la réveiller. Lillia cligne des yeux.

— Je ne me sens pas très bien, murmure-t-elle. Vous pouvez m'accompagner à l'infirmerie ?

La coach Christy la décolle littéralement du sol et jette le bras de Lillia autour de ses épaules. Puis, elles s'éloignent.

Sans grande discrétion, je murmure à Kat :

— Elles sont parties !

Elle sort à quatre pattes du coffre.

— On n'est pas passées loin !

Je me dis qu'elle va retourner compter les bulletins, mais au lieu de cela, elle court jusqu'au couloir, et je la suis.

— Ouah, la vache ! beugle Kat, une fois que nous sommes sorties.

— J'étais sûre qu'elle m'avait vue.

— Eh bien, apparemment, elle n'a rien vu ! se réjouit Kat en levant le poing en l'air en signe de victoire. Je regrette juste de ne pas avoir vu la performance de Lillia. *Je ne me sens pas très bien*, ajoute-t-elle en l'imitant.

J'essaye de sourire, mais quelque chose me chiffonne.

— Tu es sûre qu'Ashlin aura suffisamment de voix pour gagner ?

— Je suis sûre que ça va le faire. Il y avait plein de voix pour elle, et j'ai dû retirer une vingtaine de bulletins pour Rennie. (Elle enfonce les mains dans son sac et en retire deux grosses poignées de bulletins.) On a réussi, fais-moi confiance.

XXXII

LILLIA

Le tableau de marque égrène les dernières secondes en gros chiffres blancs lumineux. Trois, deux, un. L'arbitre court jusqu'à la mouette hargneuse peinte sur la ligne des cinquante yards et empoigne la corne de brume attachée à sa ceinture. Je ne l'entends même pas retentir à cause des acclamations du public.

On les a assassinés.

Jar Island : 38 – Tansett : 3. Victoire des locaux avant le bal.

Reeve conduit notre équipe en dehors du terrain en brandissant son casque au-dessus de sa tête. Il dégouline de sueur, ses cheveux semblent plus foncés et frisottent. Il y a tout un tas de recruteurs le long des lignes de touche, des hommes portant des coupe-vent aux couleurs de différentes universités, tenant des blocs-notes et des caméras.

L'un d'eux sourit fièrement à Reeve, comme s'il était son père.

Toutes les cheerleaders bondissent en se serrant dans les bras. Je regarde autour de moi pour trouver Rennie. Elle est à côté de Nadia et lui ébouriffe les cheveux. La queue de cheval de Nadia est toute défaite, mais elle s'en fiche. Ensuite, Rennie effectue une série de flips arrière. Je suis étonnée qu'elle n'ait pas la tête qui tourne depuis le temps, parce qu'elle les a enchaînés pendant tout le match. Rennie en a fait des tonnes pour soutenir Reeve, comme si elle pensait que les recruteurs allaient lui offrir une bourse à elle en tant que cheerleader personnelle.

Je secoue mes pompons sans grand enthousiasme. Le public vient toujours nombreux au match qui précède le bal des étudiants. Quasiment toute l'école est présente : il y a les profs, les parents et même quelques anciens élèves. Tout le monde répète en chœur nos cris d'encouragement et ils connaissent toutes les paroles de nos chansons.

Reeve a vraiment fait un match de folie. Il a enchaîné les passes à la perfection. Il a même traversé tout le terrain pour marquer un *touchdown*. Nos supporters se sont époumonés à crier son nom, mais sans moi.

Je ne sais pas si Mary est venue assister au match. Je ne l'ai pas vue dans les gradins. J'espère pour elle qu'elle est restée à la maison.

Alors que PJ passe à côté de moi, je lui donne une petite tape sur l'épaule. Il n'a même pas transpiré.

Je le félicite en effectuant un bref sauté groupé.

— Bon match, PJ !

Il sourit et brandit le poing en l'air.

Alex le suit de près. Il passe devant notre banc, puis fait demi-tour, s'approche à petites foulées et, avec un grand sourire, nous crie :

— Merci pour le bon boulot ce soir, les filles !

En souriant, je hoche la tête dans sa direction.

Nadia hurle « De rien ! » Ses amies se tombent dans les bras en gloussant bêtement.

Il y a quelques semaines de cela, cette scène aurait gâché ma nuit. Mais après avoir parlé à Alex, je sais que je n'ai pas de souci à me faire. Je le crois lorsqu'il affirme qu'il ne s'intéresse pas à Nadia. Il ne ferait jamais un truc qui me déplairait. Du coup, je me dis que ma vengeance a été une réussite. Les choses sont redevenues comme avant. Quand Alex faisait tout ce que je lui demandais. Seulement maintenant, je vais arrêter de profiter de lui. Il a des sentiments, lui aussi.

Les garçons rassemblent leur équipement et se dirigent vers les vestiaires. Tous, sauf Reeve, qui est immédiatement cerné par les recruteurs. La fanfare termine le morceau de la victoire, et les gradins se vident progressivement. Certaines filles rangent leurs pompons dans le grand sac de sport de l'équipe.

Rennie les voit faire et vire au rouge. Elle se rue vers elles en hurlant :

— Vous devez rester jusqu'à ce que le dernier joueur soit rentré au vestiaire !

Je ne me souviens pas de cette règle. Ashlin non plus, apparemment, parce qu'elle hausse les épaules d'un air confus. Il ne reste plus que Reeve sur le terrain, et on trouve bizarre de continuer à l'encourager alors qu'il discute avec les recruteurs. Rennie doit se dire la même chose, parce qu'elle finit par soupirer et ordonner aux nouvelles de décrocher les bannières et de charger l'équipement à l'arrière de sa Jeep. Elle confie ses clés à Nadia.

SUR LE CHEMIN du retour, Rennie déborde d'énergie. Elle a mis un CD de cheerleaders, des tubes joués dans les clubs dont le tempo a été accéléré. Le volume de sa radio est au maximum, et les basses font saturer les enceintes. Je baisse un peu le son.

— Tu ne trouves pas que ce match était génial, Lil ?

— Carrément.

L'espace d'une seconde, je m'inquiète de ne pas avoir été aussi convaincante que je le voudrais et j'ajoute d'un ton enjoué :

— Tout le monde va être de super bonne humeur ce soir pour le bal.

Rennie acquiesce.

— On devrait réfléchir à une nouvelle choré de mi-temps pour les *play-offs*. Juste histoire de garder le rythme.

Puis, elle tend le bras vers le siège arrière à la recherche de son sac à main. Nous manquons de quitter la route.

Je jure que Rennie est la pire des conductrices. Je repousse son bras vers le volant et lui demande :

— Tu veux quoi ? Je vais te le passer.

— Tu peux appeler Ash ?

Je m'exécute, mets Ashlin sur haut-parleur et tiens mon téléphone entre nous.

— Salut, Ash ! lui lance Rennie. Je ne sais pas pour toi, mais je suis au taquet en ce moment. Faut qu'on fasse quelque chose.

— T'as qu'à passer ! propose Ashlin. Tu pourras enfin voir mon nouveau sauna !

L'idée me plaît. Je suis déjà allée au sauna quelques fois, lorsque ma mère m'emmenait au spa avec Nadia. Ce serait cool de se détendre un peu, surtout que plus on approche de demain, plus je me sens nerveuse à propos de notre plan.

Je regarde l'horloge sur le tableau de bord de Rennie. Il est vingt-deux heures trente. Mary et Kat sont censées venir à la maison plus tard pour tout passer en revue, et Kat doit apporter l'ecstasy.

Mais il me reste beaucoup de temps d'ici là. Je leur ai dit de se pointer à deux heures du mat', parce que je sais que ma mère et Nadia seront déjà endormies.

Je réponds à Ashlin :

— Ça me dit bien !

— *Yes !* Ashlin, appelle PJ, Alex et Derek. Je me charge de Reeve.

D'une voix triste, Ashlin précise :

— Derek ne peut pas venir. Il a une réunion de famille.

Je pose la main sur le combiné.

— Et si on restait entre filles ?

Rennie me rit au nez.

— T'inquiète, on ne va pas jouer au jeu de la bouteille. Promis juré. À plus, Ash !

Je raccroche et Rennie pointe le menton vers moi.

— Maintenant, appelle Reeve.

Je trouve son nom dans mon répertoire et m'exécute.

— Salut, Cho ! (Apparemment, Reeve est déjà en train de célébrer sa victoire.) Tu m'appelles pour me féliciter ? C'est vraiment mon jour de chance.

Avant que je puisse répondre, Rennie lève une main du volant et m'arrache le téléphone pour crier :

— Hourra pour Reevie !

Une demi-heure plus tard, nous sommes tous les six chez Ashlin à descendre des bières dans son sauna. Son père l'a fait installer dans le pool house. C'est une pièce immense avec un plancher en cèdre. Du lambris recouvre les murs et une grande porte vitrée donne sur la piscine et le jacuzzi. La lumière est tamisée à l'intérieur et la chaleur me fait somnoler.

Ashlin est en bikini. Elle m'en a proposé un ainsi qu'à Rennie, mais Ash a des seins énormes et ses hauts ne risquent pas de nous aller. Je suis donc en sous-vêtements et je porte un grand tee-shirt que j'ai emprunté au petit frère d'Ashlin, qui doit dépasser le mètre quatre-vingt, alors qu'il est seulement au collège. Rennie, elle, est seulement en soutif et petite culotte, allongée sur un banc en bois, les yeux fermés, comme si elle posait pour un magazine masculin.

Je connais ces gars depuis des années, mais je trouve trop bizarre que Rennie se promène en sous-vêtements devant eux. En plus, la chaleur sèche commence à me donner mal au crâne. J'avale une gorgée de bière et tiens la bouteille contre mon front.

— Je devrais demander au coach d'en installer un dans nos vestiaires, suggère Reeve. C'est bon pour les muscles.

Reeve est en boxer noir, et la sueur ruisselle sur ses abdos. Alex et PJ lui font face, en boxer également, avec des serviettes autour de leur tête.

— Chiche ! dit Rennie. Je parie que le coach le ferait si tu le demandais. Tu es sa grande star, après tout, celui qui va nous faire monter en nationale cette année !

Rennie lâche un grand « ouaiiiiiiiis ! » qui résonne dans toute la pièce.

PJ se racle la gorge.

— Hum, hum. Et le kicker, alors ? N'oublie pas qu'à chaque fois que Reeve marque six points, j'en ajoute un septième au compteur. N'est-ce pas, Lil ?

— Exact.

— Sérieusement, Reevie, ajoute Rennie. Tous ces recruteurs veulent t'avoir dans leur équipe. Comment tu vas faire pour choisir la fac où tu vas aller ?

— Voilà comment je vais faire, expose-t-il en reposant sa bière. Pour commencer, ça doit être une université prestigieuse avec un bon programme de communication. Ensuite, j'étudierai sa réputation en matière de fêtes. Après, je choisirai la ville, parce que je veux un coin chaud et ensoleillé. (Il arrache la serviette de la tête d'Alex et la pose sur la sienne.) Et en cas d'*ex aequo*, il me restera toujours mon édition Université de *Playboy* pour savoir où trouver les plus jolies filles.

Je frissonne et croise les bras sur ma poitrine. Je ne peux pas m'empêcher de lui lancer :

— Tu as de la chance que ces facs ne soient pas trop regardantes sur tes notes.

Puis, d'une voix mielleuse, je précise ma pensée :

— Je veux dire, si tu n'avais pas le foot, qui sait où tu serais accepté ?

PJ éclate de rire, tout comme Alex.

Reeve me répond du tac au tac :

— On n'a pas tous la chance d'appartenir à une minorité ethnique, n'est-ce pas, Cho ?

Tout le monde rit cette fois-ci. Je prends une autre gorgée. Une grande.

Nous discutons un moment du match, puis Rennie harcèle Reeve pour qu'il le recommente à sa manière. Je regarde la bouteille de bière de Rennie en espérant qu'une fois qu'elle l'aura terminée, elle sera prête à me ramener chez moi. Kat va me passer un savon si je suis en retard, et en plus, j'ai un couvre-feu à respecter.

PJ a une montre qui bipe toutes les heures. Lorsqu'elle annonce qu'il est une heure du matin, j'enchaîne les bâillements, toutes les minutes environ. Parfois ils sont vrais, parfois non. Le dernier est feint.

— Tu es fatiguée, Lillia ? me demande Alex.

— Ouais.

Je croise le regard de Rennie. Mais Ashlin se lève et verse une louche d'eau sur les pierres brûlantes, emplissant l'espace de vapeur grésillante.

Alex se lève et s'étire.

— Je pense que je ne vais pas pouvoir supporter cette chaleur encore bien longtemps, annonce-t-il.

Rennie lui lance « Dans ce cas, va me chercher une autre bière » et part dans un rire hystérique.

— Tu ne devrais pas rester debout si tard, lui dis-je. Demain, ce sera ton grand jour. Tu ne voudrais pas avoir des cernes.

— Mais je suis hyper détendue, proteste-t-elle d'une voix pâteuse en jetant des regards à Reeve.

— Allez, viens, on y va, Rennie. Je vais conduire.

Rennie fait une grimace à Reeve et ajoute :

— Y'a un truc qui déconne avec ses oreilles ou quoi ? Elle m'entend pas ?

Puis, elle me regarde et me vanne :

— Test, test, un deux, un deux.

J'ai envie de la gifler.

— Je te ramène chez toi, Lillia, me propose Alex.

— Génial !

J'ouvre la porte du sauna et me faufile dehors. Rennie peut faire ce qu'il lui plaît. Qu'est-ce que j'en ai à foutre ? Je ne suis pas responsable d'elle. Pas plus qu'elle ne l'est de moi.

La cour d'Ashlin est sombre, et la petite brise qui souffle me rafraîchit agréablement.

Alex marche derrière moi, et je lui dis :

— Une seconde. Il faut juste que je me rhabille.

Je fonce dans la maison et renfile mon uniforme de cheerleader.

Lorsque je ressors, Rennie est debout près de sa Jeep, enveloppée dans une serviette.

Je m'étonne :

— Je croyais que tu voulais rester ?

Elle ouvre la bouche pour me répondre, mais Reeve l'appelle depuis le sauna.

— Reviens, Ren. Laisse Skud la ramener chez elle. Je te déposerai plus tard.

Rennie sautille d'un pied sur l'autre et jette un regard en direction du sauna.

— Je crois que je vais rester. À demain !

Sur ce, elle détale en laissant des empreintes de pieds mouillés sur le bitume.

Je me retourne et aperçois Alex, assis au volant de son 4x4, tous feux éteints. Je grimpe à l'intérieur.

— Merci de me ramener. Je pense que je ne serai pas capable de regarder Rennie se jeter sur Reeve une heure de plus.

Alex hausse les épaules.

— Il n'a pas l'air de s'en plaindre.

Il démarre la voiture, et je boucle ma ceinture.

— Évidemment que non. Il est carrément narcissique. (Je triture les boutons de la radio.) Je veux dire, peu importe la fille, tant qu'elle est autant obsédée par lui que lui-même.

Alex reste silencieux, et je me sens mal à l'aise. Peut-être que je suis allée un peu trop loin.

À DEUX HEURES pile, je descends les escaliers et ouvre la porte d'entrée. Kat et Mary sont là toutes les deux. Je lève un doigt devant ma bouche et les conduis dans le salon.

— Alors, ce match ? murmure Mary.

— Aucun intérêt. On a gagné. Kat, tu as apporté la came ?

Kat se promène dans le salon et regarde les photos sur le mur. Celle de Nadia et moi dans nos robes de cérémonie chez notre grand-mère, le portrait de famille que ma mère a commandé auprès d'un célèbre artiste de Boston. Elle les a déjà vues auparavant, mais peut-être qu'elle ne s'en souvient pas.

— Ouais, je l'ai, me répond-elle en s'attardant devant la photo de ma mère en tenue de soirée.

Elle me tend une petite fiole en verre.

— C'est quoi ?

Je croyais qu'on devait acheter un cachet.

— De l'ecstasy liquide. C'est plus fort que la classique.

Je dévisse le bouchon. Le liquide à l'intérieur de la fiole est clair. Je la lève sous mon nez et inspire, mais ça ne sent rien.

— Tu es sûre que ton fournisseur ne t'a pas arnaquée ?

Kat me fusille du regard.

— Tu me prends pour qui ? Je m'y connais en drogues, Lillia. Quelques gouttes dans le verre de Reeve, et il va triper sa mère. Elle fait effet en une quinzaine de minutes, alors attends que Reeve soit dans la salle avant de lui filer. S'il se met à délirer avant que tu arrives, un de vos potes risque de le boucler dans la limousine jusqu'à ce qu'il redescende de son nuage.

— Et ça dure pendant combien de temps ?

— Reeve va voir des éléphants roses pendant au moins huit heures, s'esclaffe Kat. Mary, dès que Reeve commence à perdre les pédales, va trouver l'un de nos profs et avertis-le. Je ferai la même chose. Comme ça, ils l'auront déjà repéré quand il sera complètement stone.

— *Señor* Tremont est l'un des chaperons, précise Mary. On a passé tout le cours d'aujourd'hui à parler de la danse espagnole.

— Parfait, dis-je. Je crois qu'il a presque recalé Reeve en espagnol l'année dernière, parce que le sujet de sa dernière dissert était le film *Trois Amigos*. Tremont le déteste. (Je fais tourner la fiole entre mes mains.) Hum, les filles, faut que je vous dise un truc.

— Quoi ? Ça va pas, Lillia ? s'inquiète Mary. Te fais pas de bile, tout va bien se passer.

— C'est pas ça.

Je me mords la lèvre. Je sais que je ne suis pas obligée de leur avouer pour Alex. Ce n'est pas comme si ça faisait une différence à ce stade. Mais je veux être honnête avec elles. Comme Mary l'a dit, on ne peut pas avoir de secrets les unes pour les autres. Elles ont le droit de savoir.

— J'ai parlé à Alex, et il semblerait que le truc avec ma sœur soit un énorme malentendu.

Mary ouvre de grands yeux.

— Attends, tu rigoles ?

— Mais je les ai vus dans la voiture ! insiste Kat.

— Certes, mais est-ce que tu l'as vu embrasser ma sœur ? Ou lui faire quoi que ce soit ?

Kat retient son souffle.

— Non, je ne crois pas.

— Alex m'a juré qu'ils ne sont jamais sortis ensemble, et je le crois. C'est peut-être con, mais je le crois vraiment. (Je baisse les yeux.) Je suis sincèrement désolée.

Kat balaye mes excuses de la main.

— On ne peut pas revenir sur le passé. Maintenant, c'est notre tour, à Mary et à moi.

Mary ajoute :

— Et c'est pas comme si on avait fait un truc vraiment grave à Alex. C'était juste des blagues potaches. (Elle se retourne vers moi.) Tu es toujours avec nous, hein, Lillia ?

Je serre la fiole d'ecstasy liquide entre les doigts. C'est vrai. On a juste déconné un peu avec Alex. Ce n'était rien à côté de ce qu'on réserve à Reeve et Rennie. Je ne doute absolument pas que ces deux-là méritent tout ce qui va leur tomber dessus.

— Carrément.

— Parfait, bande de dépravées, se moque Kat en se passant la main dans les cheveux. Je pense qu'on y est. C'est l'heure du bouquet final. Tu es prête, Mary ?

Cette dernière hoche la tête.

— J'en peux plus d'attendre.

Elle ne semble pas du tout effrayée, juste impatiente. Pareil pour Kat. J'ai toujours peur, mais je suis excitée moi aussi.

J'ai le sentiment d'être plus proche de Kat et Mary que de tous mes autres amis. Nous trois, nous formons une alliance. Nous sommes liées les unes aux autres. Je peux le sentir. J'ai l'impression d'être puissante également. Toutes ces discussions, ce travail acharné, les blagues que nous avons faites nous ont conduites là où nous en sommes.

J'ouvre la porte d'entrée. Mary saute gaiement en bas des marches et va chercher son vélo derrière un buisson.

Kat s'attarde une seconde.

— Juste un truc, précise-t-elle. Lorsque tu verseras l'ecsta dans le verre de Reeve… Agis le plus vite possible et n'en fais pas des tonnes. Tends-lui simplement son verre et retourne danser.

— O.K.

L'expression de Kat change soudainement. Elle serre les lèvres, et je la vois regarder par-dessus mon épaule. Je me retourne et aperçois Nadia, en chemise de nuit, un verre d'eau à la main.

— Qu'est-ce que vous faites debout ?

Je croise les mains dans le dos et fais volte-face en espérant que Kat trouve une excuse. Mais elle est déjà partie. Je me retourne vers Nadia, le cœur battant la chamade.

— Qu'est-ce que Kat DeBrassio foutait ici ? me demande-t-elle, perplexe.

Elle passe la tête par la porte et regarde dans l'allée.

— Elle… elle est sortie avec Alex cet été, dis-je en serrant la fiole dans ma main. Et elle a entendu des rumeurs disant que lui et toi avez couché ensemble. Elle est venue ici pour te faire chanter.

Nadia blêmit.

— Mais on n'a jamais…

— Je sais, t'inquiète. J'ai mis les choses au clair. Je lui ai dit que tu ne ferais jamais ça. J'espère juste qu'elle m'a crue.

Nadia s'éloigne lentement de la porte ouverte.

— Lillia ? Faut que je fasse quoi ?

Je la ferme rapidement, pour accentuer le côté dramatique.

— Ne dis à personne qu'elle est venue ici. Ne lui donne pas de raisons de revenir. Je peux te protéger à l'école et à la maison, mais je ne suis pas avec toi en permanence. Contente-toi de rester loin d'elle. (Je la regarde d'un air grave.) Pigé ?

Elle acquiesce et me dit d'une petite voix :

— Merci de m'avoir défendue.

Je détourne les yeux.

— T'es ma sœur. Évidemment que je te défends.

Impulsivement, Nadia court vers moi et me serre fort dans ses bras, puis remonte l'escalier en trombe. Je ferme à clé et pousse un soupir de soulagement, avant de la suivre.

Ma robe de bal est suspendue à l'arrière de la porte de ma chambre. J'arrange mes chaussures et la pochette que j'ai empruntée à ma mère. Je glisse la fiole d'ecstasy à l'intérieur, dans la petite poche en satin destinée au rouge à lèvres.

Ensuite, j'éteins la lumière et me glisse dans mon lit. J'espère que je ne vais pas mettre longtemps à m'endormir. Demain, c'est le grand jour.

XXXIII

MARY

J'AI EMPILÉ DES tas de robes sur mon lit. Toutes celles que j'ai emportées avec moi sur Jar Island. J'en ai essayé six, mais aucune ne convient pour ce soir. J'enfile la numéro sept, une robe blanche en dentelle avec un jupon, mais elle fait bébé. On dirait une robe de baptême taille XXL. Je veux me faire belle pour ce soir. Suffisamment belle pour mériter d'être reine du bal, si je n'avais pas été la petite nouvelle, si je n'avais jamais eu à déménager.

Alors que je fais le tri dans la pile, je me demande si je pourrais emprunter quelque chose à tante Bette, ou s'il est trop tard pour me rendre dans cette boutique chic sur la Troisième rue à White Haven. Les robes y sont chères, dans les trois cents dollars, mais je suis sûre que ma mère serait d'accord pour dire que ça en vaut la peine.

Pour être belle, j'entends. Pas seulement belle, d'ailleurs. Ce soir, je veux être parfaite. Même si c'est Ashlin qui va être couronnée reine du bal, ce soir, c'est mon grand soir.

C'est là que je la trouve, tout en bas de la pile. Une robe que je ne me rappelle même pas avoir achetée. Elle est longue, vaporeuse, rose nacré, avec une épaule nue. Des couches et des couches de tissu. Je jette un œil à l'étiquette. Elle vient de cette boutique chic.

Je comprends soudain : tante Bette. Je lui ai dit que j'allais au bal. Elle doit me l'avoir offerte pour me faire la surprise et l'avoir cachée dans mon armoire pour que je la trouve. Je pourrais en pleurer !

Je jette la robe de baptême sur le côté et enfile celle-ci. Je ne l'aurais jamais choisie par moi-même, et lorsque je passe les bras, j'espère que je vais réussir à l'enlever. Elle est hyper stylée, unique, et c'est le vêtement le plus cher que je possède, aucun doute là-dessus. Rien qu'au toucher, on peut dire que c'est un tissu de très bonne qualité. J'ai l'impression d'avoir de la barbe à papa sur la peau.

Je marche lentement jusqu'au miroir et me contemple. Je me reconnais à peine. Elle est magnifique. Plus que magnifique. Parfaite.

Exactement ce que je pouvais souhaiter pour assister à la chute de Reeve ce soir.

Je cours hors de ma chambre à la recherche de tante Bette, pour la remercier et lui montrer à quel point la robe me va bien. Elle n'est pas dans sa chambre, ni au rez-de-chaussée, alors je me rends dans son atelier. Je n'y ai pas mis les pieds depuis mon retour sur l'île. C'est son espace de travail personnel, et elle garde la porte fermée, comme si elle ne voulait pas être dérangée. Aujourd'hui, la porte est ouverte, mais juste un peu. Peut-être que c'est involontaire. Peut-être que le vent l'a entrebâillée, par exemple.

Je ne sais pas si je devrais laisser mes cheveux détachés ou les porter sur le côté. Tante Bette saura me conseiller. De toute manière, je meurs d'envie de la remercier et de la serrer dans mes bras.

En montant les escaliers à la hâte, j'appelle :

— Tante Bette ?

Les murs du grenier sont recouverts de peintures. Des tas et des tas d'études. Parfois, tante Bette peint la même scène cinquante fois avant d'être satisfaite du résultat.

La pièce est mansardée, et je dois me baisser pour ne pas me cogner la tête. Le chevalet de tante Bette est installé à l'autre bout de la pièce. Elle aime peindre dos à la fenêtre. Près de son chevalet se trouve la table sur laquelle elle dispose sa peinture et ses pinceaux. Les petits tas de peinture scintillent, encore humides. Je vois ses jambes, entends le son du pinceau qui tapote la toile.

— Tante Bette !

Elle se penche sur le côté et me regarde. Je virevolte pour elle.

— Mary, tu es splendide.

— Merci. J'adore cette robe.

Tante Bette hoche la tête et sourit.

— Je suis ravie que tu sois contente.

— Je le suis. Vraiment.

Je redescends dans ma chambre et me brosse les cheveux, puis j'ouvre mon coffret à bijoux, en sors mon collier avec un pendentif en forme de marguerite et le passe autour de mon cou.

Pour mon douzième anniversaire, j'ai invité toute ma classe chez moi à Jar Island. On faisait comme ça à l'école Montessori. Tout le monde invitait tout le monde. Les années précédentes, j'avais organisé la fête sur le continent, parce que c'est là que les autres élèves habitaient. On était allés au bowling, au laser game ou à la pizzeria. Mais cette année-là, je devais le faire chez moi, à cause du thème choisi.

L'idée m'était venue quand j'étais allée à la papeterie sur Main Street choisir des invitations avec ma mère. J'avais vu des cartes en forme de chapiteau de cirque, avec des bandes rouges et jaunes, et il fallait ouvrir les portes du chapiteau pour lire le texte.

Je pouvais déjà m'imaginer la scène. Une fête sur le thème du carnaval, avec lancer d'anneaux, concours de shoots au basket et des trucs rigolos à manger, comme de la barbe à papa, du pop-corn et peut-être même des chichis. Notre jardin était immense, et la place ne manquait pas. L'espace d'un instant, j'ai eu peur que le thème fasse trop bébé pour des collégiens, mais ensuite, je me suis dit que les garçons seraient emballés par les jeux. Ils apprécieraient de montrer leur habileté au concours de shoots et les filles aimeraient les récompenses. Nous avons tout commandé sur Internet : des peluches, du baume à lèvres fruité pour les filles, et des casquettes de baseball pour les garçons.

Mon père a découpé des trous dans une planche de contreplaqué et tante Bette a peint un éléphant, une girafe et un singe autour pour qu'on puisse glisser la tête à l'intérieur et prendre des photos. Nous avons loué une machine à pop-corn rétro et une autre pour la barbe à papa. Papa devait préparer des hot-dogs et maman, sa salade de pommes de terre.

Même si tout le monde me détestait, si j'organisais une super fête, ils changeraient peut-être d'avis à mon sujet.

Assise sur le trottoir, je scrutais le coin de la rue pour voir ma mère revenir du ferry avec tous mes camarades de classe. Ils devaient arriver par le ferry de quinze heures. Mais il était plus de seize heures, ce qui voulait dire que trois bateaux avaient déjà débarqué à Jar Island depuis l'heure convenue.

J'avais cette sensation horrible dans l'estomac. Personne n'allait venir à ma fête. Pas même Anne.

Je m'imaginais ma mère en train d'attendre sur le quai en tenant une pancarte que nous avions peinte ensemble. Elle disait « Le cirque, c'est par ici. » Tout ce que je savais, c'est que je ne pouvais pas rester une seconde de plus dans le jardin avec mon père et tante Bette. Ils s'activaient autour des décorations et des jeux que nous avions déjà mis en place, histoire d'avoir quelque chose à faire. Ils m'avaient également proposé plusieurs fois d'ouvrir les cadeaux qu'ils m'avaient offerts, comme si cela pouvait m'aider à me sentir mieux.

Vers seize heures trente, la voiture de la mère de Reeve a descendu notre rue. Dès que je l'ai vue, je me suis levée d'un bond. L'air de rien, je lui parlais de ma fête depuis des semaines et lui racontais les jeux que j'avais prévus, les récompenses, le gâteau au chocolat que nous avions commandé au *Milky Morning*. J'avais pensé au concours de shoots juste pour lui, parce que je savais à quel point il aimait le basket. J'avais demandé à papa d'acheter un arceau. Il l'avait fixé au mur du garage.

Sa mère a garé la voiture. Je pouvais les entendre se disputer. Finalement, Reeve est sorti et a claqué la porte très fort.

— Salut, m'a-t-il dit sur un ton maussade. Désolé pour le retard. Ma mère a dû déposer mes frères au match avant.

— Pas de souci !

Je l'ai pris par la main et l'ai tiré vers la maison. Je savais qu'il ne voulait pas venir. Je savais que sa mère l'y avait probablement forcé, mais j'étais contente qu'il soit là.

Tante Bette et mon père étaient debout sous le panier de basket à boire du café. Dès qu'ils m'ont vue remonter l'allée avec Reeve, ils se sont mis à l'œuvre. Tante Bette a allumé la radio et une musique de cirque a résonné dans l'air. Papa a attrapé les tickets pour les jeux et en a donné une bonne poignée à Reeve.

— Alors comme ça, personne n'est venu ?

Reeve voulait savoir. Je n'ai pas répondu. À la place, je l'ai conduit à la table des friandises.

— Tu as faim ? On a des hot-dogs, de la barbe à papa et du pop-corn. Tu peux choisir ce qui te fait envie.

Reeve a soupiré.

— Je pense que je vais prendre un hot-dog.

Je lui en ai préparé un.

— Avec du ketchup ou de la moutarde ?

— Du ketchup.

C'est à ce moment que ma mère est arrivée. Seule. Elle avait l'air dépitée, mais à la vue de Reeve, son visage s'est éclairé.

— Reeve, je suis ravie que tu aies pu venir.

— Oh, vous savez, je crois avoir entendu à la radio qu'il pleut sur le continent. Je parie que tous les enfants ont pensé que la fête serait annulée, a-t-il précisé, les joues écarlates.

Je l'ai regardé avec bienveillance.

— Ça doit être pour ça, maman.

Ensuite, mes yeux se sont portés sur le paquet qu'il tenait à la main. Je l'avais remarqué à la seconde même où il était descendu de la voiture. Une petite boîte blanche entourée d'un ruban rose. Elle devait être pour moi.

— Tiens. Bon anniversaire, a-t-il lancé en me la tendant.

J'ai commencé à l'ouvrir devant lui. Je ne pouvais pas attendre. Il m'a regardée faire, espionnant par-dessus mon épaule au lieu de manger son hot-dog.

Il m'avait acheté un collier, une marguerite en émail avec un cœur jaune et des pétales blancs. C'était la plus jolie chose que j'avais jamais vue. J'ai eu du mal à l'attacher tellement mes mains tremblaient. Maman a dû m'aider avec le fermoir.

Reeve avait l'air nerveux.

— Il te plaît ?

— Je l'adore.

MALGRÉ TOUT CE qui a suivi, il a été gentil avec moi ce jour-là. Ce jour-là, lorsque j'avais le plus besoin de lui, Reeve s'est comporté en ami.

Le collier scintille. Il n'a pas du tout terni malgré toutes ces années. C'est triste à dire, mais je suis heureuse de le reporter. Aussi heureuse que le jour où Reeve me l'a offert pour mon douzième anniversaire, dans une autre vie.

XXXIV

LILLIA

Avec Rennie, nous nous préparons chez moi pour le bal. C'est notre tradition. Ma mère nous laisse toujours la chambre parentale. Lorsqu'elle a aidé à dessiner les plans de la maison, elle a fait en sorte de s'attribuer une immense salle de bains et un dressing avec un miroir à trois pans. Elle a également demandé à l'électricien d'installer un variateur de lumière pour différentes ambiances : jour, bureau, nuit. Nous pouvons donc nous assurer que notre maquillage et nos coiffures sont impeccables.

Ma mère a des tonnes et des tonnes de fringues géniales, du Chanel, du Dior et du Halston vintage. Des robes longues aux épaules dénudées, des hauts en soie noués derrière la nuque, des tailleurs en tweed. Rien que je puisse porter à l'école, mais ma mère dit toujours qu'elle mettra un cadenas sur la porte dès que j'aurai vingt ans.

On étouffe dans la pièce avec les sèche-cheveux et les fers à friser qui chauffent. Je me dirige vers la baie vitrée qui donne sur le balcon pour l'ouvrir. Ma mère et Mme Holtz sont dans le patio et boivent un verre de vin blanc en regardant le ciel virer au rose, tandis que le soleil se couche sur la mer. Mme Holtz allume une cigarette. Comme nous n'avons pas de cendrier, ma mère sort une bougie à thé d'un photophore et le tend à son invitée. Mme Holtz et ma mère s'entendent très bien, mais je ne dirais pas que ce sont de véritables amies.

— Lillia ! appelle Nadia depuis la salle de bains. Tu pourrais me maquiller les yeux, s'il te plaît ?

Nadia est nerveuse parce qu'elle a un rencard. James Melnic, un deuxième année, l'a invitée. Il est petit, mais plutôt mignon. Je me suis renseignée auprès d'Alex qui le connaît grâce au foot, et il m'a dit que c'est un mec bien. Je vais tout de même garder un œil sur eux.

Je fais asseoir Nadia sur le plan de la salle de bains. Ensuite, je lui maquille les yeux comme les miens, avec de l'eye-liner noir, mais je fais le trait un peu plus fin, parce qu'elle n'est qu'en première année. Je lui mets également du fard à paupières lilas, parce que sa robe est violet pâle avec des reflets argentés. On dirait qu'elle est faite d'un seul morceau de ruban enroulé fermement autour d'elle comme un bandage.

— Et le rouge à lèvres ? me demande Nadia, alors que je lui applique un peu de blush.

— Mets juste du gloss. (Nadia fait la moue.) Le rouge à lèvres, ça ferait trop chargé, lui dis-je, agacée.

— Et pas celui que tu portes ? me rétorque-t-elle bien en face.

J'en ai acheté un rose pâle assorti à ma robe.

— Trop chargé, je te dis.

— Lil a raison, Nadia, lance Rennie depuis le dressing. Tu ne voudrais pas ressembler à une pute, quand même ?

— Bon, d'accord, soupire Nadia, pas vraiment convaincue, avant de disparaître dans sa chambre.

Je jette un dernier regard à mes cheveux. J'ai rabattu les mèches de devant sur mon front et je les ai torsadées en chignon sur le côté. Certaines sont un peu lâches ; je pique donc quelques épingles supplémentaires et applique un coup de laque sur le tout. Une touche de rouge à lèvres rose, un peu de blush de la même couleur sur les joues et de l'eye-liner noir. C'est un look de fille diaphane qui fait ressortir le noir de ma robe et s'accorde parfaitement avec les escarpins rose pâle que j'ai achetés. Je les porte dans la maison avec de grosses chaussettes depuis que je les ai dans l'espoir de les assouplir.

Rennie s'agite devant le miroir. Elle est superbe dans sa robe à sequins, qu'elle a assortie d'un bracelet ouvert étincelant prêté par sa mère et d'un rouge à lèvres écarlate. Elle n'est pas encore coiffée, en revanche. Elle n'arrête pas de se remonter les cheveux sur la tête, puis de les relâcher sur ses épaules.

— Ren, tu ferais bien de t'activer un peu.

On doit se retrouver chez Ashlin pour prendre des photos.

— Eh merde. Je n'arrive pas à décider si je les attache ou pas.

Elle est nerveuse et a les traits tirés. (Elle lève les bras et secoue les mains pour s'aérer les aisselles.) Aide-moi, Lil. À ton avis, qu'est-ce qui plaira le plus à Reeve ?

— Viens par ici.

Rennie se laisse tomber sur l'un des fauteuils rembourrés de ma mère. Je me glisse derrière elle et lui boucle la pointe des cheveux avec le plus gros embout de mon fer à friser. J'ai envie de lui demander ce qu'elle a fait ou pas avec Reeve quand je suis partie de chez Ash, mais je m'abstiens. Je me contente de relever les côtés avec des épingles.

— C'est joli comme ça.

Rennie se lève et se regarde dans le miroir. Derrière elle, je contemple également mon œuvre. Je trouve que ça va bien avec la robe, ça ajoute un peu de douceur qui contraste avec l'aspect étincelant. L'espace d'une seconde, j'ai peur que ça ne lui convienne pas. Mais je me rends compte qu'elle ne se regarde même pas. Elle me regarde moi, du moins mon reflet derrière elle.

— Lil ? demande-t-elle en se retournant pour me faire face.

D'un ton sec, je réplique :

— Quoi ?

Rennie se penche en avant et me serre fort dans ses bras. Ensuite, elle s'écarte, me dévisage et me confie :

— J'ai l'impression que toute ma vie aurait été différente si nous n'étions pas devenues amies.

Des larmes scintillent dans ses yeux.

— Ren…

J'ai du mal à déglutir, parce que je sais ce qui va lui arriver ce soir. Je me dis que Rennie sera une personne meilleure après tout ça. C'est ce qui s'est passé avec Alex. On en est tous ressortis meilleurs.

On sonne à la porte. Nadia me crie de descendre. Rennie et moi attrapons nos chaussures et nos pochettes et sortons voir ce qui se passe. Nadia prend une boîte blanche des mains d'un livreur, tandis que ma mère signe le reçu.

— Humm, s'interroge ma mère en adressant un sourire en douce à Mme Holtz. Qu'est-ce que ça peut être ?

Mme Holtz lui sourit, mais son regard ne s'éclaire pas.

J'ouvre la carte qui se trouve dans la minuscule enveloppe blanche.

Pour mes deux filles. Amusez-vous bien ce soir. Je vous aime fort, Papa.

Nadia déchire la boîte pour l'ouvrir. Elle se comporte en bête furieuse dès qu'elle se retrouve face à un cadeau.

— Papa nous a envoyé des bracelets de fleurs ! s'écrie Nadia en enfilant le sien.

C'est une orchidée violette parfaitement assortie à sa robe.

Rennie regarde par-dessus mon épaule. Je sors le mien de la boîte et le passe autour de mon poignet. Mon orchidée est rose pâle.

— Il est super beau, me dit-elle d'une petite voix où perce une pointe de jalousie.

Lorsque je me retourne, je vois Nadia ouvrir ma pochette. Je me jette sur elle en hurlant « PAS DE ROUGE À LÈVRES, j'ai dit ! ». Mes mains tremblent.

— Désolée, bredouille Nadia en reculant.

Rennie me jette un drôle de regard.

— Relax, Lil !

Ma mère prend une photo de Nadia et moi avec nos bracelets de fleurs et l'envoie par e-mail à mon père. Puis, le rendez-vous de Nadia passe la prendre pour l'emmener chez sa copine. Il lui a également apporté un bracelet de fleurs, et elle en porte désormais un à chaque poignet. Bien évidemment, Maman leur fait prendre la pose dans l'escalier. Nadia passe le bras sous celui de son cavalier et sourit. Avec ses talons, elle est de la même taille que lui.

Dès qu'ils sont partis, ma mère nous conduit avec Mme Holtz chez Ashlin dans sa voiture. La limousine que nous avons louée est déjà garée devant la maison.

PJ, Reeve et Alex sont dehors, manifestement mal à l'aise, et se passent la bouteille d'eau de PJ remplie de vodka. Ils sont tous en costume. Il me semble que Reeve porte le même que l'année passée. Je peux le deviner parce qu'il est gris anthracite et que la veste est un peu juste au niveau des épaules. PJ porte ses lunettes en plastique bizarroïdes qu'il trouve hyper cools, alors qu'il les a achetées cinq dollars quatre-vingt-dix-neuf chez *Beachcombers*. Alex est le seul à ne pas avoir l'air engoncé dans son costume. Il est classe, avec sa veste noire, sa cravate grise et ses chaussures fraîchement cirées. Alex va à de nombreuses fêtes huppées avec sa famille. Je le sais, parce que sa mère essaye toujours d'inviter la mienne.

La mère de Reeve accroche une parure de fleurs à la robe de Rennie. C'est une rose de couleur vive entourée de gypsophile. Rennie a pété un câble quand Reeve la lui a offerte. Elle a sauté en l'air et lui a déposé une grosse bise sur la joue. Il y a peu de chance qu'il soit passé chez le fleuriste en se disant *Cette rose ira parfaitement avec les chaussures de ma cavalière*. Je suis sûre que c'est sa mère qui s'en est chargée.

Ashlin est splendide dans sa robe. Elle est courte, avec une taille empire et un jupon couleur crème qui fait ressortir son teint hâlé. Ses cheveux torsadés sont retenus par des épingles, et j'aperçois même quelques fines tresses. Elle porte également des escarpins dorés à boucles.

Elle va faire une magnifique reine du bal. J'espère juste que Reeve ne lui gâchera pas totalement son heure de gloire. Kat a dit que quelques gouttes d'ecsta suffiraient, mais je vais peut-être me contenter d'une. Je ne voudrais pas qu'il lui vomisse dessus, quand même.

La mère d'Ashlin nous accompagne jusqu'au perron de la maison. Alors que nous nous alignons, je me retrouve à côté de Reeve. Il me regarde furtivement, puis s'éloigne, vient se placer de l'autre côté du groupe et passe son bras autour de Rennie. Tout le monde se décale pour leur faire de la place.

Nous prenons quelques photos de groupe. Ensuite, Rennie lance :

— En couples, maintenant !

Je descends les marches du perron. Reeve et elle se blottissent l'un contre l'autre, enlacés par la taille. Elle rejette la tête en arrière en riant à ce qu'il vient de lui chuchoter à l'oreille.

Mme Kudjak bondit avec son appareil photo et me demande :

— Lillia, viens te mettre près d'Alex.

Je me retourne, et Alex rougit.

— On n'y va pas ensemble, maman.

Mme Kudjak lève son appareil à hauteur d'yeux.

— Je sais, mais vous êtes vraiment mignons tous les deux. N'est-ce pas, Grace ?

Ma mère acquiesce.

— Tu m'en enverras une copie, Celeste, tu veux bien ?

— Bien sûr ! confirme-t-elle en nous faisant signe de nous rapprocher.

Alex vient se placer près de moi, et nous sourions pour la photo.

— Un peu plus près, nous presse Mme Kudjak. Passe ton bras autour de sa taille, Alex.

Alex soupire et s'exécute, impatient :

— Allez, maman, dépêche-toi. On va bientôt partir.

Il a mis de l'eau de Cologne, alors que ce n'est pas habituel chez lui. Il sent bon la lavande rehaussée d'une note boisée.

Mme Kudjak commence à nous mitrailler. Mon sourire est totalement figé. J'aimerais être déjà arrivée au bal et que ma mission soit accomplie.

XXXV

KAT

Je me tiens un peu à l'écart, près de l'endroit où les chaises et les tables sont dressées. Je regarde Lillia verser du punch dans deux verres au-dessus du bar. Elle fourre la main dans sa pochette noire, touche son rouge à lèvres et l'air de rien, verse un peu du contenu de la fiole dans l'un des verres. Ses mouvements sont si rapides et si fluides que je n'aurais rien remarqué si je ne l'avais pas fixée comme un faucon traquant sa proie.

Lillia retourne tranquillement à sa table en faisant mine de chercher Rennie, qui est aux toilettes.

— Où est ta copine ? s'enquiert-elle auprès de Reeve, qui est assis seul à table. Elle m'a demandé de lui ramener du punch.

Reeve semble décontenancé.

— Rennie n'est pas MA copine.

— Eh bien, elle n'est pas de cet avis. Tu devrais éviter de faire courir les gens comme ça.

— Tu es mal placée pour dire ça.

Quand je le surprends à reluquer Lillia, Reeve détourne rapidement les yeux.

— Rennie est une pote, rien de plus.

— Alex et PJ sont tes potes. À moins que tu ne leur roules des pelles, à eux aussi ?

Elle tient toujours l'un des verres à la main, sa pochette glissée sous le bras. Dans notre plan, Lillia devait seulement donner le punch à Reeve. Je ne sais pas pourquoi elle continue de lui parler.

— On jouait au jeu de la bouteille !

— C'est pas de ça que je parlais. Pas plus que de l'autre nuit au *Bow Tie*. Je voulais parler de la nuit dernière.

— Et pourquoi ça t'intéresse autant ? lui demande-t-il avec un sourire suffisant.

— C'est ma meilleure amie, rétorque Lillia machinalement.

J'espère qu'elle va regarder dans ma direction pour que je lui fasse signe de couper court. La conversation a bien assez duré comme ça. Je commence à craindre qu'elle ne se débine. Même si je déteste l'admettre, une partie de moi en serait peut-être soulagée. Mais juste une infime partie. Je connais Reeve depuis aussi longtemps que les autres. Tout le monde à Jar Island sait à quel point il rêve d'une bourse d'études pour jouer au football. Il crève d'envie de se barrer de cette île. Tout comme moi d'ailleurs.

Je me rends compte que je retiens ma respiration en attendant de voir ce que Lillia va faire. À l'autre extrémité de la pièce, Mary franchit les portes. Elle est superbe dans sa longue robe rose, avec ses cheveux blonds qui tombent en cascades.

Lillia doit repérer Mary en même temps que moi, parce qu'elle finit par tendre le verre à Reeve et lui lancer :

— À la tienne. Bonne chance pour le titre de roi du bal !

Reeve a l'air surpris, et peut-être même flatté. Il prend le verre, trinque avec Lillia, puis le descend en une seule gorgée. En faisant claquer ses lèvres, il lui rend la pareille :

— Bonne chance à toi également, Cho.

Je me retourne en espérant que Mary a tout vu. Elle me fait un clin d'œil.

Lillia ne répond pas à Reeve. Elle se contente de siroter une gorgée de punch, l'air anxieuse.

Maintenant que tout est en place, je sors du gymnase et me dirige vers les toilettes des filles pour pisser. J'ai déjà ingurgité trois verres de punch.

Je m'avance et tombe sur Rennie, debout devant le miroir dans sa ridicule robe à sequins argentée qui lui couvre à peine le cul. Elle s'admire dans la glace, les lèvres pincées et les yeux écarquillés. Je connais parfaitement cette expression dans le miroir. Je l'ai vue des milliers de fois se contempler ainsi. Pendant deux secondes environ, la nostalgie me submerge et je nous revois dans ma chambre à mélanger des gloss pour obtenir le rouge parfait et à essayer de nous épiler les sourcils.

Elle cligne des yeux dans le miroir devant moi, et la magie disparaît.

— Wouah, trop fort. Je n'arrive pas à croire que tu sois venue. Seule.

— Bah quoi ? C'est notre dernière année, dis-je, sans rien insinuer de plus.

Elle me jette un regard de travers, avant de sortir. Peut-être qu'elle s'attendait à une autre dispute ? Ou à l'une de mes remarques bien vaches ? T'inquiète, Rennie, ça va venir. La crasse ultime te pend au nez.

Je me verse un autre verre de punch, parce qu'il est trop bon, lorsque je sens une main sur mon épaule. Je me retourne, pensant que c'est Mary. Mais non. C'est Alex, en costume noir. Il est super sexy, je dois dire.

— Salut, Alex !

Il fait semblant d'être étonné.

— Comment ? Tu te souviens de moi ? Alex Kudjak ? Le gars à qui tu n'as pas adressé la parole depuis la rentrée ?

Je ne peux pas m'empêcher de sourire.

— J'étais très occupée.

Il se met à rire.

— Je suis un peu surpris que tu sois venue ce soir.

D'un air moqueur, je rétorque :

— Comment aurais-je pu manquer le bal des étudiants ? C'est la nuit la plus importante de notre vie.

Mes paroles sont grinçantes, mais mes sentiments sont bien réels. Alex m'a manqué. Plus que je ne veux l'admettre. Et je suis vraiment heureuse de lui reparler, comme au bon vieux temps.

Alex semble ravi.

— Tu es très jolie, Kat.

— Oui, oui, je sais ! dis-je en lui souriant pour tempérer mes propos.

Je porte une robe noire moulante en stretch et des bottines assorties, sans oublier une tonne de fard à paupières. Lorsque mon père m'a vue sortir de la maison, il m'a lancé « Katherine, tu vas dans un bar de bikers, ou quoi ? » Comme s'il y en avait à Jar Island.

— Et moi, tu me trouves comment ? demande Alex. (Il le dit sur le ton de la plaisanterie, mais je suis sûre que mon avis lui importe vraiment.) J'ai l'air de quoi ?

— T'es pas mal. (Son sourire s'évanouit.) T'es super classe, je veux dire.

Son visage se fait grave.

— Kat, je veux que tu saches que je ne t'en veux pas.

Pardon ?

Il se frotte la nuque.

— Je me suis bien éclaté avec toi cet été, et l'autre nuit sur le bateau. Mais j'ai pigé. Ça ne voulait rien dire pour toi. Peut-être que c'est mieux ainsi, non ?

— Exact.

Je suis sidérée. La seule raison pour laquelle je n'ai pas couru après Alex, c'était parce que je pensais qu'il aimait Nadia. Je ne pouvais pas supporter l'idée, simple question de fierté. Mais maintenant que je sais que ce n'est pas le cas, qu'il n'y a jamais rien eu entre Nadia et lui, peut-être que quelque chose est envisageable entre nous.

Alex retourne à sa table, où se trouvent Lillia et le reste de la bande. J'ai l'estomac noué. Je me dis que c'est parce que j'ai faim.

Mary me rejoint. Elle ne me regarde pas dans les yeux. Elle se contente de fixer la nourriture.

Je lui intime à voix basse :

— Prends une chips, Mary, ou un cupcake.

Elle relève vivement la tête.

— Je suis trop nerveuse pour avaler quoi que ce soit. (Elle scrute la salle à la recherche de Reeve.) Il devrait ressentir les effets bientôt, non ?

J'examine ses poignets délicats, la manière dont sa clavicule pointe sous sa robe. Je comprends mieux maintenant pourquoi elle ne mange jamais. Ça aussi, ça doit être la faute de Reeve. Qu'ils aillent se faire foutre, lui et sa bourse d'études !

— T'inquiète, dis-je en me couvrant la bouche avec une chips pour que personne ne me voie parler. Ça va agir d'une minute à l'autre. Tout ce qu'on a à faire, c'est nous asseoir et savourer.

Mary hoche la tête et tente de sourire.

— Nos réunions nocturnes secrètes vont me manquer.

— Tu déconnes ? Je m'endors tout le temps pendant les cours du matin. Mes notes ont tellement chuté que je vais avoir du mal à faire pire, et je ne peux pas me le permettre.

Pas si je veux aller à l'université d'Oberlin à la rentrée prochaine.

— J'espère juste qu'on trouvera le moyen de rester amies. (Mary cligne rapidement des yeux.) Vous êtes tout ce que j'ai ici, les filles.

J'hésite. Je ne sais pas quoi lui répondre, parce que je n'en ai aucune idée. O.K, Lillia et moi, on s'entend super bien maintenant, mais je n'ai pas l'intention de me mettre à porter son collier d'amitié dès demain matin. Toutefois, comme Mary m'adresse un regard suppliant et que je ne veux pas la décevoir, je lui réponds :

— Mary, ne t'inquiète pas pour ce soir. Profitons juste du spectacle, d'accord ? C'est ce que tu attends depuis si longtemps.

Je dois parler un peu plus fort que je ne le voudrais à cause des applaudissements. Je me dresse sur la pointe des pieds et regarde la piste de danse. Un cercle se forme. Je souris à Mary.

— Suis-moi.

Je la conduis au centre du gymnase, juste à côté de la foule qui s'est massée autour de Reeve. Tout le monde l'applaudit et lui fait place. Il est rouge et dégoulinant de sueur sous sa chemise; il a dégrafé les boutons du haut et desserré sa cravate. Il danse comme un malade, sautant partout comme un parfait crétin. Je suis incapable de dire si c'est l'ecstasy qui le met dans cet état ou s'il est juste lui-même.

Mary et moi échangeons un regard.

Je suis sûre que c'est l'ecsta quand Reeve se lance dans un *break-dance* endiablé. Sauf qu'il danse comme une merde. Je commence à m'esclaffer, et mes rires redoublent quand je vois Rennie essayer de s'approcher de lui en ondulant lascivement. Ça ne marche pas, parce que les mouvements de Reeve sont trop saccadés. Une fois, il manque même de lui flanquer son poing en pleine tronche. Rennie l'attrape par la cravate et l'attire contre elle, mais il décide de l'enlever et de se l'enrouler sur la tête. La pointe se balance quand il s'éloigne de Rennie en dansant et entraîne Mme Dumfee, une prof de chimie qui doit avoir une centaine d'années, sur la piste. Elle tente de protester, mais il passe les bras de mamie autour de son cou et se met à sautiller. Contre toute attente, la vieille peau suit le mouvement. Elle n'a pas dû bouger comme ça depuis au moins trente ans.

Le DJ jette des objets dans la foule, des boas en plume et des ballons de plage, ce genre de trucs nazes. Reeve se rue vers la platine du DJ, s'empare d'une paire de maracas et se met à caracoler autour de la piste de danse en agitant les instruments au-dessus de sa tête. Il les secoue tellement fort que je suis prête à parier qu'ils vont éclater et que leur contenu va se répandre sur le sol.

Les amis de Reeve, Alex, PJ et les autres, sont pliés de rire. Mais lorsque je jette un coup d'œil vers Mary, elle est contrariée.

— Il se tourne en ridicule, constate-t-elle tristement.

Je ne sais pas pourquoi, mais je sens que quelque chose est en train de nous échapper.

— Quand est-ce que quelqu'un va intervenir ? Peut-être que tu devrais aller chercher *señor* Tremont.

Mais la musique s'arrête, et la lumière se rallume. La coach Christy est sur la scène dans sa robe rouge. Ça me fait trop bizarre de la voir bien habillée. D'habitude, elle est en short de gym et en visière. Au micro, elle annonce :

— Les prétendants au titre de roi et reine du bal des étudiants de Jar Island peuvent-ils me rejoindre sur scène ?

Ils s'alignent sur la scène derrière elle. Rennie est accrochée au bras de Reeve comme si elle avait du mal à tenir debout sur ses talons de douze centimètres. À la manière diabolique dont elle sourit, tel un chat qui vient de gober un canari, je sais qu'elle pense que c'est dans la poche. Elle retire la cravate de la tête de Reeve, la repasse autour de son cou, puis la rajuste. Évidemment, Rennie veut qu'ils soient parfaits pour leur victoire.

Je me redresse. L'heure de ma vengeance a enfin sonné. Je ferais mieux d'en profiter.

La coach Christy présente toutes les personnes sur scène, puis ouvre l'enveloppe couleur crème qu'elle tient dans la main en faisant des manières.

— Et le roi du bal des étudiants de Jar Island est… Reeve Tabatsky !

Tout le monde crie, applaudit et tape du pied comme si c'était une grande surprise. La coach Christy lui pose la couronne sur la tête. Il en fait des tonnes et se met à danser et à secouer les mains comme s'il agitait des bâtons lumineux lors d'une rave. Il serre la coach Christy dans ses bras avec une telle force qu'il la fait décoller du sol. Elle réussit à se dégager en lissant sa robe, l'air un peu déboussolée.

Elle poursuit rapidement :

— Et notre reine du bal des étudiants est… Lillia Cho !

Oh, putain.

Je n'ose pas regarder Mary, pas après lui avoir dit que tout se passerait bien et que j'avais fait en sorte qu'Ashlin obtienne suffisamment de voix pour gagner. Honnêtement, je n'ai même pas pensé à compter les votes pour Lillia. J'en ai bien vu un paquet, mais elle m'avait dit qu'elle était hors-jeu d'avance, alors je n'y ai pas prêté attention. Putain.

Peut-être que tout va bien se passer. Rennie a perdu, et Reeve plane aussi haut qu'un cerf-volant. Ça peut encore le faire.

Sur scène, Rennie est bouche bée. Elle n'est même pas en colère, juste perplexe. Comme s'il y avait forcément une erreur. La pauvre Lillia jette des regards dans la foule à la manière d'un faon apeuré, pendant que la coach Christy lui pose la tiare sur la tête.

Reeve court jusqu'à elle, la prend dans ses bras et la jette pratiquement en l'air.

— Eh merde.

XXXVI

LILLIA

Ça n'aurait pas dû être moi. Ce n'est pas comme ça que ça aurait dû se passer.

Ashlin applaudit. Elle ne semble pas déçue, probablement parce qu'elle ne s'est jamais imaginé qu'elle pouvait gagner. Rennie est debout près d'elle, le regard vide et triste. Nadia se rue au bord de la scène et se met à sautiller en m'acclamant et en criant mon nom. Je lève le bras et touche la tiare sur ma tête d'une main tremblante.

Surgissant de nulle part, Reeve me prend dans ses bras, me soulève et me fait tourner comme si nous étions des patineurs artistiques. J'essaye de le repousser et je lui ordonne de me reposer, mais tout le monde applaudit et hurle tellement fort que je ne pense pas qu'il puisse m'entendre.

Les autres concurrents descendent de la scène, Rennie en dernier, et me laissent seule avec Reeve.

Je cherche Mary et Kat dans la foule pour essayer de comprendre ce qui se passe, mais quelqu'un tamise les lumières et la musique commence. C'est un slow.

Reeve m'attire tout contre lui. Je tente à nouveau de me dégager pour laisser un peu d'espace entre nous, mais il resserre son étreinte. Je lève les yeux sur lui : ses pupilles sont complètement dilatées, et il transpire.

Il m'avoue :

— J'ai voté pour toi.

Je pense que j'ai mal entendu, parce qu'il n'a pas l'air d'être lui-même. Sa voix est lointaine, rêveuse.

— Pourquoi t'es si méchante avec moi, Cho ?

— C'est faux.

Il tend le bras pour me toucher les cheveux. Je m'écarte brusquement.

— Tes cheveux sont super doux. Je veux dire, hyper hyper doux. Merde. Je suis pas sûr d'avoir le droit de te dire ça.

Reeve me fait virevolter, et je me retrouve face au public. J'aperçois Alex qui nous regarde depuis le pied de la scène. Sa mâchoire est crispée, ses yeux rivés sur nous.

Reeve continue de me faire tourner, de plus en plus vite. Je finis par apercevoir Mary, debout dans l'assistance. Elle se mord la lèvre, les bras serrés le long du corps.

— Mon cœur bat super vite, remarque Reeve, pantelant.

Son ton léger a disparu, remplacé par une voix plus grave et plus traînante, même s'il essaye de sourire.

Son cœur bat effectivement vite, si vite que je peux presque l'entendre. Je peux le sentir à travers la veste de son costume.

Je recule. Les yeux de Reeve sont embués et regardent dans le vide. Il me fait carrément peur. Je pense qu'il ne sait même pas où il est, et encore moins avec qui. Il me serre si fort que j'ai de la peine à respirer. J'ai la tête qui tourne. Je vais m'évanouir, pour de bon cette fois-ci.

— T'es toute floue, marmonne Reeve en me touchant vaguement le visage.

— Reeve, arrête.

— Tout à l'heure, tu m'as demandé pour moi et Ren. À mon tour de poser une question. Y'a quoi, entre toi et Skud ? Vous êtes ensemble ?

Je me force à déglutir et réplique :

— On est amis, c'est tout.

Je m'attends à ce qu'il dise quelque chose de cruel, comme toujours lorsqu'il est question de moi et Alex. Mais c'est différent, cette fois-ci. Là, il me relève le menton, les doigts tremblants. Et il m'embrasse. Sa bouche est ouverte, humide et chaude. J'essaye de le repousser, mais d'une main, il me maintient la nuque.

Mon unique pensée va à Rennie.

Elle va me tuer.

De toutes mes forces, je me dégage de Reeve. Il titube en arrière, perd l'équilibre, et je crains qu'il ne tombe de la scène. Le DJ baisse le volume de la musique, et tout le monde sur la piste de danse se tait. Reeve secoue la tête comme s'il essayait de reprendre le contrôle de lui-même. Il commence à s'avancer vers moi, mais ses mouvements sont désordonnés.

— Oh, non, grommelle-t-il.

Il se retourne et fixe la foule, comme s'il cherchait quelqu'un, puis progresse jusqu'au bord de la scène.

— Désolé, dit-il en se protégeant les yeux de la lumière des projecteurs. Je suis désolé, Alex.

Soudain, tout le corps de Reeve se tend, et il blêmit. Il murmure quelque chose.

— Grosse Pomme.

XXXVII

MARY

GROSSE POMME. GROSSE Pomme. Grosse Pomme. Peu importe si je suis belle ce soir. Une truie, même avec du rouge à lèvres, reste une truie.

Je suis Grosse Pomme.

Je le serai toujours.

Je porte toujours ma robe de bal. Je peux la voir sur moi, mais je me sens différente. Comme si je portais un jean trempé et un tee-shirt sale couvert de graviers. Je me frotte les mains, puis les bras. Ils ont l'air normaux, mes bras, mais la peau semble tendue comme si, au fond de moi, je gonflais pour ressembler à celle que j'étais à douze ans.

Soudain, toute l'électricité du gymnase afflue dans ma direction, aussi vite qu'un filet d'essence qui s'embrase. Si quelqu'un me touchait, je prendrais feu.

Le bourdonnement électrique couvre les murmures. Les lumières au-dessus de nos têtes, les rallonges raccordées à la cabine du DJ, les battements de cœur de tous ceux qui m'entourent : tout vient à moi. Je suis comme un aimant. D'une main tremblante, je repousse les cheveux sur mon visage. Chaque mèche est un fil incandescent.

Il me fixe, interloqué, ébahi, dégoûté. Je ferme les yeux, mais la lumière est trop vive. Il n'y a rien, mis à part une flamme brûlante à l'intérieur de moi. Elle n'a d'autre choix que de sortir de ce corps.

Lorsque j'ouvre les yeux, deux incroyables étincelles en jaillissent.

XXXVIII

LILLIA

TOUTES LES LUMIÈRES du gymnase explosent en même temps, et nous nous retrouvons plongés dans le noir l'espace d'une seconde. Puis, de minuscules bouts de verre commencent à pleuvoir du plafond. Des étincelles jaunes volent partout comme des feux de Bengale. Les enceintes du DJ émettent des larsens suraigus. Tout le monde crie et court pour se mettre à l'abri. Tout le gymnase est en proie à la panique.

— Lillia !

C'est Alex, qui fend la foule jusqu'au pied de la scène. Il essaye de m'atteindre.

Je suis presque arrivée aux marches quand je me souviens de Reeve. Il est debout sur le bord de la scène et regarde au loin. Tout son corps tremble.

Je fais demi-tour et me précipite vers lui.

— Viens, faut qu'on se barre d'ici !

J'attrape les revers de sa veste à pleines mains et essaye de le tirer en arrière. Mais même si je suis juste en face de lui, il ne me voit pas. Il est ailleurs. Je le sais, parce que ses yeux sont morts. Plongés dans le vide. Il tremble tellement que je finis par le lâcher.

C'est là que je comprends. Il est en train de faire une crise d'épilepsie.

Il tremble de plus en plus fort, si violemment que je ne peux pas le tenir.

En tombant à genoux, je lui hurle :

— Arrête !

Reeve bascule de la scène comme un pantin désarticulé. Son corps forme un tas sur le sol, et sa jambe est complètement retournée sous lui. Il ne bouge plus du tout. Pas même un battement de cils.

Quelqu'un crie plus fort que tout le monde, que tous les bruits environnants. Si fort que c'est la seule chose que je peux entendre.

XXXIX

KAT

Au début, je ne peux même pas dire ce que c'est. Un bruit. Si puissant et aigu que je dois me couvrir les oreilles. Mais même comme ça, je l'entends toujours. Il est si fort que j'ai l'impression qu'il s'est imprimé dans mon cerveau.

C'est là que je comprends. C'est Mary. La douce et timide Mary hurle si fort qu'elle nous en fait mal aux tympans. Je tourne en rond pour essayer de la trouver. Mais il fait trop sombre. Et la foule est trop dense.

C'est la confusion la plus totale. Les autres filles poussent des cris perçants, les garçons hurlent et les profs nous supplient de rester calmes et de nous diriger vers la sortie la plus proche. Je respire difficilement en essayant de me frayer un chemin, jouant des coudes pour m'approcher de la porte, des morceaux de verre crissant sous mes bottes. Tout le gymnase sent le brûlé et des étincelles pleuvent des ampoules qui ont éclaté.

Je me retourne avant d'atteindre la porte et aperçois Lillia, agenouillée près de la scène, les yeux fixés sur le sol.

— Appelez les urgences ! hurle-t-elle en boucle.

Je parviens enfin à l'extérieur et j'avale une grande bouffée d'air. Il est vif et froid. Les gamins qui sont sortis avant moi se serrent dans les bras et passent des coups de fil. La sirène d'une ambulance s'approche petit à petit.

C'est à ce moment que je remarque le picotement sur mon front, juste à la racine des cheveux. Je le touche délicatement et sens un liquide chaud et humide. Le bout de mes doigts est rouge. Les éclats de verre. Ce n'est pas seulement Reeve. D'autres personnes sont peut-être blessées, et gravement.

Lillia a l'air d'aller bien, mais je n'ai toujours pas vu Mary. J'ai le souffle coupé quand je comprends qu'elle est peut-être restée coincée à l'intérieur.

Merde.

En tentant de me ruer dans le bâtiment, je l'appelle :

— Mary ! Maryyyyyy !

Señor Tremont tend le bras en travers de mon chemin pour m'arrêter.

— Tu ne peux pas retourner dans le gymnase, Kat.

— Mais mes amis sont là-bas !

Il se détourne de moi pour réguler la circulation et inviter les gamins à s'éloigner. À quelques mètres de là, la coach Christy fait le tour des étudiants en boitillant à la recherche de blessés.

L'ambulance arrive, gyrophares et sirènes allumés. Les urgentistes se ruent dans le gymnase et, quelques minutes plus tard, ressortent Reeve sur un brancard.

Je ne le vois pas bouger.

Des filles qui le connaissent à peine sont en pleurs. Moi, je le connais. Je sais qu'il est allergique aux crustacés et qu'il a une cicatrice sur l'épaule gauche en souvenir du jour où ses frères l'ont poussé de leur cabane dans les arbres. Je sais qu'il a pleuré pendant une semaine quand son chat s'est fait écraser par une voiture. Je le connais, et c'est moi qui lui ai fait ça. J'ai mis toute cette histoire en branle.

Rennie se fraye un chemin au milieu de la foule. Elle est complètement hystérique. Elle essaye de monter dans l'ambulance avec Reeve, mais les urgentistes s'interposent. Elle se laisse mollement tomber sur le trottoir en pleurant.

Il s'est effondré comme une masse.

Je n'arrive même pas à y penser. Je ne le peux pas. Impossible. On lui a juste donné un peu d'ecsta, pas des drogues dures. C'est un truc pour faire la fête, merde alors ! Qu'est-ce qui lui est arrivé ? Qu'est-ce qui s'est passé ici, à la fin ?

Je ne sais absolument pas où sont Lillia et Mary, ni si je devrais les attendre. Enfin, je la vois. Lillia.

Alex la guide en la tenant par la main. Elle le serre très fort.

Je cligne des yeux.

Lillia lâche la main d'Alex lorsqu'elle aperçoit Rennie sur le sol. Elle court vers elle et l'aide à se relever. Elles se jettent dans les bras l'une de l'autre, en larmes. Alex discute au téléphone avec quelqu'un.

L'ambulance repart, toutes sirènes hurlantes. Certains élèves forment de petits groupes. Les joueurs de l'équipe de foot sautent dans leur voiture et quittent le parking en cortège pour rejoindre l'hôpital.

Une limousine s'approche. Alex discute brièvement avec le chauffeur qui a sorti la tête par la vitre. Alex fait signe à Lillia et Rennie qui courent vers lui. Ashlin est là, elle aussi. Elle tient la main de Nadia. Elles grimpent à l'intérieur, et la limousine démarre en trombe.

Je me retourne face à l'école et entrevois Mary. Elle titube en franchissant les portes, blanche comme un linge.

— Mary ! (Elle tourne la tête, mais ne me voit pas.) Mary !

XL

MARY

TOUT TOURBILLONNE AUTOUR de moi. J'ai l'impression d'être à bord d'un manège fou. Il y a trop de monde, trop de bruit. J'entends des parasites partout. Je marche sans but, suivant simplement le mouvement de la foule. C'est comme si j'étais en transe. Je dois m'arrêter et m'appuyer contre un mur.

Kat est face à moi, et soudain, tout cesse de bouger.

Je fixe le filet de sang qui ruisselle sur sa joue. Je l'ai blessée, elle aussi.

— Ça va, Mary ?

Je commence à trembler.

Bon, il faut arrêter de parler de coïncidences et affronter la vérité. Ce n'était pas le vent le jour où les casiers ont claqué. Ce n'est pas un faux pas qui a fait tomber Rennie de la pyramide. Et ce soir, les ampoules qui explosent, l'onde électrique... c'était moi.

Kat me presse :

— On se barre d'ici.

Elle tente de m'attraper le bras, mais je recule. Non. Je ne partirai pas. Je n'irai nulle part. Pas avant de savoir si Reeve va bien ou non. Kat s'impatiente, je le vois bien.

— Mary, faut qu'on y aille. Maintenant.

— Tout est de ma faute, Kat. Tout ça, c'est à cause de moi.

— La ferme, Mary. C'était un accident. Reeve a dû faire une réaction allergique ou un truc dans le genre.

Je serre les lèvres et retiens mes larmes.

— Tu saignes. Je t'ai blessée.

Elle secoue la tête, incrédule.

— Tu rigoles ? Mary, c'était une surtension ! Ou autre chose. Peu importe. S'il te plaît. Je t'en supplie. On s'en va de là, O.K ? Il faut qu'on fasse profil bas et qu'on contacte Lillia.

— Je n'ai jamais voulu lui faire de mal. (À peine ces mots prononcés, mes larmes jaillissent. Je pleure à fendre l'âme, parce que c'est ce que je ressens.) Il est mort ? (Ma voix se brise.) Dis-moi !

Comme Kat ne répond pas, je tombe à genoux et m'enfouis la tête dans les mains.

Reeve va peut-être mourir ce soir.

Ça me donne envie de mourir, moi aussi.

XLI

LILLIA

La salle d'attente de l'hôpital est bondée ; on dirait que tous les participants au bal s'y sont donné rendez-vous. Les garçons sont assis par terre ou adossés aux murs, les filles ont pris place sur les chaises et les fauteuils. Je suis assise sur un canapé, prise en sandwich entre Rennie et Alex. Rennie a posé la tête sur l'épaule d'Ash et a enfin arrêté de sangloter. J'ai envie de pleurer, mais je n'en ai pas le droit. Je suis responsable de tout ça. C'est moi qui ai versé cette ecstasy dans son verre.

Lorsque les parents de Reeve sont arrivés, je n'ai même pas pu les regarder.

Ash m'a chuchoté :

— M. Tabatsky est en train de pleurer.

Je me suis contentée de rester la tête baissée et de fixer le sol. Mme Tabatsky était en chaussons.

Rennie s'est levée d'un bond, lui a tendu un mouchoir en papier sorti de sa pochette et elles se sont étreintes pendant un long moment.

Près de moi, Alex me rassure à voix basse :

— Tout va bien se passer pour lui.

Cela ne me réconforte en rien. Parce qu'Alex n'en a aucune idée. Personne ne peut le savoir. Ils ont dit que son état est stable, mais ils font des examens sur son cerveau et son cœur pour déterminer ce qui a entraîné la crise d'épilepsie. Il s'est cassé la jambe. Ils ne savent pas encore si la chute lui a endommagé la colonne vertébrale de manière irréversible. Reeve. Reeve le quarterback. Reeve, qui aime danser, tirer au flanc et nager, incapable de remarcher ? C'est inconcevable.

Je prie de toutes mes forces que les médecins ne cherchent pas de traces de drogue dans son sang. Je sais que faire virer Reeve de l'équipe était le but de la soirée. Mais si quelqu'un fait une enquête ? S'ils arrivent à déterminer, d'une manière ou d'une autre, que Kat, Mary et moi sommes derrière tout ça ? Qu'est-ce qui va nous arriver ? J'aimerais être avec elles.

Lorsqu'Alex se lève pour ramener du café aux Tabatsky, Rennie se redresse sur le canapé.

— Lil, qu'est-ce que Reeve t'a dit là-haut ? Sur la scène ?

Je lui demande « Quand ça ? » sans croiser son regard.

— Juste avant de t'embrasser, précise-t-elle platement.

Le rouge me monte aux joues.

— Rien. Je ne sais pas. Ça n'avait aucun sens.

— D'où j'étais, on aurait dit que tu lui rendais son baiser.

— Non, c'est faux ! Il s'est pratiquement jeté sur moi ! (Je baisse la voix.) Il ne savait pas ce qu'il faisait, Ren. Il avait dû boire bien plus que nous tous.

Rennie acquiesce.

— Il n'avait pas l'air dans son état normal, c'est clair. (Elle se ronge un ongle.) Mais tu sais ce que je ressens pour lui.

— Je te le jure, Rennie, je ne l'ai pas embrassé. Que veux-tu que je te dise de plus ?

Rennie se mord la lèvre et hoche la tête. Des larmes roulent le long de ses joues. Elle les essuie, puis va s'asseoir à côté des frères de Reeve. Je me lève et me dirige vers le distributeur de boissons. J'ai envie d'allumer mon téléphone et de m'assurer que Kat et Mary vont bien, mais il est interdit d'utiliser un téléphone portable dans l'enceinte de l'hôpital. Je vais probablement devoir attendre le bon moment pour m'éclipser discrètement.

Qu'est-ce qu'on va bien pouvoir faire maintenant ?

XLII

KAT

Nous sommes assises sur le quai près de mon bateau. Mary est de nouveau silencieuse. Elle n'a pas dit un mot depuis que j'ai réussi à la faire monter dans ma voiture. Elle fond juste en larmes toutes les deux minutes. Je suis près d'elle et je retire les morceaux de verre fichés dans la semelle de ma botte.

Vers minuit, je reçois un SMS. C'est Lillia.

T où ?

Je lui réponds que nous sommes près de mon bateau et lui demande de nous rejoindre le plus vite possible. Je ne sais absolument pas quoi faire avec Mary. Est-elle en train de craquer nerveusement ? Faut-il que je la conduise à l'hôpital ? Elle n'a ni blessure ni coupure, mais son regard me fait flipper.

Vingt minutes plus tard, Lillia descend le quai en courant. Elle est à bout de souffle. Je me lève.

— Comment va-t-il ?

Lillia éclate en sanglots.

— Il est en soins intensifs. (Elle s'assoit et serre les genoux contre sa poitrine. Des mèches se sont échappées de son chignon.) Comment ça a pu foirer comme ça ?

Je détourne les yeux.

— C'est de ma faute. Je pensais avoir retiré suffisamment de bulletins.

Mary s'essuie le nez sur son bras. D'une voix monocorde, elle déclare :

— C'est moi qui ai donné la drogue à Reeve. C'est moi qui ai privé Rennie de sa couronne. Je suis au centre de toute l'affaire.

— Ne t'inquiète pas. Personne ne va te suspecter de quoi que ce soit.

Lillia fixe l'eau du regard.

— Je ne sais même pas ce que je dois en penser. Vous savez, les filles, Reeve risque de rester paralysé.

Mary pousse un petit cri.

— Il n'est pas paralysé, dis-je d'un ton faussement assuré. Fais-moi confiance, Lil.

— Tu ne l'as pas vu. Tu n'en sais rien. (Elle secoue la tête, et des larmes roulent sur ses joues.) Je devrais rentrer. Je suis sûre que ma mère m'attend.

Je m'apprête à dire « Attends, il faudrait peut-être qu'on accorde nos violons pour commencer », mais Mary me devance.

— Tout est de ma faute, se lamente-t-elle.

Lillia soupire et secoue à nouveau la tête. En s'essuyant le visage, elle la contredit :

— Non, ce n'était pas de ta faute.

Mary frissonne, recroquevillée sur elle-même.

— Si, objecte-t-elle en levant les yeux vers moi. Je le sais.

Je sors un briquet de mon sac et allume une cigarette. Je prends une longue bouffée avant d'ajouter :

— On est toutes responsables. (Je reprends une bouffée et laisse la fumée m'envahir.) J'espère juste qu'on va s'en tirer à bon compte.

REMERCIEMENTS

À la promotion 2012 du lycée de Jar Island

Reine du bal de promo : Zareen Jaffery
Roi du bal de promo : Justin Chanda
Délégué de la promotion : Carolyn Reidy
Délégué suppléant : Jon Anderson
Major de la promo : Anne Zafian
Présidente de la National Honor Society : Julia Maguire
Prix du franc-parler : Paul Crichton
Responsables de la chorale : Lydia Finn, Nicole Russo
Capitaine des cheerleaders : Chrissy Noh
Co-responsables du comité d'organisation du bal de promo : Elke Villa, Michelle Fadlalla
Rédactrice en chef du *Jar Island High Chronicle* : Lucille Rettino

Photographe : Anna Wolf
Prix du meilleur artiste : Lucy Cummins
Présidente du comité de rédaction de l'annuaire :
Venessa Carson
Rédactrice du magazine littéraire :
Katrina Groover
Futurs dirigeants d'Amérique :
Mary Marotta, Christina Pecorale, Jim Conlin,
Mary Faria, Teresa Brumm
Prix du meilleur esprit de camaraderie :
Emily van Beek
Présidente du club des Nations-Unies :
Molly Jaffa
Capitaine de l'équipe de débats : Jita Fumich
Élève le plus prometteur : Riley Griffin

BIOGRAPHIE DES AUTEURS

JENNY HAN est l'auteur de la trilogie *L'Été où je suis devenue jolie*, ainsi que du roman *Shug*. Elle a, en outre, publié le livre pour enfants *Clara Lee and The Apple Pie Dream*. Autrefois libraire spécialisée dans la littérature jeunesse, elle est titulaire d'un master en écriture créative de la New School de New York. Visitez son site Internet à l'adresse suivante : DearJennyHan.com.

SIOBHAN VIVIAN est l'auteur des romans pour jeunes adultes *La Liste*, *Not That Kind of Girl*, *Same Difference* et *A Little Friendly Advice*. Auparavant rédactrice chez Alloy Entertainment, elle est titulaire d'un master en écriture créative de la New School de New York. Elle enseigne l'écriture créative à l'université de Pittsburgh. Visitez son site Internet à l'adresse suivante : SiobhanVivian.com.

Découvrez les autres titres
de la collection Scarlett

Piégée

de Heather Dixon

Alors qu'une vie de rêve remplie de bals somptueux, de toilettes sublimes et d'élégants courtisans s'offrait à elle, l'univers d'Azalée s'écroule subitement. Du jour au lendemain, elle se retrouve piégée. Heureusement, le Gardien la comprend ; il est piégé lui aussi, enfermé depuis des siècles entre les murs du palais, et choisit donc de l'inviter à ses côtés.

Toutes les nuits, Azalée et ses onze sœurs empruntent un passage secret qui les conduit de leur chambre à une forêt magique. Mais il y a un prix à payer. Le Gardien aime plus que tout garder des choses. Azalée risque de l'apprendre à ses dépens, mais il sera peut-être trop tard pour échapper à son emprise…

"Fascinant."
APRILYNNE PIKE,
auteur du bestseller Wings
Piégée
HEATHER DIXON
Scarlett

Découvrez les autres titres
de la collection Scarlett

Le Songe d'une Nuit d'Automne

TOME 1

La Neuvième Nuit

DE LESLEY LIVINGSTON

Kelly, jeune comédienne de dix-sept ans, a toujours cru que les fées n'existaient que dans les contes pour enfants… jusqu'à ce qu'elle rencontre Sonny Flannery. En l'espace de quelques nuits, il va changer la vie de Kelly et se faire une place dans son cœur pour l'éternité en lui ouvrant les yeux sur un monde empli de magie…

Mais Kelly assumera-t-elle son nouvel héritage ?

Scarlett

Le Songe d'une Nuit d'Automne
Lesley Livingston
La Neuvième Nuit
Scarlett

PANINI BOOKS

Scarlett

MIXTE
Papier issu de sources responsables
FSC® C005461
FSC www.fsc.org

Achevé d'imprimer sur les presses
de l'imprimerie Rotolito Lombarda (Italie)
Dépôt légal : septembre 2013